KB191223

**왜 모두
죽어야 하는가**

예쁘게 죽여야 하는가

심너울

*

장편소설

나무옆의자

의학에는 세 개의 분야가 있다.

첫째로 건강의 보전, 둘째로 질병의 치유, 셋째로 삶의 연장.

…삶을 연장하는 것은 새롭고 불완전한 분야이지만,

의학에서 가장 고결한 분야라고 할 수 있으리라.

First the preservation of health, second, the cure of disease,

and third, the prolongation of life … [the] third part of medicine,

regarding the prolongation of life: this is a new part,

and deficient, although the most noble of all.

—프랜시스 베이컨, 『학문의 진보The Advancement of Learning』(1605)

차 례

Chapter 1.

✶

보람찬 일

"아무리 생각해봐도, 제 일은 별 보람이 없는 일 같아요. 돈이라도 잘 벌면 모를까."

30대 중반의 여성이자 약사 자격증을 가진 식품의약품안전처 소속의 5급 사무관 서효원은 꽤 많은 사람들이 분개할 만한 말을 했다. 그녀와 마주 보고 있던 정신과 의사가 답했다.

"요즘 같은 인공지능 시대에 신약 심사관 정도면 대단히 보람찬 일 아닐까요?"

"아뇨, 오히려 인공지능 시대니까."

서효원은 설명했다.

2020년대 이후 도래한 인공지능 혁명은 약학 전반을 뒤엎어 놓았다. 제약사들은 인공지능의 도움을 받아 약효가 있을 법한 후보 물질들을 수만 개씩 쏟아냈다. 인공지능이 이토록 강력해지기 전까지는, 제약사가 1만 개의 후보 물질을 만들면 그중 한두 개만이 모든 시험을 통과하고 신약 승인을 받았다. 그러나 이제 인공지능이 만들어내는 1만 개의 후보 물질들은 대부분 약효가 있거나, 아니면 적어도 약효가 있는 것처럼 보였다.

하지만 인공지능은 그토록 발전했음에도 여전히 블랙박스였다. 인공지능은 여러 질문에 잘 답했고 어느 인간들보다 똑똑한 것처럼 보였지만, 인공지능이 왜 그런 답을 내놓았는지 추론해나가는 것은 어려웠다. 아니, 오히려 그것은 20년 전보다 더 어려운 과제가 되었다. 2020년대가 끝나기도 전에 인공지능은 스스로를 발전시키고 있었으며, 그 내부의 본질적인 복잡성은 인간이 이해할 수 있는 범위를 아득히 초월한 채였다.

어떤 사람들은 인공지능이 이른바 초지능이 되었고, 전지적인 존재나 다름없다고 말했다. 그런 주장은 2020년대까지만 해도 몽상가들의 망상으로 취급받았지만 2040년대에 특이점주의 혹은 초지능주의는 굉장히 그럴싸한 것이 되어 있었다. 하지만 그럼에도 의약학과 그 행정은 인공지능에 모든 것을 맡길 수가 없었다. 그것은 생명을 다루는 학문이며, 생명은 비가역적인 자원이기 때문이었다.

모두에게 목숨은 단 하나뿐이며, 죽은 인간은 되살릴 수 없다. 인간은 인공지능이 이토록 발전한 시기에도 죽어야 했다.

그리고 인공지능은 아직도 실수를 저지를 수 있었다. 동시에 인공지능이 책임을 질 수 있는지는 여전히 의문이었다. 인간이 이해할 수 없을 정도로 발전한 것은 사실이었으나, 인공지능이 책임을 지고 말고는 다른 문제였다. 어떤 사람들은 인공지능이 의식이 있다고 주장했지만 여전히 많은 사람들은 인공지능을 발전한 검색 기계 정도로 간주했다. 결국 신약의 상용화는 인간이 책임을 져야 하는 문제였다.

서효원은 한숨을 쉬었다.

"그래서 눈코 뜰 새 없이 바쁘긴 하죠."

"바쁘다면 보람을 느낄 기회도 그만큼 많지 않을까요?"

"아뇨. 뭐랄까, 저는 그냥 바지 사장이 된 거 같아요. 인공지능은 수십만 개의 데이터를 전자의 속도로 생각하는데, 느릿느릿 따라가 도장만 찍는. 사람들은 공무원들 일처리가 느리다고 욕하지만 정말 열심히 하거든요. 하지만 그래봤자 결국 도장 찍는 일인 거지."

"흠."

의사가 무언가를 타이핑했다. 서효원은 신경 쓰지 않고 말했다.

"선생님도 탈리도마이드 베이비 이야기는 잘 알고 계시죠?"

의사가 고개를 끄덕였다.

지금으로부터 약 90년 전, 그러니까 1950년대에 독일에서 탈리도마이드라는 약이 개발된 적이 있었다. 진정제, 수면제로 개발된 이 약물은 동물실험에서 아무런 문제도 없었다. 거기에다가 이 약에는 강력한 입덧 진정 효과가 있었다. 사람들은 이 약물을 기적의 약물로 생각하고 먹었다. 수많은 임산부들이 탈리도마이드로 뒤집어지는 속을 안정시키고 편안히 잠들었다. 그리고 많은 이들이 유산했고, 또 어떤 이들은 사지가 없는 아이를 낳았다. 탈리도마이드는 혈관이 새로 자라나는 것을 억제하는 효과가 있었고, 그 영향을 받은 태아들은 팔다리를 형성할 수가 없었다. 동물실험으로 예측할 수 없었던 임상적 대재난이었다.

"그런데 미국에서는 탈리도마이드 베이비 사태가 안 터졌단 말이죠. 왠지 아세요?"

의사는 고개를 저으면서, 서효원의 반짝이는 눈에 집중했다.

"당시 FDA에 프랜시스 켈리라는 공무원이 있었거든요. 그 사람이 엄청 많은 압박과 로비를 받았는데, 데이터가 부족하다고 탈리도마이드 허가를 내주지 않은 거예요. 그 사람 덕분에 미국은 재난을 피해간 거지. 영웅이죠."

"프랜시스 켈리 같은 사람이 되고 싶나요?"

서효원은 머뭇대다가 고개를 끄덕였다. 그러고는 한숨을 쉬며 말했다.

"하지만 이제는 프랜시스 켈리 박사처럼 될 수는 없죠. 시대가 그런 시대가 아니니까."

프랜시스 켈리에 대한 장광설을 늘어놓자마자 정곡을 찔린 서효원은 의사의 눈길을 잠시 피했다. 의사는 서효원이 3년 넘게 보아온 사람 좋은 미소를 얼굴에 띠면서 말했다.

"하지만 좋게 생각하세요. 시스템에 영웅이 필요하다면 그 시스템이 무언가 잘못된 것 아니겠어요? 영웅이 없어도 시스템이 스스로 오류를 해결할 수 있는 지금이 안정적인 것이죠. 그런 시스템에 속한 자신에게 스스로 자부심을 가져야 하고요."

"선생님, 제가 생각하기에는 요즘 세상에 젊은 사람이 자아를 찾아나갈 수 있는 방법이 세 가지인데 말이에요."

"그게 뭔데요?"

서효원이 손가락 세 개를 펴고 하나씩 접으며 말했다.

"하나는 일을 하는 거고, 하나는 애를 낳는 거고, 또 다른 하나는 일을 하면서 애를 낳는 거란 말이죠? 그런데 저는 애를 낳기는 부담되고 무서워요. 그럼 이제 일밖에 남은 게 없는데, 일에 보람을 못 느끼니까 자아도 흐려지는 거죠."

서효원에게서 수십 번째 듣는 이야기에 의사는 언제나 그랬듯이 약한 부정의 표시로 고개를 살짝 저었다.

"그렇지가 않아요. 지금 너무 흑백논리로 사고를 하고 있는데. 세상에는 자아를 찾아나가는 여러 방법이 있단 말이죠. 취미를 새로 찾아보는 것도 좋고. 아니면 예술 활동을 해볼 수도 있고……."

"저는 세상에 영향을 미치고 싶어요."

"지금도 충분히 영향을 미치고 계세요."

"이것보다는 더……."

"자, 요즘 잠은 잘 주무시고 계시고요?"

손목시계를 한 번 힐끗 쳐다본 의사가 증상을 묻기 시작했다. 서효원은 자기한테 주어진 상담 시간이 끝나간다는 것을 알았다. 서효원도 어차피 의사가 무언가 특별한 답을 줄 수는 없다는 것을 잘 알고 있었다. 그 상담은 단지 일종의 살풀이를 위한 역할극 비슷한 것이었다. 서효원은 권태감 빼면 별 문제가 없다고 말했다.

지루해요. 모든 게 지루하고 재미가 없어요. 원래 인생이란 이런 걸까요 운운. 정신과 의사는 서효원에게 몇 가지 약물을 처방해주었다. 그중 하리세틴이라 불리는 약물은 6세대 항우울제로, 인공지능이 그 화학적 구조와 합성법을 개발한 약물이었다. 이 약물이 어떻게 사람 마음을 그렇게 깔끔하게 안정시키면서도 독성이 없는지는 미스터리였다. 과학자들은 이 약물이 이전의 항우울제처럼 세포막의 수용기에 작용하는 게 아니라, 세포막에 직접 침투하여 DNA 표현에 직접적인 영향을 미친다는 기작 정도만 어렴풋이 짐작하고 있었다.

하리세틴이 한국에서 상용화된 데는 서효원에게도 어느 정도 공이 있었다. 그녀는 하리세틴의 임상 3상 시험 감독관 중 한 명이었으니까. 하지만 서효원은 그 사실에 어떤 자기효능감이나 뿌듯함도 느끼지 못했다. 심지어 하리세틴을 먹어도 자기효능감의 부재는 치료할 수가 없었다. 그 대신 하리세틴을 먹으면, 부족한 자기효능감 때문에 극단적으로 우울한 사고를 하는 일은 일어나지 않았다. 졸려서 일을 못 하거나 하는 문제도 없었다.

다음 날 아침, 서효원은 하리세틴을 먹고 출근했다. 오늘도 써야 하는 보고서가 있었다. 서효원은 기지개를 펴고 컴퓨터를 켰다. 그리고 그녀는 식약처 메신저에 알림 하나가 와 있는 걸 발견했다. 서효원은 순간 자기 눈을 의심했다. 도저히 믿어지지 않는 사람으로부터 호출이 와 있었기 때문이다.

하지만 하리세틴에 환각 부작용이 있다는 보고는 이제까지 단 한 번도 없었다.

성명훈 보건복지부 장관은 자신의 청문회를 떠올리는 중이었다. 본래 정치에 별다른 뜻이 없었던 성명훈은 자신의 의대 교수 자리에 아주 만족했다. 고등학교를 다닐 때는 막역한 사이였지만 졸업 이후 연락을 주고받은 적이 없는 사람이 대선에 나왔을 때는 한 표를 던져주긴 했다. 하지만 성명훈은 그때까지도 정계에 발을 들이고 싶다는 생각은 해본 적이 없었다. 그런데 그 사람이 대통령에 당선되고 새 내각이 출범하자마자 보건복지부 장관이 괴상한 스캔들로 몰락했고, 갑자기 그의 이름이 장관 적임자로 곳곳에 오르내리기 시작했다. 동문을 돕는다는 생각으로 장관직을 수락했다. 그리고 청문회가 벌어졌다.

청문회는 성명훈에게 대단히 모욕적인 일이었다. 강남에서 나고 자란 의대 교수로서 성명훈은 남부끄럽지 않은 삶을 살았다고 생각했다. 그런데 성명훈이 살아온 방식은 그가 속한 계급에는 몹시 당연한 것이었지만, 사실 합법적인 것만은 아니었다. 성명훈은 기억나지도 않는 자신의 옛 서류를 들고 와서 따지고 드는 야당 의원들에게 분개했다. 그 분노는 어쩌면 그가 태어나서 처음으로 품은 정치적 의식 비슷한 것일지도 몰랐다.

어쨌든 여러 굴욕적인 인정과, 어쩔 수 없는 타협 끝에 성명훈은 장관이 되었다. 그때까지만 해도 이 빌어먹을 장관직 따위는 대충 때우고 한시바삐 학교로 돌아갈 생각만 했다. 그런데 장관의 자리에 서자 보이는 풍경이 달라졌다. 생각보다 정치는 재미있는 것이었고, 권력에는 성명훈이 상상도 못 했던 좋은 것들이 많이 따랐다. 개중에는…….

노크 소리가 들렸다. 성명훈은 말했다.

"들어와요."

젊은 여자 하나가 장관실 안으로 들어왔다. 서효원이었다. 그녀는 약간 어색한 자세로 잠시 주변을 둘러보다가 깍듯이 인사하고는 말했다.

"장관님, 식품의약품안전처 의약품안전국 사무관 서효원입니다."

서효원은 눈을 돌려 장관실이 텅 비어 있는 것을 확인했다. 이상한 일이었다. 보건복지부의 영향을 적잖이 받으나, 식약처는 엄연히 국무총리 직속의 독립 기관이다. 왜 장관이 자기를 불렀을까? 장관실은 왜 이리 횅할까? 서효원은 의문을 품은 채로 서 있었다. 성명훈은 손으로 자기 책상 건너편에 있는 의자를 가리켰다.

"앉으세요."

서효원은 공손히 의자에 앉아 아주 딱딱한 자세를 취했다. 성명훈은 서효원의 눈을 응시했다. 그 시선을 어떻게 받아야 할지 몰라 긴장하는 서효원의 모습이 성명훈은 우스웠다. 그것은 성명훈이 장관 자리에 앉은 다음 알게 된 권력의 자잘한 재미 중 하나였다. 성명훈은 자기 앞에 있는 컴퓨터 모니터 쪽으로 눈을 돌리고는 말했다.

"서 사무관, 그동안 식약처 평가 기록을 봤는데 실적이 아주 인상적이더군요."

"감사합니다, 장관님."

"어깨 좀 풀어요."

서효원이 어깨를 조금 수그렸다. 그 자세는 이전 자세와 마찬가지로 전혀 편해 보이지 않았다. 서효원은 오히려 자신의 휴식이 유예되고 있다는 느낌을 받았다.

"면접 기록 때 보니까 프랜시스 켈리 같은 공무원이 되고 싶다고 말했던데, 식약처 공무원들한테는 아주 중요한 자세죠. 공무원은 말이죠, 그런 사명감이 필요하다고 생각해요. 그리고 서 사무관은 조직 충성도도 아주 높게 나왔고."

"감사합니다."

서효원은 자신이 조직 충성도 같은 것을 검사받은 적이 있는지 생각해보았다. 아무리 생각해도 그런 검사를 받은 적은 없었다. 서효원의 가족은 서효원이 5급 공무원이 됐을 때 마치 집안에서 재상이라도 나온 것처럼 기뻐했지만, 정작 그녀는 자신이 톱니바퀴에 불과하다는 것을 알고 있었다. 왜 장관 같은 정무직이 그녀에게 관심을 기울이는 것일까? 서효원은 기쁘다기보다는 불안했다.

성명훈이 팔짱을 끼고 의자에 등을 받쳐 몸을 뒤로 기울이면서 입을 열었다.

"걱정 말아요. 식약처장이랑은 이야기를 해놨으니까. 우리가 지금 전문성 있는 사람 하나가 필요해서."

잠시 침묵하고 성명훈이 말을 이었다.

"서 사무관은 블루워터 리서치에 대해 들어본 적이 있어요?"

예상치 못한 이름이었으나, 서효원이 잘 알고 있는 이름이기도 했다.

"네. 들어본 적이 있습니다."

"설명해봐요."

"블루워터 리서치는 행동주의 펀드입니다. 보통 행동주의 펀드라고 하면 기업 경영에 직접 참여하는 펀드 등을 말하는데, 블루워터 리서치는 다릅니다. 그 회사는 제약사들 주식을 공매도한 다음에 임상 부정 등을 저지르는 것을 고발하는 보고서를 만들어서 발표하고…… 주가가 떨어지면 큰 이득을 봅니다."

서효원이 직접 참여하지는 않았지만, 식약처에서도 블루워터 리서치를 감시한 적이 몇 번 있었다는 것을 그녀는 알았다. 성명훈이 고개를 끄덕이면서 말했다.

"사회를 좀먹는 피곤한 회사지. 안 그래요?"

"…… 네?"

서효원은 그때까지 블루워터 리서치에 대해 깊게 생각해본 적이 없었다.

"말하자면 우리나라 사람들이 먹고사는 데 지장을 주니까.

물론 지금까지 거기서 낸 리포트 자체가 문제라는 것은 아니지. 하지만 사기업을 갑자기 그렇게 망가뜨리고 돈만 먹고 나가면 그게 하이에나랑 무슨 차이가 있어요? 회사가 이상한 약을 만들어서 문제가 생기고, 그걸 정리한다고 하더라도…… 질서 있게 정리가 되어야지. 서 사무관은 2000년대 이후에 태어났죠?"

"네."

"나는 그 전에 태어난 사람이야. 그래서 IMF가 뭔지 알지. 나라 신용이 갑자기 무너지고 외국 자본이 우르르 빠져나가니까 도미노 현상이 일어나잖아. 적어도 우리가 회사들을 관리할 수 있다는 신호를 줘야 해요. 하이에나 같은 회사가 뜯어먹게 놔두는 게 아니라. 이해하지요?"

"알겠습니다."

서효원은 답했다. 사실 서효원은 이전까지는 시장이나 경제 같은 것에 크게 관심을 갖지 않았다. 서효원이 굳이 약사 자격증을 따고 공무원이 된 것도 그래서였다. 그녀는 돈과 그 흐름에 대해 관심이 없었다. 안정적이기만 하다면 충분했다. 어떤 사람들은 돈이야말로 절대적인 가치라고 생각하며, 돈만을 추구하지 않는 사람을 기만자라고도 한다. 하지만 서효원은 그런 사람들의 얄팍한 상상력의 범위에서 벗어나는 인간이었다. 서효원이 생각하는 가치는 그와는 다른 곳에 있었다. 성명훈이 한 이야기에는 논쟁의 여지가 많았지만, 서효원은 그런 논쟁에 별 관심이 없었다.

"나는 말이지. 이 회사를 우리가 정리했으면 해. 그걸 도와줄 수 있겠어요?"

서효원은 성명훈의 말을 이해하지 못했다. 서효원이 어떻게 성명훈을 도울 수 있을까? 관료로서 그녀의 업무 범위는 명확하게 규정되어 있었다.

"하지만 장관님, 제가 어떻게……."

자신이 질문에 질문으로 답했다는 것을 깨달은 서효원은 흠칫 놀랐다. 무례가 될 수 있는 일이었지만, 성명훈은 웃으면서 답했다.

"블루워터 리서치에 언더커버로 들어가달라는 말이야. 그 회사에 취업해요. 말하자면 첩자 같은 거지. 거기서 불법을 저지르거나 편법을 쓰는 게 없나 알아봤으면 해요. 이것도 법을 어기는 일이긴 하지만, 정부라고 해서 법 다 지켜가면서 일할 수는 없거든. 어떻게 보면 이건 적극적인 조사지. 그쪽에서 법에 어긋나는 짓을 하는지 아닌지는 들어가서 보지 않는 이상 모르는 거잖아. 괜찮겠어요?"

"아……."

서효원은 잠시 성명훈의 시선을 피했다. 이것은 어떤 종류의 시험인가? 서효원은 생각했다. 자신의 삶에 갑자기 이런 이상한 모험이 도래한다는 것을 그녀는 곧장 받아들일 수 없었다. 성명훈이 어깨를 으쓱하면서 말했다.

"다른 사람한테 맡길 수도 있어요. 그런데 정부 인공지능이 서효원 씨를 적임자로 제시해서 그래요. 실력도, 조직 충성도도, 직급도 좋으니까. 그리고 말인데, 가끔은 좀 모험을 하고 싶은 것도 있지 않아요? 공무원 일도 중요한 일이지만, 좀 더 세상에 중요한 일을 하고 싶지 않은가요?"

바로 그 질문이 서효원이 품고 있던 욕망의 급소를 찔렀다. 성명훈은 물었다.

"생각해보겠어요?"

서효원은 자신도 모르게, 조금 고개를 끄덕였다.

"좋아요. 자세한 건 메신저로 전송할 테니까. 오늘은 연차라도 내고 좀 쉬고 있어요."

"네, 장관님. 들어가겠습니다."

서효원이 꾸벅 인사한 다음, 장관실 밖으로 나갔다. 성명훈은 휘파람을 불면서 다음 업무를 확인했다. 성명훈에게는 이미 서효원이 자기 말대로 하리라는 확신이 있었다.

서효원은 울릉도 소재의 생태기념관으로 발령을 받았다. 일단은, 그랬다. 정부가 공무원을 말 그대로 어디로든 유배를 보낼 수 있다는 것을 서효원은 알고 있었지만, 실제로 이런 발령을 받으리라고 그녀는 상상해본 적이 없었다. 동료들도 당혹스러워했다. 물론 그녀가 할 일은 보이는 것과 전혀 다른 것이리라는 생각은 아무도 하지 못했다.

일주일 동안 서효원은 보안 메신저를 통해 성명훈에게 여러 자료를 전송받았다. 휴직 신청서를 내고 그것이 일사천리로 통과되는 것을 보면서도 서효원은 전혀 현실감을 느끼지 못했다. 서효원은 고급 정무직이 되고자 애를 쓰는 선배들도 결코 보지 못할 보안 등급의 자료를 받았다. 서효원이 언더커버로 활동하기 위해 블루워터 리서치에 이력서를 내거나 하는 일은 필요하지도 않았다. 그런 것은 서효원이 모르는 익명의 누군가가 대신, 서효원 그녀 자신보다 훨씬 더 잘해주었다. 서효원은 자신의 이력이 그렇게 화려하게 쓰일 수 있음을 보고 깜짝 놀랐다. 성명훈은 서울에 소재한 블루워터 리서치 사무실 근처의 아파트까지 임시 거처로 내주었다.

비현실적인 일이었다. 일단, 서효원은 보건복지부 장관이 어떻게 이 돈을 만들 수 있는지가 궁금했다. 보건복지부는 정부 부처 중에서 가장 많은 예산을 다루는 곳이긴 하지만, 장관이 임의로 다룰 수 있는 돈 같은 건 없었다. 보건복지부의 예산 집행 대부분은 지출 대상이 미리 정해져 있기 때문이다. 예를 들면 연금과 보험의 혜택을 받는 사람들. 거기에다 장관이 마음대로 언더커버 요원의 활동비 같은 것을 보건복지부 운영비에서 떼어다 쓰는 건 사실상 불가능한 일이었다. 야당에서 가만히 보고만 있을 리 없었다.

서효원은 돈이 굴러가는 것에 관심이 없었지만 적어도 한국의 조직이 어떻게 돌아가는지는 알았다. 그래서 서효원은 돈의 출처를 검색해보았다. 하지만 서효원에게 제공되는 활동비는 철저하게 보건복지부와는 관련이 없는 돈이었다. 임시 거처도. 그것은 최민이라는 사람이 대표로 있는 한 재단의 자산이었다. 재단은 의학과 관련된 공부를 하는 학생들에게 장학금을 주는 재단이었고, 딱히 나쁜 뉴스와 얽힌 적은 없는 것처럼 보였다. 서효원은 그 이상으로 찾아보지는 않았다.

사실, 서효원은 실제로 들떠 있었다. 보고서와 숫자에 파묻혀 살던 그녀가 보건복지부 장관이 비밀리에 운용하는 언더커버 요원이 된 것이었다. 서효원은 어둑하던 삶의 채도가 갑작스레 화사해지는 것을 느꼈다. 서효원은 당장 이 일이 합법인지 불법인지, 관련 법령이 존재하기는 하는지에 대해서는 의문을 가지지 않았다. 그러는 대신 그녀는 지금껏 몇 편 본 적도 없는 첩보 영화에서나 나올 법한 화려한 모험을 꿈꿨다. 식약처가 있는 청주에서 벗어나 오랜만에 서울의 바글바글함을 한껏 느끼는 것도 좋았다.

어쩌면 보람을 느낄 수도 있지 않을까 싶었다.

블루워터 리서치에 면접을 보러 가면서 서효원은 현실감 비슷한 것을 처음으로 느꼈다. 블루워터의 사무실은 강남 변두리의 빌딩에 있었다. 서효원은 차를 천천히 지하주차장 쪽으로 몰아 가면서, 빌딩 앞에 놓여 있는 대자보와 푯말들을 보았다. 대자보들은 비닐 코팅이 되어 있었지만, 고작 그것으로 시간의 타격을 막기에는 거기에 놓인 채로 보낸 세월이 너무도 길어 보였다. 햇볕 때문에 변색된 물 빠진 빨간색의 글씨들 속에서 서효원은 이청수라는 이름을 향한 살의를 보았다.

'이청수 대표는 청문회 성실 참가하라'
'정부는 공매도 폐지하라'
'내 가족 살려내라'

이청수. 블루워터 리서치 대표이사의 이름이었다. 서효원은 성명훈 장관의 부름을 받고 나서야 블루워터 리서치에 대해 자세히 조사해보았다. 블루워터 리서치는 지난 5년간 네 개의 제약사를 그야말로 공중분해시킨 이력이 있었다. 모두 어딘가 수상쩍은 슬로건을 내놓고 투자자들을 홀리던 바이오 기업들이었다.

예를 들면, 알츠하이머 치매를 최종적이고 확실한 방법으로 치료하는 약을 만들어냈다는 회사가 있었다. 혈뇌장벽을 통과하는 나노입자를 이용하여 알츠하이머의 원인인 베타 아밀로이드를 뇌세포에서 싹 치워준다는 약은 굉장히 그럴싸해 보였다. 임상시험 결과도 그럴듯했다. 수많은 개미 투자자들이 영혼까지 끌어모아 그 회사의 주식을 샀다. 그리고 이청수 대표가 임상시험 후 폐기된 쥐에게서 심각한 뇌 염증이 관찰되었으며, 이를 회사가 의도적으로 숨기고 있다는 보고서를 발표했다. 회사는 순식간에 파멸했고, 임원진 대부분은 감옥에 갔다. 그 덕에 블루워터 리서치는 큰돈을 벌 수 있었지만 말이다.

물론, 이 이야기에서 진짜 나쁜 사람들은 사기를 치려 한 회사 임원들이라고 할 수 있을 것이다. 그러나 개미 투자자들은 이청수를 더 증오했다. 서효원은 납득할 수 있었다. 이해하기는 쉽지 않았지만.

그리고 서효원은 장관이 왜 이 회사에 신경 쓰고 있는지도 충분히 납득할 수 있었다. 그렇게 망하는 주주들을 늘리지 않는 것 또한 국가의 임무라 할 수 있었으므로. 적어도 한국에서는 그것이 그렇게 낯선 일은 아니었다. 식약처에서 국민들이 먹을 수 있는 것과 없는 것을 판별하여 정하는 것도, 어떻게 보면 비슷한 일이었다. 다만 서효원은 이렇게 명백한 편법까지 사용될 거라고는 이제껏 생각하지 못했다.

그런데 의아한 일이었다. 서효원은 블루워터 리서치의 사무실을 직접 찾기 전까지는, 당연히 사무실이 강남에서도 궁전 같이 화려한 오피스빌딩에 있을 거라고 생각했다. 하지만 블루워터 리서치가 있는 건물은 애초에 오피스빌딩도 아니었다. 그 건물은 10층까지 학원과 병원으로 꽉 들어차 있는 상가건물에 좀 더 가까웠다.

지하 주차장에 차를 댄 서효원은 엘리베이터에 붙은 안내 팻말에서 블루워터 리서치 사무실이 7층의 가장 작은 방 하나에 입주해 있다는 것을 알았다. 서효원이 머릿속에 그리던 모습과는 달랐다. 서효원은 막연하게 뉴욕의 증권거래소를 상상하고 있었다. 수많은 사람들이 소리를 내지르며 주식을 사고팔겠다는 신호를 보내는. 사실 그런 광경은 인공지능이 탄생하기도 전에 이미, 수많은 것들이 디지털화되는 과정에서 사라졌다는 것을 알고 있었지만.

서효원은 굳게 닫힌 사무실 문 앞으로 가서 노크를 했다. 아무 반응도 돌아오지 않았다. 서효원은 문자메시지로 온 블루워터 리서치의 면접 안내문을 보았다. 분명 이 시간이었다.

사무실 내부에는 아무도 없었다. 회사 사무실이라고 보기 어려울 만큼 썰렁했다. 사무용 책상 서너 개와 의자 두 개, 데스크톱 컴퓨터 한 대가 보였고, 수많은 책들로 가득 찬 책장이 두 개, 그리고 소파 하나가 있었다. 서효원은 사무실 안으로 들어가서 소파에 앉았다. 주위를 둘러보자 다른 방으로 통하는 문이 하나 있고, 벽에 붙은 스위치로 보아 화장실인 듯한 문도 있었다. 피도 눈물도 없는 기업 사냥꾼의 은신처라기에는 너무나 허술한 공간이었다.

곧 다른 방의 문이 열렸다. 40대 중반쯤으로 보이는 키 큰 남자가 보였다. 이청수였다. 이청수의 몸집은 컸지만, 얼굴은 신기할 정도로 평범했다. 서효원은 왠지 그 평범한 얼굴만 봐도 그가 자신의 이름을 따서 블루워터 리서치라고 회사 이름을 지은 이유를 알 수 있을 것 같았다. 이청수의 두 손에 하얀 머그컵이 들려 있었다. 서효원은 이청수의 등 뒤로 싱크대가 있는 것을 보았다. 식약처 사무실들에서도 흔히 볼 수 있는 아주 평범한 탕비실이었다. 서효원은 일어섰다.

"서효원 씨, 맞죠? 커피 드시나요?"

이청수가 서효원 근처에 있는 책상 위에 머그잔을 하나 내려놓으면서 말했다. 서효원은 잔에 든 커피 냄새를 맡으며 말했다.

"안녕하세요. 아, 네. 커피 마십니다."

"네. 이청수입니다. 편하게 부르시고, 앞으로 잘해봅시다."

그렇게 말하면서 이청수는 컴퓨터가 있는 책상 앞에 앉았다. 이청수는 서효원에게는 아무 신경도 쓰지 않고, 커피를 홀짝이며 마우스휠을 드르륵드르륵 굴렸다. 서효원은 잠시 멍하니 그 모습을 바라보다가 말했다.

"끝인가요?"

"네. 앞으로 우리 회사 가족이세요. 가족이라고 해봐야 나랑 합쳐서 두 명뿐이지만."

이청수는 서효원을 돌아보지도 않으면서 말했다. 이청수는 마치 모니터 속의 세상에 빠져들기라도 하는 것처럼 목을 앞으로 쭉 빼어 내밀고 있었다.

"그, 질문 같은 건 안 하시나요?"

그제야 이청수가 서효원을 바라보았다. 이청수가 피식 웃었다.

"정부에서 온 거잖아요? 아닌가요?"

순간 서효원은 하늘이 무너지는 듯한 느낌을 받았다. 서효원은 자신이 언더커버 요원이라는 일을 해내기 힘들 거라고는 이미 생각하고 있었다. 애초에 거짓말 같은 걸 잘하는 성격도 아니었으니까. 하지만 시작하자마자 이렇게 들통날 거라고는 상상도 하지 못했다. 서효원은 고민했다. 부정해야 하나? 하지만 이청수는 말 그대로 모든 것을 다 알고 있는 듯한 미소를 짓고 있었다. 서효원은 더듬거리며 말했다.

"어, 그게……."

이청수는 별거 아니라는 듯 한 손을 휘젓고는 말했다.

"뻔히 알고 있었습니다. 정부에서 하루이틀 압박을 준 것도 아니고. 우리나라가 원래 관치 경제잖아요? 몇 년째 회사들 무너뜨리고 다니면 당연히 관료들이 싫어하지. 그런데 내가 불법을 저지르는 것도 아니니 정부 입장에서는 답답했겠지. 그런데 이력서가 굳이 날아오는 것도 이상하죠. 어차피 우리 회사는 나 하나뿐이고 딱히 인력이 더 필요한 것도 아닌데. 그러면 뭐, 감시역인 거 아니겠어요?"

"…… 그럼 왜 저를 받아주시는 거죠?"

서효원은 의심을 숨기지 않는 표정으로 물었다.

"피차 피곤해질 필요가 없으니까요. 뭐, 식약처에서 나를 감시하든 보건복지부에서 나를 감시하든 법적으로 나는 떳떳하니까. 서효원 씨라고 했죠? 서효원 씨 들어오는 걸 내가 막으면 아마 더 피곤한 방법을 쓸 텐데, 차라리 이렇게 접수해주는 편이 낫겠지."

그 말을 듣고 긴장이 풀린 서효원은 소파에 주저앉았다. 서효원은 이청수가 준 커피를 그제야 한 모금 마셨다. 벌써 미지근해진 커피에서는 오로지 카페인 섭취만을 목적으로 존재하는 싸구려 커피의 맛이 났다. 서효원은 탄식했다. 이청수가 말을 이었다.

"계약서는 메일로 보내놨어요. 월급도 이 정도면 나쁘지 않은 것 같고……. 출퇴근을 안 해도 되니 신의 직장이네. 그동안 고생한 것에 대한 보상이라고 생각해요. 맥주 좋아하면 탕비실에 쌓아놨으니까 가져가서 마셔요."

이청수의 말은 진짜였다. 탕비실에는 냉동실이 없는 2단 스탠드 냉장고가 있었는데, 냉장고 안에는 별별 맥주가 다 있었다. 이청수가 기업 사냥으로 번 돈을 맥주 양조장에 전부 쏟아붓는 건 아닌지 잠시 의심이 들 정도였다. 맥이 풀린 서효원은 사무실 구석에서 페일에일 맥주를 천천히 마셨다. 예상 밖의 음주 때문에, 그날 집으로 돌아갈 때 서효원은 자동차를 완전 자율주행 모드로 가동시켜야 했다. 집에 도착했을 때, 서효원은 이청수가 보낸 계약서를 보고 깜짝 놀랐다. 거기 적힌 금액은 '이 정도면 나쁘지 않은' 정도가 아니었다.

가슴이 두근거리는 걸 어찌할 수 없었지만, 서효원은 이내 호흡을 가다듬었다. 이청수가 자기를 매수하려 든다는 생각이 들었다. 그것은, 퍽 불쾌했다.

일주일이 지났다. 이청수는 서효원에게 출퇴근할 필요가 없다고 말했지만, 그동안 서효원은 꼬박꼬박 오전 아홉 시에 출근해서 오후 여섯 시까지 사무실에 있었다.

서효원은 긴장감을 유지하고 싶었다. 아무리 그것이 합법적이고 시장의 법칙이라고 해도, 이청수가 원인이 되어 가족을 잃고 돈을 잃은 사람들이 있었다.

그런데 이 언더커버 요원의 일에서 긴장감을 느낀다는 것은 정말로 쉽지 않았다. 사무실에 있는 동안 서효원은 소 닭 보듯 한다는 오래된 비유가 어떤 것인지 정확히 깨달았다. 이청수는 서효원이 무엇을 하든 아무 신경도 쓰지 않았다. 서효원의 질문에 이청수는 최소한의 대답만 했는데 질문을 회피하는 것으로 느껴지지는 않았다.

오히려 이청수의 모습은 한량이라고 할 만했다. 그는 거의 하루 종일 컴퓨터 앞에 앉아 있었고, 항상 정신에 영향을 주는 음료(커피 혹은 맥주)를 마시고 있었다. 아예 머리에 무언가를 뒤집어쓰고 VR 게임을 하느라 허공에 손을 휘적거리고 있는 모습은 심지어 조금 멍청해 보이기까지 했다. 서효원은 자기보다 열 살 정도 많은 이청수가 어리게 느껴졌다. 이런 상황에서 이청수의 간수 비슷한 존재가 될 수 있을까?

서효원은 다른 방식으로 접근하기로 했다. 이청수는 서효원에게 블루워터 리서치의 데이터베이스에 접근할 권한을 모두 주었다. 그런데 그 데이터베이스에 있는 자료들은 사실 전부 인터넷에서 합법적으로 구할 수 있는 자료들이었다. 심지어 이청수는 그 자료들을 따로 분리해놓지도 않았다. 그것은 데이터베이스라기보다는 무질서와 혼돈의 도가니에 더 가까웠다. 항상 계획적으로 살아오던 서효원에게 그 데이터베이스를 훑어보는 일은 그 무엇보다 고통스러운 일이었다.

그래서 서효원은 이제 사회공학적인 방법으로 이청수를 해킹하기로 마음먹었다. 말인즉슨 이청수가 맥주를 마시고 의자에 거의 뻗어 있을 때 모니터에 떠 있는 내용을 흘깃 바라보는 것이었다. 그 방법은 효과가 있었다. 마침내 서효원은 이청수의 목표를 파악한 것이다.

"미래 테라퓨틱스."

엎드려 자던 이청수가 일어난 것을 보고, 서효원은 승자의 미소를 지으면서 말했다. 이청수는 자기 앞에 당당히 서 있는 서효원을 올려다보며 말했다.

"네?"

"미래 테라퓨틱스죠? 다음으로 정한 목표."

미래 테라퓨틱스는 최근 줄기세포를 이용해서 손상된 신경세포를 재생시키는 데 성공한 회사였다. 뇌와 척수에 속하는 중추신경계의 신경세포는 성장이 끝나면 손상되어도 다시 회복되지 않는다. 그 법칙을 깬 미래 테라퓨틱스는 하반신이 마비된 환자를 말 그대로 일으키는 모습을 보였다.

"음, 맞아요."

고개를 끄덕인 다음 이청수는 다시 서효원에 대해 신경을 껐다. 당황한 서효원은 다시 주의를 환기시키고자, 나름대로 권위적인 자세를 취하고 말했다.

"잠깐만요. 상부에 보고할 거라고요."

이청수가 마우스를 딸깍딸깍 누르면서, 피식 웃은 다음 말했다.

"이미 알고 있을 텐데?"

"네?"

"뻔하잖아. 니트한 새 기술로 급등하는 듣도 보도 못한 새 제약사. 내가 잡아온 회사들은 다 그런 곳인데. 그런 데 돈이 많이 몰리잖아요. 돈 벌려고 하는 건데 어쩔 수가 없지. 확실히 금감원이나 뭐 이런 데서 온 사람은 아닌가 보네요."

그 말을 듣자 서효원은 들떴던 기분이 확 식었다. 서효원에게 있어 그녀의 전문성은 자존감을 형성하는 매우 중요한 요소 중 하나였다. 서효원은 살기 위해 일하는 것이 아니라, 일하기 위해 사는 사람이었다. 이청수의 별생각 없는 한마디가 서효원의 마음을 줄곧 받치고 있던 기둥을 건드린 것이었다. 서효원은 숨을 한 번 몰아쉬고 말했다.

"이보세요."

"예?"

이청수는 다시 서효원을 올려다보았다. 이청수는 서효원의 표정을 보고 그녀가 화가 났다는 것을 곧바로 알 수 있었다. 그러나 이청수는 표정을 바꾸지 않았다. 그 점이 더 서효원을 불쾌하게 만들었다.

"제가 여기 장난치러 온 것 같아요?"

"아니겠죠."

서효원은 침을 꿀꺽 삼켰다. 서효원은 회사 하나가 붕괴될 때마다 거기에 생계가 걸린 사람들이 얼마나 많은 재난을 겪는지를 생각했다. 삶의 경력이 끊기는 사람, 가정을 더 이상 책임질 수 없게 되는 사람, 자살자들. 그들 하나하나는 모두 통계에 숫자로 표시될 뿐이지만 그 개인들이 겪는 고통의 이야기는 차마 숫자 하나로 표시될 수 없다는 것을 서효원은 알고 있었다.

"그쪽한테는 그냥 돈 벌려고 하는 일이지만 나한테는 아니거든. 당신이 회사 하나 무너뜨리면 휘청거리는 가정이 얼마나 많은지 알아요? 자살하는 사람은? 나는 당신 손에 피 안 묻게 하려고 여기 온 거라고요."

이청수는 서효원으로부터 시선을 돌려 컴퓨터를 바라보았다. 그는 변명하듯이 말했다.

"그건 어쩔 수가 없는 것이지. 그래도 이상한 약을 시중에 풀수는 없잖아요. 그러니까 시장에는 나 같은 플레이어도 필요한 거지. 이상한 회사를 잘라줘야 장기적으로 경제가 건강하고 사람들의 후생이 증진……."

서효원은 이청수의 말을 끊었다.

"우리나라가 미국하고는 다른 걸 알잖아요? 우리는 정부가 개입해서 천천히 문제를 해결해나간다고. 사람들이 빠져나갈 시간을 주고 충격을 최소화한다고. 미래 테라퓨틱스에 문세가 있으면 우리가 해결할 거예요. 당신은? 문제를 하나 찾아서 보고서 하나 내면 회사가 순식간에 죽잖아요."

"나도 먹고는 살아야 하니까."

서효원이 한 손으로 책상을 내리쳤다. 쿵 소리가 사무실에
울려 퍼졌다. 그녀는 아주 잠깐 동안, 이런 행동을 한 자신에게
놀랐다. 그녀는 여기에 쓰는 시간이 헛된 시간이 아니기를 스
스로 바라고 있었던 것이다.

"돈? 당신 이미 돈 충분히 있지 않아요? 그 정도 돈이 있는데
더 필요해요?"

"나는……."

이청수가 말을 더듬었다. 서효원이 처음으로 보는 모습이었
다. 이청수는 이내 흐트러진 모습을 감추면서, 서효원의 눈을
똑바로 보면서 말했다.

"나는 그런 건 신경 안 써요. 나는 돈이 필요해요."

서효원은 질렸다는 듯이 헛웃음 소리를 냈다. 그녀는 자기
소지품을 챙기고 나가며 사무실 문을 꽝 소리가 나게 닫았다.
이청수는 그 뒷모습을 바라보고 잠시 생각에 빠졌다. 그러다
그는 시간이 벌써 오후 일곱 시나 됐다는 것을 깨달았다. 일하
러 가야 할 시간이었다. 이청수는 외투를 챙겨 입고 사무실 밖
으로 나갔다.

류경서는 한때 개미의 전설로 추앙받던 사람이었다. 그는
자기가 마흔이 될 때까지 모은 3억 정도 되는 돈을 500억으로

불리는 데 성공했다. 오로지 한국 주식 투자만으로.

그것은 결코 운으로만 이룰 수 있는 것이 아니었다. 류경서는 세상의 흐름을 잠시나마 읽어내는 데 성공했다. 2020년대 이후 한국은 반도체와 석유화학 산업으로는 이전처럼 돈을 벌 수 없다는 문제에 봉착했다. 한국 경제는 필연적으로 산업의 다각화라는 압력 속에 놓이게 되었다. 아직은 여력이 있던 한국 경제가 택한 것은 생명공학 산업이었다. 특히 이 산업에는 한국에 특별한 이점이 있었는데, 그것은 바로 동북아시아인들의 유전자 데이터였다. 유전자 맞춤으로 약물을 처방하는 시대에 한국은 구매력 높은 동아시아인들에게 딱 맞는 약품을 만들 수 있었다. 이전에 중공업과 반도체에서 그랬던 것처럼 한국인들은 도박을 했고, 마침내 판돈을 얻어냈다.

류경서는 한국 경제가 이른바 올인을 할 때 시류를 따르기로 한 사람이었다. 사실, 많은 사람들이 알고 있는 고질적인 문제 때문에 대부분의 개미 투자자들은 국내 주식 시장에 흥미를 잃은 지 오래였다. 하지만 류경서는 담대히 국내 시장, 그것도 특히 도박이라고 일컬어지는 제약주에 자신이 평생을 모은 돈을 바쳤다. 대출까지 최대한 끌어서 썼으니 그는 몸과 영혼을 다 바친 셈이었다. 그리고 류경서의 예측은 들어맞았다. 류경서는 벼락부자가 되었다.

보통 이 정도로 대박을 이룬 투자자들은 부동산 등 조금 더 안정적이면서도 고전적인 투자처로 눈길을 돌린다. 하지만 류경서는 그럴 수가 없었다. 류경서는 스스로가 미래를 읽을 줄 아는 사람이라는 자신감을 얻었기 때문이었다. 류경서는 자신을 후기자본주의 사회의 예언자라고 생각했다. 류경서는 자신이 언제나 승승장구할 수 있을 거라고 생각했다. 엄청난 성공 신화를 쓰자 고물이라도 떨어지지 않을까 하는 사람들과 그냥 숭배할 대상을 찾아다니는 멍청이들도 달라붙었다.

류경서는 집을 사는 대신 번 돈을 모조리 재투자했다. 더 모험적인 회사에다가 말이다. 류경서는 유튜브 채널까지 만들어 가면서 자신의 적극적인 투자법을 광고했다. 많은 사람들이 류경서를 따라 했다. 류경서는 대중들의 관심을 좀 더 흥미롭게 사용하는 방법도 찾아냈다. 자기가 구매한 주식을 광고하면 알아서 주가가 오르는 것이었다. 즉 그에게는 시장을 약간이나마 주무를 힘이 생겼다.

분명히, 한때 류경서는 미래를 예언하는 데 성공했었다. 하지만 세상이라는 거대하고 복잡한 기류의 방향을 개인이 계속해서 예언해내는 것은 불가능한 일이었다. 곧 류경서는 재앙을 맞았다. 류경서가 적극적으로 투자한 회사에 대한 블루워터 리서치의 공매도 보고서가 올라온 것이다. 그 보고서가 올라온 지 단 사흘 만에 회사의 주식은 거래 정지가 됐고, 한 달이 지나지 않아 상장폐지가 의결되었다. 류경서의 자산은 모두 휴지 조각보다 무가치한 것이 되었다.

그에 더하여 류경서가 한때 아무 문제가 없는 것으로 여겼던, 시장을 주무르는 행위는 완전히 불법이었다. 류경서는 그 휴지 조각보다 무가치한 것마저 철저히 추심당한 후 징역 2년을 살고 풀려났다. 류경서는 모든 것을 잃었다.

그 과정에서 류경서에게 남은 것은 증오뿐이었다. 논리적으로 따지자면, 류경서가 증오할 대상은 이청수나 블루워터 리서치가 아니라, 논문 데이터를 조작한 회사 임원들이었을 것이다. 하지만 증오가 논리적으로 다루어지는 감정이라면 이 세상에는 비극이 존재하지 않았을 것이다. 류경서는 이청수를 증오했다. 한도 끝도 없이 증오했다. 이청수를 파멸시킬 수 있다면 자기 삶을 기꺼이 제물로 바칠 수 있을 정도로.

류경서는 사무실 빌딩 앞에서 시위를 하거나 하지 않았다. 그러는 대신, 그는 출소한 지 며칠 지나지도 않아 칼을 하나 사 들고 블루워터 리서치 사무실이 있는 빌딩의 지하 주차장에 잠복했다. 이청수는 쉽게 기습할 수 있는 상대는 아니었다. 류경서보다 덩치가 컸기 때문이다. 출소 후 며칠 동안, 류경서는 블루워터 리서치에 직원 한 명이 더 있다는 사실을 알아냈다. 물론 그 인물이 정부의 언더커버 요원이라는 것을 류경시는 알 리가 없었다.

서효원은 씩씩거리면서 지하 주차장을 걸었다. 그녀는 방금 전에 이청수에게 당한 모욕에서 전혀 벗어나지 못한 상태였다. 그녀는 자기 차가 있는 곳을 향해 스마트 키의 버튼을 눌렀다.

자동차가 서효원 쪽으로 천천히 다가왔다. 그때 누군가 서효원의 팔을 붙들고 빛이 잘 들지 않는 구석 쪽으로 우악스럽게 잡아당겼다. 서효원은 비명을 질렀지만 그 비명은 아무에게도 닿지 않았다. 거친 손이 순식간에 서효원의 입을 막았다.

"조용히 해!"

그제야 서효원은 상황을 인식했다. 서효원은 몸을 바둥거렸지만, 곧 목에 아주 서늘한 감각을 느꼈다. 서효원은 그것이 칼이라는 것을 본능적으로 깨달았다. 살면서 단 한 번도 느껴보지 못한 공포가 엄습했다. 인간의 가장 근원적인 공포, 죽음에 대한 공포가 서효원을 감쌌다. 서효원은 자신이 어찌할 수 없는 폭력 앞에서 아무 행동도 하지 못한 채로 그저 눈물만 흘렸다. 똑같이 흥분한 류경서는 자신의 흥분을 제어하기 위해 쌍욕을 뱉은 다음 말했다.

"이청수 어디 있어."

이청수의 위치를 안다고 해서 무엇을 할 수 있을까? 류경서 스스로도 몰랐다. 오갈 데 없고 혼란스러운 분노로 류경수는 서효원만큼이나 덜덜 떨었다.

"모…… 몰라요…….'

"모르는 게 어디 있어!"

서효원은 칼날이 자신의 목을 파고드는 것을 느꼈다. 칼날은 아주 무뎠고, 서효원의 목에 아직 상처를 내지는 못했다. 하지만 그녀는 말 그대로 숨이 멎을 듯한 공포를 느꼈다.

서효원은 눈을 질끈 감았다. 그녀는 자주 죽음에 대해 생각했다. 서효원은 죽음과 가까울 수밖에 없는 삶을 살았다. 실험 과정에서 서효원은 쥐를 직접 죽이기도 했다. 임상시험에서 가짜 약을 받은 환자들이 가짜 희망에 사로잡힌 채로 죽어가는 것을 목격한 적도 있었다. 그러는 동안 서효원은 자신이 죽음에 대해 많이 무뎌져 있다고 느꼈다. 너무 자주 접했기 때문에 오히려 평온한 죽음을 맞을 수도 있다고 생각했다.

하지만 죽음이 코앞으로 다가온 이때, 서효원은 너무 살고 싶어서 미쳐버릴 지경이었다.

바로 그때 서효원은 꽝 소리를 들었다. 서효원은 자신을 붙잡은 우악스러운 힘이 사라지는 것을 느꼈다. 서효원은 눈을 떴다.

이청수였다. 이청수가 맨몸으로 류경서를 가격하고 서효원을 떼어낸 것이다. 류경서는 비틀거리고 있었지만 여전히 손에 칼을 꽉 쥐고 있었다. 일단 이청수는 류경서에게서 서효원을 떼어내는 데까지는 성공했지만, 칼을 쥔 사람을 맨몸으로 어떻게 이길 것인지에 대한 계획은 없는 것처럼 보였다. 패닉에 빠진 류경서는 칼을 마구잡이로 휘둘렀다. 이청수는 거기

에 팔을 뻗고 다가가는 멍청한 짓을 하다가, 어딘가를 베이고
는 비명을 지르며 물러섰다.

그 광경을 멍하니 보고 있던 서효원은 문득 자신이 아직 손
에 차 키를 쥐고 있다는 사실을 떠올렸다. 차는 근방에 서 있었
다. 서효원은 버튼을 꾹 눌렀다. 차가 서효원에게 다가오자 류
경서는 혼비백산했다. 자율주행차는 결코 인간을 치지 않도록
설계되어 있지만, 그 본능적인 순간에 이성이 낄 틈이 없었다.
그 틈을 타고 이청수가 류경서에게 맨몸으로 부딪쳤다. 류경
서가 쓰러지면서 칼을 떨어뜨렸다. 이청수는 칼을 발로 쳐내
고, 그대로 발을 들어 류경서를 짓눌렀다. 류경서가 신음을 흘
렸다.

"너, 뭐 하는 새끼야?"

류경서는 짐승처럼 울부짖었다. 그는 어떤 뜻을 전달하고
싶다기보다는 그저 증오에 가득 찬 것처럼 보였다. 이청수는
고개를 저었다. 살면서 이런 사람을 본 것이 처음은 아니었다.
이청수는 품에서 지갑을 꺼낸 다음 수표를 한 장 뽑아 던졌다.

"꺼져."

그러면서 이청수는 발에 힘을 풀었다. 류경서는 잠시 의문
스러운 눈길로 이청수를 보다가, 수표를 집어 들었다. 류경서
는 그 금액에 놀란 다음, 들개처럼 도망쳐 사라졌다.

그러는 동안 이청수가 서효원 쪽을 바라보고 말했다. 서효

원은 이미 휴대폰을 들고 있었다.

"경찰 부르지 마세요."

"네?"

"공권력이랑 엮이면 피곤해지니까."

"하지만 칼을 들고 왔는데……."

"형사소송에 휘말리는 거 자체가 나한텐 리스크예요. 아니, 뭐……."

이청수는 서효원을 물끄러미 바라보다가 말했다.

"그렇게 피곤하게 만드는 게 그쪽 일인가."

그런 다음에 이청수는 비틀거리면서 걸어갔다. 서효원은 이청수가 감싸 쥔 왼쪽 팔에서 피가 줄줄 흐르는 것을 보았다. 서효원은 자기 자동차의 조수석으로 들어가 보관함에 있는 응급처치 키트를 꺼낸 다음 이청수에게 달려갔다.

"잠깐만요!"

이청수는 멈춰 서서 서효원을 바라보았다. 서효원이 응급처치 키트를 보여주면서 말했다.

"일단 치료부터 하시죠."

서효원이 응급처치 키트를 땅에 내려놓고 열었다. 이청수는 외투를 벗고 다친 팔의 옷소매를 걷어서 서효원에게 보여주었다. 상처는 예상보다 깊었다. 서효원이 소독 스프레이를 상처에 뿌리면서 물었다.

"무슨, 대체…… 어떻게 칼을 든 사람한테 맨몸으로 뛰어들 생각을 했어요?"

"게임을 하세요."

서효원이 붕대를 꺼내 상처를 매는 것을 바라보다가 이청수가 말했다. 서효원이 인상을 찡그리며 되물었다.

"뭐라고요?"

"게임을 하면 반사신경도 좋아지고 잘 싸울 수 있게 돼요. 일종의 시뮬레이션 같은 것이지."

서효원은 고개를 저으면서 붕대를 꽉 맸다. 감정이 실린 응급처치를 받은 이청수가 악, 하고 신음 소리를 내는 것을 보고 서효원이 말했다.

"됐어요. 일단 응급처치는 했으니까, 병원으로 가요."

"지금은 안 돼요."

"덧나고 싶어요?"

"일하러 가야 하니까……."

"일? 무슨 일?"

"그건 그쪽이 알 바가 아니지."

서효원은 고개를 저었다.

"아니, 무슨 일인지는 알아야죠. 그쪽이 무슨 일 하는지 감시하는 게 내 일인데."

이청수가 한숨을 쉬었다.

"개인적인 일이에요. 만날 사람이 있어서."

"그럼 안 된다고 해요. 이렇게 크게 다쳤는데 누가 뭐라 할까."

둘의 시선이 교차했다. 이청수는 서효원의 표정을 유심히 바라보았다. 그는 시간이 없었다. 이 고집 센 여자가 자신을 쉽게 풀어줄 것 같지는 않았다.

"…… 알겠어요. 그러면 같이 갑시다."

"어디로요?"

이청수는 휴대폰 화면에 목적지를 띄워서 보여주었다. 30분 거리에 있는 술집이었다. 서효원은 어처구니가 없다는 듯 말했다.

"미쳤어요?"

"그렇게 보일 수가 있지. 아니 그렇게 보이겠지! 할 말이 없기는 한데. 일단 여기로 갑시다. 시간이 없으니까."

"아니, 일단 병원을……."

"어떻게 되든 제가 책임질 테니까. 제발 여기로 갑시다. 이유는 가면서 이야기하죠."

이청수가 빌다시피 하며 말했다. 서효원은 방금 전까지 자신을 모욕하던 이청수가 이렇게까지 비굴하게 구는 모습을 보고 당혹했다. 서효원은 이청수의 팔에 감긴 붕대에 핏자국이 선명하게 배어나는 것을 보면서 잠시 고민하다 고개를 끄덕였다. 적어도 출혈이 있는 상태에서 과음하는 사태만은 막아야 하지 않겠는가 싶었다.

방금 전의 유혈 사태가 농담이었던 것처럼 차는 부드럽게 움직이는 중이었다. 서효원은 목적지를 이청수가 말한 술집으로 정하고 완전 자율주행 모드를 가동한 다음, 조수석 쪽으로 고개를 돌렸다. 이청수가 창밖을 바라보고 있었다. 서효원은 물었다.

"자, 이제 굳이 술집에 가야 되는 이유를 이야기하시죠."

"서효원 씨는 그 일을 하는 이유가 뭡니까?"

"예? 당신 감시요?"

"아니요. 본래 식약처 의약품안전국에서 일했잖아요. 이력서에 적혀 있던데. 왜 거기서 약사 공무원으로 일하기로 한 겁니까?"

서효원은 어처구니없다는 듯 답했다.

"안정적이라서요."

이청수가 고개를 돌려 서효원을 바라보았다. 방금 전까지 멍하던 그의 눈은 서효원이 알 수 없는 어떤 의지로 빛나고 있었다.

"거짓말은 하지 맙시다. 나도 거짓말은 안 할 테니. 아무리 인공지능이 대체한다고 겁을 줘도 약사 자격증이 있으면 평생 먹고살 걱정은 없지. 적당한 대형 약국에서 페이 약사로 취업

하면 안정적이고 수입도 보장되잖아요? 그런데 굳이 박봉에 벅찬 관료 일을 선택한 이유가 있을 거 아니에요? 명예? 요즘 시대에 기술 관료한테 명예가 있는지는 잘 모르겠지만……."

"…… 더 많은 사람들이 건강할 수 있는 사회를 바라는 거죠."

"왜요?"

서효원은 인상을 찡그렸다.

"왜라니요? 공중보건은 당연히 추구해야 할 것 아닌가요?"

이청수가 고개를 저었다.

"아니 뭐, 공중보건이 좋긴 하지만…… 사람들은 보통 그런 추상적인 미덕을 추구하지 않지. 돈, 명예, 권력, 가정…… 뭐 이런, 현실적인 걸 추구하잖아요."

"……."

서효원은 이청수의 눈을 바라보았다. 서효원의 머릿속에서 어떤 이미지들이 번뜩였다. 떠올리고 싶지 않았지만 의식의 구조 전반에 각인되어 있어 결코 잊을 수는 없는 이미지들. 서효원은 갑자기 차오르는 구역감을 가까스로 참으면서 말했다.

"이청수 씨, 그쪽부터 먼저 말해요. 돈은 썩어나잖아요? 그런데 왜 굳이 이런 일을 하는 거죠? 그쪽을 죽이려는 사람도 있는데?"

이청수는 잠시 시선을 피하다가, 천천히 입을 열었다.

"그야 돈 때문에……."

"똑바로."

이청수가 고개를 저었다. 그는 서효원 쪽으로 고개를 숙이고 말했다.

"나는 말이죠. 다른 사람을 속여서 이상한 약을 만들어 파는 인간들을 용서할 수가 없어요. 원래 사기꾼들이 인간을 파괴하지만, 약은 그 이상이죠. 인간의 목숨이 달려 있는 거잖아요? 안 그래요? 나는 그런 사람들이 너무나 싫어요."

이청수는 짜증 난다는 듯 말을 이었다.

"인간사라는 게, 누굴 싫어하는 게 누굴 좋아하는 것보다 더 중요한 거거든?"

서효원은 멍하니 답했다.

"그렇군요. 왜 그런 사람들을 싫어하는데요?"

"거기까진 말하고 싶지 않아요."

"그러면 돈은……."

"나한테 돈은 방패예요. 그런 사기꾼들을 도려내면서 나를 지키는 방패. 내가 지금 돈이 이렇게 많으니까 정부나 회사에서도 함부로 못 건드리는 거 아니겠어요? 듣고 있어요?"

이청수가 서효원의 주의를 끌었다. 서효원은 고개를 끄덕였다. 그녀는 자신도 모르게 눈이 축축해지고 있는 것을 느끼고 일부러 차 앞쪽으로 고개를 돌렸다. 어차피 자율주행차가 사고를 낼 리는 없다는 것을 알고 있었지만 말이다. 서효원은 약간 떨리는 목소리를 최대한 감추면서 말했다.

"하지만…… 그래서 피해를 보는 사람들은?"

"그래요. 내 방법이 항상 옳을 수는 없겠지. 하지만 원래 세상일이란 그런 겁니다. 모두 만족할 수 있는 해결책 같은 건 없어요. 제가 이런 일을 해야 더 많은 목숨을 구할 수 있는 거고요. 아니, 지금 칼에 찔릴 뻔해놓고도 그런 사람들을 다 두둔……."

서효원이 끼어들었다.

"소중한 사람을 잃은 적이 있나 보죠?"

예상 밖의 질문을 들은 이청수가 잠시 침묵하다 답했다.

"그렇다고 할 수 있죠."

"그래서 화났군요."

"……."

"동감해요. 저도 화가 나요."

이청수는 의심스러운 눈길로 서효원을 바라보았다. 그녀는 이청수의 시선에 신경 쓰지 않는 것 같았다. 서효원은 눈을 잠시 감고, 고개를 끄덕이면서 말했다.

"그런 사람들은, 살인자예요."

서효원은 이청수 혹은 자신에게 말하고 있었다. 서효원은 분명히 프랜시스 켈리를 존경했다. 의약품의 오남용을 막아내는 멋진 공무원이 되고 싶었다. 공공보건의 수호자가 되고 싶었다. 하지만 그것은 결국 이차적인 욕망일 뿐이었다.

이청수는 조심스럽게 물었다.

"자, 그럼 그쪽이 말할 순서인 것 같은데⋯⋯."

"2020년에 엄마가 돌아가셨어요."

"아, 저런."

"코로나 때문에."

이청수는 더 캐묻지 않았다. 서효원의 표정만 보아도, 어떤 일이 일어났는지 대강 짐작할 수 있었기 때문이다. 서효원은 엄마의 장례식을 생각하고 있었다. 어떻게 관계 맺어야 하는지 알기도 전에 너무 빨리 죽은 엄마의 장례식을.

2020년 당시, 서효원은 갓 1학년을 마친 대학생이었다. 그때는 더 많은 사람들의 건강과 안녕 따위에는 큰 관심이 없었다. 삶과 죽음이라는 것을 생각하기에 그녀는 지나치게 어리고 활기찼다.

팬데믹이 모든 것을 집어삼킨 당시에도 마찬가지였다. 사실, 그녀에게, 2020년의 그 모든 사건들은 대단히 이질적인 것이었다. 전 세계의 대도시가 모두 문을 걸어 잠갔다고 한들, 뉴욕의 화장장에서 시신을 얹는 철제 프레임이 녹을 정도로 불을 지피고 있다고 한들 서효원에게는 와닿지 않는 이야기였다.

사실 서효원은 조금 짜증이 났다. 그녀는 아직 들떠 있는 2학년짜리 대학생이었다. 약대 준비를 하고 있었지만, 서효원에게 그 시간은 너무도 찬란한 청춘의 절정이었다. 그런 빛나는 순간에 모든 것이 록다운된다는 것은 가혹한 일이었다. 솔직히 말해서, 그녀는 이렇게 생각하기도 했다. 이 바이러스로 죽는 사람들에겐 비극적인 일이지만, 결국 그들은 모두 어떻게 죽어도 어쩔 수 없는 노인들일 뿐이다. 그런데 이 모든 노력이 정말로 필요한 것일까? 차마 아무에게도 말할 수 없었지만. 그런데 서효원의 엄마가 그 감염증에 걸렸다. 당혹스러운 일이었다.

서효원은 가족에 대해 아주 깊게 생각해본 적이 없었다. 그녀는 일산에 거주하는 중산층 가정의 외동딸이었다. 엄마도 아빠도 평범하고 건조한 인간들이었다. 그들은 서울의 직장을 별 불만 없이 다니면서, 만날 법한 사람들끼리 만나 그들이 살 법한 도시에서 자식 하나를 낳고 살아갔다. 서효원은 그런 건조하면서 견실한 삶의 태도를 물려받고 자랐다. 약사를 하겠다는 서효원의 목표도 그런 건조한 중산층적 삶의 태도와 맞닿아 있었다.

그런 가족의 모습이 서효원도 싫지 않았다. 누군가는 정말로 부모를 사랑하기도 한다. 또 어떤 사람은 부모와 원수를 지기도 한다. 서효원은 자신의 가족이 그 모든 것의 중간에 있다고 생각했다. 굳이, 무엇 하러, 가족끼리 감정적이겠는가. 그것이 어떻게 생산적이겠는가.

그런데 엄마가 그 세계적인 돌림병에 걸렸다. 경기도에 있는 가족들이 전부 격리됐다는 이야기를 들었을 때 서효원이 느낀 것은 당혹스러움이었다. 당시만 해도 역병에 걸린 사람들은 좋든 싫든 이동 경로가 공시되었다. 엄마는 서효원이 그때까지 듣도 보도 못했던 종교 단체에서 바이러스에 감염되었다고 했다. 왜?

혼란스럽기 그지없던 질병관리청의 알림이 온 이후로, 서효원은, 아니 엄마를 제외한 그녀의 가족 모두가 의문에 빠졌다. 왜 서효원의 엄마는 그런 것을 믿고 있었을까? 그것을 왜 그렇게 가족에게 숨겼을까? 서효원의 엄마는 외로웠던 걸까? 그랬다면 왜 가족들한테 알리지 않은 걸까.

그 의문들은 결국 해결될 수 없었다. 서효원의 엄마에게 COVID-19는 치명적이었다. 그녀는 폐의 3분의 1 이상이 섬유화됐을 때 확진을 받았고, 이동 경로가 알려졌을 때는 이미 혼수상태였다. 그녀는 순식간에 흩어져 사라졌다.

엄마는 서효원에게 소중한 사람이었을까? 분명히 그랬다. 서효원은 엄마를 참으로 사랑했다. 서효원은 가족을 소중히 느꼈다. 그런데 그 감정은 의무감에서 비롯된 것이기도 했다. 그녀는 엄마를 자기 엄마니까, 자기를 키워줬으니까 사랑했다. 그것은 그냥 계약 같은 것이었다. 그전까지 서효원에게는 엄마를 좀 더 인간적으로 깊게 이해해보고 싶은 동기가 없었다. 그러나 엄마가 죽기 직전에야 비로소 엄마를 이해하고 싶어졌다.

서효원은 그 동기를 결코 해소할 수가 없었다. 왜냐하면 그녀의 엄마는 혼수상태에 빠진 이후 다시는 깨어나지 못했기 때문이다.

장례식조차 제대로 치를 수 없었다. 역병에 찌든 채로 죽은 서효원의 엄마는 그 신체 자체가 생물재해였다. 그녀의 몸은 곧바로 화장되었고, 가장 가까운 가족들만 고인을 추도하는 의식에 참여할 수 있었다. 그 밀폐된 장례식장에서 상주 완장을 단 채로, 서효원은 멍하니 서 있었다. 어린 그녀는 의문을 품었다.

대체 무엇이 문제였을까? 우리는 그냥 다 잘 살고 있지 않았나? 종교에 귀의해야 한다면, 적어도, 적어도 가족에게 말해줄 순 있지 않았을까? 그러나 그 질문에 답하기에 서효원의 엄마는 이제 너무 먼 곳에 있었다. 결코 정복될 수 없는 죽음의 영구한 장벽이 모녀의 사이에 섰다. 서효원은 슬펐다. 하지만 동시에 의문스러웠다.

아마 그 순간부터 서효원이 품는 강박은 응결되기 시작했을 것이다. 사람들은 일단 건강하게 살아야 해. 오래 살아야 해. 그래야만 해. 우리에게는 대화할 시간이 필요해. 어쩌면 그것이 야말로 서효원이 처음으로 품은 인생의 대목적이었을 것이다.

모든 사람들이 도달 가능한 최대 수준의 건강 달성.

"그래서 그쪽 일을 하는 거군요?"

아무 말도 하지 못하고 있는 서효원을 보고 있던 이청수가 말했다.

"어느 정도는."

"잘되던가요?"

"무슨 뜻이죠?"

"공무원 일이란 게 말입니다. 빡빡하게 묶여 있고 재량으로 할 수 있는 게 많지 않지요. 나쁘다는 건 아닙니다. 그런데 세상에는 편법을 써야 하는 일도 있어요."

서효원은 생각했다. 자신은 20년 전 제한적으로 치러진 모친의 장례식에서 오열하던 대학생이 아닌, 이제는 숙련된 어른이라고. 그녀는 방금 전에 느꼈던 무지막지한 공포를 떠올렸다. 동시에, 조금은, 이 남자가 진짜로 하는 일이 도대체 어떤 것인지 궁금했다. 감정적으로 전혀 흔들리지 않은 모습을 연기하면서 서효원은 말했다.

"살짝은."

이청수가 씩 웃었다.

"저는 그런 일을 합니다. 보여드릴까요?"

서효원은 궁금했다. 그녀는 고개를 끄덕였다.

맥주와 소소한 안줏거리를 파는 술집은 아주 시끄러웠다. 술집에 들어서면서 서효원은 족히 스무 명은 되는 사람들이 두 열로 앉아 있는 것을 보았다. 서효원은 그 사람들이 미래 테라퓨틱스의 직원들이라는 것을 알았다. 이청수가 다음 대상으로 잡고 있는 바로 그 회사의 사람들. 그들이 회식을 하고 있는 것이었다. 그들 개인은 나름대로 즐겁고 기뻐 보였다. 서효원은 식약처에서 함께하던 동료들을 떠올렸다.

약사 공무원이자 5급 사무관인 이윤하는 서효원이 살면서 본 사람들 중에서도 공무원의 전형 같은 사람이었다. 그녀는 공무원연금의 누적 말고는 자기 직업에 원하는 바가 아무것도 없었다. 그렇다고 해서 이윤하가 게으르지는 않았다. 오히려 이윤하에게는 행정 업무에 천부적이라고밖에 할 수 없는 재능이 있었다. 안전국 사람들은 이윤하가 놀라운 솜씨로 작성한 문서로 필요한 예산을 따 오고 거추장스러운 일을 쳐내는 것을 보고, 거의 순수회화를 감상할 때와 같은 아름다움을 느꼈다. 그들은 이윤하가 약사 자격증을 딸 시간에 행정 고시를 쳤어야 한다고 말했다(어떤 면에서, 서효원에게 그런 이야기는 '쟤가 그냥 행정 사무관이면 더 부려먹기 좋았을 텐데'로 들리기도 했다).

4급 서기관, 과장 임현채는 출세하고야 말겠다는 집념으로 살아가는 사람이었다. 높은 등급의 공무원이 되는 것이 바로 출세라고 생각하는 점에서 그는 조선시대의 감각을 가지고 있었다. 그래서 임현채는 기회주의적이었고 정무직들 눈에 들기 위해 최선을 다했다. 동시에 임현채는 자기 부하 직원들을 지키는 데도 최선을 다했다. 임현채 밑에서 일하면 적어도 다른 부서와의 기싸움에서 눌릴 일은 없었다. 어찌 보면 임현채는 자신의 권력으로 낮은 사람을 지키는 것이 도리라고 믿는 것 같기도 했다.

6급 주무관 최진호는 25년 동안, 9급으로 시작하여 근속하면서 자신의 가족을 먹여 살렸다는 자부심으로 가득 찬 사람이었다. 그에게는 딸이 둘 있었는데, 최진호는 자식들을 자기 몸보다 더 사랑했다. 그건 누가 봐도 절대 오해할 수가 없는 사실이었다. 언젠가 회식 자리에서 술에 취해서, 자기 딸이 서효원처럼 되면 좋겠다는 말을 한 적이 있었다. 분명히 실언이었지만, 서효원은 그 순간 기분이 나쁘지만은 않았다.

직급과 직무, 나이 따위의 하찮은 조건을 떠나 그들 하나하나가 사람이었다. 그들 모두가 정당하고 가치 있는 삶을 살고 있었으며, 그들이 살아가는 세상 하나하나가 고유했다. 뭐, 항상 아름다웠다고 할 순 없겠지. 그러나 무가치한 삶은 없었다. 미래 테라퓨틱스 사람들은 다를까.

이청수가 회식 테이블과 멀지 않은 곳에 자리를 잡았다. 서효원이 마주 앉았다. 이청수는 너무나 자연스럽게 맥주 두 잔과 핑거푸드를 주문한 다음, 출혈이 있는 팔로 노트북과 작은 구슬 같은 기계를 꺼냈다.

"녹음기입니다. 초고감도죠. 지금 들리는 모든 소리를 빨아들일 수 있을 정도로요."

이청수가 자랑스러운 듯이 말했다. 서효원은 팔짱을 꼈다.

"불법이죠?"

"어쩔 수 없습니다."

"뭐가 어쩔 수 없는데요?"

"불법적으로 뭔가 숨기고 있는 회사한테, 법만으로 대응하기는 힘든 법이죠."

"우리 식약처 사람들이 바보는 아니에요."

"저도 그렇게 생각하진 않습니다. 단지 비효율적인 거지."

이청수는 노트북에 무언가를 타이핑하기 시작했다. 서효원은 왠지 그 모습을 보고 싶지가 않아 팔짱을 끼고, 회식 중인 미래 테라퓨틱스 직원들을 향해 고개를 돌렸다. 그러는 동안 만사 귀찮은 표정을 한 아르바이트생이 쓸데없이 과냉각해 슬러시가 된 맥주 두 잔과 치킨을 가져와 테이블 위에 올렸다.

이청수는 실시간으로 녹음 중인 소리들이 데이터로 분석되고 있는 것을 노트북의 디스플레이로 확인한 다음 서효원을 바라보았다. 서효원은 지금 이 모든 상황이 마음에 들지 않는 듯하다는 자세를 취하고 있었지만, 이청수는 서효원의 마음속에서 불타고 있는 영웅심을 꿰뚫어볼 수 있었다. 그녀는 이 세상을 바꾸고 싶어 했다. 이청수는 세상이 어떻게 되건 상관이 없었지만, 그런 영웅심을 가지는 것만큼은 충분히 존중할 수 있었다.

그리고 이청수는 그것을 이용할 수도 있었다. 관료 하나가 자기편이 되는 것은 나쁘지 않을 것이라고 그는 생각했다.

"보세요."

이청수가 노트북을 서효원 쪽으로 돌렸다. 서효원은 인상을 찡그린 채 노트북 디스플레이를 바라보았다. 미래 테라퓨틱스가 발표한 데이터와 보도 자료들이 노트북에 일목요연하게 정리되어 있었다.

미래 테라퓨틱스가 만들었다고 주장하는 기술 자체는 사실, 회사의 이름과는 달리, 새롭지 않은 것이었다. 어떤 면에서 그것은 생명 진화의 역사와 함께했다. 인간 신체의 각 세포들에는 각기 맡은 역할이 있다. 어떤 세포는 외부로부터 내부를 수호하는 피부 세포가 되어야 하고 어떤 세포는 소화를 담당하는 위 세포가 되어야 한다. 인간이 만드는 기계라면 각 부품은 완전히 다른 물건일 것이다. 그런데 세포들이 공유하는 설계도, 즉 DNA는 모두 같다.

그래서 생명은 줄기세포라는 하나의 씨앗으로부터 별개의 세포가 분화하는 과정을 거치도록 진화했다. 어떤 줄기세포는 간세포가 되고 또 어떤 줄기세포는 근육세포가 된다. 이미 2010년대에, 인간은 이 과정을 거슬러서, 분화된 세포를 줄기세포로 역분화시키는 방법을 알아냈다. 하지만 그 세포를 다시 원하는 세포로 만들어내는 것은 쉽지 않은 일이었다. 2040년이 된 지금도.

그런데 미래 테라퓨틱스가 중추신경, 즉 뇌와 척수의 세포를 재생시키는 방법을 밝혀낸 것이었다. 노트북 화면에 환자복을 입은 채로 서서 걷는 사람의 영상이 떠올랐다.

걷는다는 건 몹시 당연한 일처럼 느껴지지만, 영상 속에서 걷는 사람의 표정은 그야말로 지복으로 가득 차 있었다. 서효원도 그 영상에 나온 사람이 누군지 알고 있었다. 그는 오래전에 척수를 다쳐 하반신이 마비된 연예인이었다. 미래 테라퓨틱스는 그 사람을 걷게 한 것이었다. 실로 경전에나 나올 법한 기적이었다. 어떤 사람들은 그것을 생명공학의 위대한 승리라고 불렀다. 사실, 서효원도 그런 평가에 반대하지 않았다.

"임상 1상에서부터 효과가 데이터로 드러나기 시작했잖아요."

"데이터가 너무 완벽해요. 그게 문제인 거지."

이청수가 답했다. 서효원이 어이없다는 듯 말했다.

"딱 음모론적인 사고방식이네요. 반박할 수가 없는. 데이터가 좋으면 조작된 거고, 안 좋으면 안 좋은 대로 나쁜 거고."

"직관에 의존해야 할 때도 있어요. 줄기세포를 이용해서 중추신경계를 치료하는 게 원래 잘 시도되지 않았다는 건 알잖아요? 성인이 되면 더 이상 뇌세포가 자라지 않는 데에는 이유가 있어요. 우리가 완전히 알지는 못하지만. 그런데 이 사람들은 그런 원리를 무시하고 그냥 성과를 냈어. 그러니까 의심스럽지."

그 말을 들은 서효원이 즐겁게 술을 마시고 있는 미래 테라퓨틱스 직원들 쪽을 바라보았다. 그녀는 말했다.

"고전적인 접근법이 옳았다면?"

"그래서 제가 최대한 확인하려고 하는 것 아닙니까."

이청수는 녹음기, 아니 도청기를 들어 올리면서 말했다. 노트북 디스플레이 한구석으로, 도청기로 들어오는 음성들이 활발히 분석되고 있는 것이 보였다. 몇 가지 대화 내용이 강조되었지만 서효원의 눈에 딱히 쓸모 있는 것은 없어 보였다. 미래 테라퓨틱스의 누군가가 사내 연애를 한다거나 누가 승진을 하느냐 마느냐 따위와, 미래 테라퓨틱스가 사기를 치느냐는 다른 문제였다.

"별거 없어 보이는데요."

"시간이 좀 필요해요. 사람들이 취하기까지 기다려야 하니까……."

"한쪽 팔에서 피를 그렇게 질질 흘리면서? 술 마시지 마세요."

"제가 그렇게 알코올중독자처럼 보이나요?"

서효원은 고개를 끄덕였다. 이청수는 노트북을 닫았다. 서효원은 휘파람을 불면서 맥주를 한 모금 마셨다.

한 시간 동안 둘은 잡다한 이야기를 나누었다. 이청수는 최근 유행하고 자기도 즐기고 있는 VR 게임이 그 본질적인 특성 때문에 이스포츠화되기가 굉장히 어렵다는 내용의 장광설을 늘어놓았다. 서효원은 바로 그때 자신이 세상에서 가장 관심 없는 대화 주제가 무엇인지 진정으로 깨달았다. 이청수가 늘어놓는 그 VR 게임과 이스포츠의 관계야말로 서효원이 가장 신경을 쓸 수 없는 것이었다. 사실, 서효원은 도대체 인간이 어떻게 해야 그런 문제에 관심을 기울일 수 있는지 도저히 알 수가 없었다.

그래서 서효원은 자기 나름대로 이야기를 시작했다. 서효원은 그녀가 속한 관료 사회에서, 행정 고시를 통과한 여러 공무원들이 늘어놓는 불평을 이야기했다. 그러니까 공무원은 기본적으로 안정성이 핵심인 일이다. 그런데 행정 고시는 안정성을 이야기하기에는 지나치게 어렵고 도전적인 탓에, 공무원이 되는 이유와 충돌하게 마련이다. 그래서 관료가 된 도련님들은, 사기업이면 돈도 더 받을 텐데 여기선 승진도 어렵다는 억하심정을 털어놓곤 했다. 서효원은 그런 이야기를 들을 때마다 짜증이 났다. 서효원은 그 짜증을 이청수에게 늘어놓았다. 물론 이청수도 공무원 사회의 도련님들 이야기 같은 데는 아무 신경을 쓰지 않았다. 어쨌든 그런 푸념은 긴장을 푸는 데는 도움이 되었다.

한 시간 동안 서로가 벽에 대고 이야기를 하고 나자, 미래 테라퓨틱스 사람들의 회식도 점차 소강상태에 접어들었다. 그 회식도 다른 회식과 별반 다르지 않아 술을 계속 권하는 사람과 어떻게든 자리를 빠져나가려는 사람들이 있었다. 서효원은 별다른 신경을 쓰지 않고, 자기 앞에 놓인 맥주를 마셨다. 그때 쩌렁쩌렁한 남자 목소리가 울렸다.

"이것은, 저는 아니라고 생각합니다! 저는요."

둘은 그쪽을 향해서 고개를 돌렸다. 아주 심하게 취한 남자 한 명이 서서 뭔가 말하고 있었다. 서효원은 그 남자에게서 어떤 비장미를 읽었다. 그러자 그 옆에 있던 여자가 그를 붙잡고, 출구로 질질 끌고 나갔다. 남자는 무언가 중얼거렸다. 술집이 갑자기 조용해졌다. 이청수가 서효원에게만 들릴 정도로 낮은 목소리로 말했다.

"저 둘이 부부입니다."

"어떻게 알아요?"

이청수가 서효원에게 자기 휴대폰을 보여주었다. 노트북의 인공지능은 여전히 가동 중이었다. 인공지능은 지금 나가는 남자가 연구원이고 여자가 회계사이며, 둘이 부부 사이라는 사실을 녹음 중인 대화 내용을 통해 정확히 파악하고 있었다.

그 모든 것이 휴대폰 화면에 표시되었다.

"따라갑시다."

"진짜로?"

"뭐 그럼 가짜로 하나요. 뭐가 아니라고 하는지는 알아봐야지."

서효원의 심장이 두근대기 시작했다.

둘은 미래 테라퓨틱스의 커플을 따라 술집 밖으로 나왔다. 이청수는 이런 식의 미행을 한두 번 해본 것이 아닌 듯, 몸을 숨기지만 숨기지 않는 것처럼, 둘을 뒤따르지만 뒤따르지 않는 것처럼 능숙하게 행동했다. 서효원은 그냥 이청수를 따라갔다. 그러다가 앞서가던 여자가 고개를 돌려 서효원을 이상한 눈빛으로 바라보자, 이청수가 서효원의 손목을 잡아끌면서 말했다.

"저한테 붙으세요. 그냥 아무 이야기나 합시다. 그게 자연스러울 테니까요."

"또 그 VR 게임 이스포츠 같은 이상한 이야기 할 거 아니에요?"

"대체 그게 왜 이상한 이야기죠?"

서효원은 설득하는 것을 포기했다. 둘은 침묵하면서 커플의 뒤를 따랐다. 그 분위기를 견디지 못한 이청수가 말했다.

"서울 살아요?"

"네. 잠실 쪽에."

"원래 거기 살았나 보죠?"

"식약처는 청주에 있는데요. 이런 일 하러 올라온 거죠. 이런 거까지 하게 될 줄은 몰랐지만……."

"아."

잠시 침묵. 이번에는 서효원이 먼저 물었다.

"그쪽은 어디 사는데요?"

"사무실에요."

"예? 가족은?"

"없어요."

"결혼 안 했나 보군요."

아마 못 했을 것이라고 서효원은 생각했다.

"아뇨. 사별했어요."

이번에는 서효원이 침묵할 수밖에 없었다.

그때, 도저히 할 말을 찾을 수 없었던 서효원에게는 다행히도, 앞서가던 미래 테라퓨틱스의 커플이 갑자기 멈춰 섰다. 그리고 남자가 갑자기 전봇대를 붙잡고 토악질을 하기 시작했다. 여자는 주변을 돌아보면서 남자의 등을 쳐주었다. 이청수가 서효원의 팔을 잡아끌고, 밤의 어둠 속으로 숨어들었다. 서효원은 귀를 쫑긋 세웠다.

김아라와 민세형은 같은 대학에서 같은 생명공학과를 나왔고, 동갑이었다. 대학에 다닐 때 둘은 서로를 잘 몰랐다. 둘은 많이 다른 존재였다.

김아라는 점수에 맞춰서, 전략적으로 가장 이름 높은 대학에 간 사람이었다. 입시를 마치자마자, 김아라는 이공계에서 생물학과와 생명공학과야말로 가장 전망이 밝지 않은 학과라는 사실을 확인했다. 그것은 앞으로 생물학에 어떤 발전이 있더라도 역전되기 힘든 사실이었다. 왜냐하면 생물학계에서 인간에게 이롭고 또 돈이 되는 발견을 이루어낸다 해도, 그것은 결국 의학계로 흡수될 운명이기 때문이었다. 김아라는 2학년 때 참석한 생물학 학회에서 겨우 상자에 든 과자 따위가 귀하게 다루어지는 것을 본 뒤에 어느 의학 학회에서는 값비싼 도시락을 물처럼 뿌려대는 광경을 목격하고 그 가혹한 진실을 깨달았다. 원래 생물학에 별다른 관심이 없었던 김아라는 별미련 없이 다른 먹고살 방법을 찾아 나섰다.

한편 민세형은 생물학이라는 학문 자체를 진심으로 좋아하는 사람이었다. 그 자체로는 생명도 무엇도 없는 복잡한 분자들이 수도 없이 모여서 생물이라는 거대하고 질서 있는 구조를 만든다는 것이 민세형에게는 너무 재미있게 느껴졌다. 민세형은 이 분야를 열심히 연구하고 싶다는 일념으로 대학원에 들어갔다. 그것이 미련한 일이라고 말리는 사람들도 많았지만 민세형은 진리를 탐구한다는 것 자체를 흥미롭게 느꼈다. 세상에는 진짜로 그런 걸 흥미롭게 생각하는 사람이 존재한다.

그리고 5년이 흘렀다. 그동안 김아라는 회계사가 되었고 민세형은 석사학위를 받았다. 김아라는 '인공지능이 회계 업무를 절대 대체할 수 없다, 아니 대체하면 안 된다'를 기치로 내걸고 지상 목표로 둔 이익집단에서 일했다. 김아라는 상당히 적극적으로 업무에 임했고 뉴스에도 몇 번 얼굴을 비쳤다. 민세형은 쥐의 오줌을 짜면서 유튜브를 보다가 왠지 익숙한 그 얼굴을 뉴스에서 확인했다. 민세형은 그것이 신기해서 김아라에게 몇 년 만에 연락을 했다.

마침 김아라는 1학년 때 민세형과 함께 물리학 실험 과목을 들었던 터라 그를 알고 있었다. 그녀가 민세형을 기억하고 있는 이유는 순전히 민세형의 생김새가 그녀의 취향에 들어맞았기 때문이었다. 민세형은 큰 사각턱을 가지고 있는데, 아름다움은 주관적인 것이고 그녀는 이것이 바로 자기가 찾는 남성성의 증거라고 생각했다. 김아라는 민세형에게 살갑게 대했고 둘은 오랜만에 만났다. 김아라는 한 달 정도 뒤부터 민세형에게 대시하기 시작했다.

어떻게 보면, 이 커플은 인간이 자신에게 결핍된 것을 외부에서 찾아 헤맨다는 몇몇 정신분석학자들의 이론을 증명하는 한 쌍이었다. 김아라는 인생에서 실용성을 최우선으로 찾아

헤맸고, 민세형은 진리를 찾아 헤맸다. 둘은 서로 다른 것을 추구하는 다른 인간이었다. 또 김아라는 턱과 입술이 작았고 민세형은 턱이 컸다. 진부한 비유를 들자면, 둘은 자석의 양극처럼 서로에게 끌렸다. 그리고 둘은 서로에게 영향을 미쳤다.

막 석사 과정을 마친 민세형은 생물학 박사학위를 따려고 했지만, 김아라의 현실성은 그의 진로를 바꾸어놓았다. 사실 아무런 보증 없이 생물학 박사학위를 따는 것은 사실상 할복이나 다름없는 일이었다. 한편 김아라는 민세형의 이상에 영향을 받아, 이익집단을 넘어서 좀 더 자신의 능력을 적절하게 사용할 방법은 없는지 찾아 나섰다.

그때, 민세형을 어떻게든 박사 과정으로 끌어들이려던 지도교수가 나섰다. 한주현. 그녀는 마침 자신의 교수 자리에 회의감을 느끼고 있던 차였다. 교수직으로 얻는 명예는 확실히 크지만 금전적 보상은 좋지 않았다. 주변 사람들은 한주현 교수에게 미래 테라퓨틱스라는 이름의 회사를 함께 만들자고 충동질을 하고 있었다. 아끼던 연구실 멤버인 민세형이 박사 과정을 포기하자, 한주현도 드디어 그 충동질에 넘어갔다.

김아라와 민세형은 미래 테라퓨틱스에 동시에 취업했다. 결혼식의 주례는 한주현 교수가 보아주었다. 미래 테라퓨틱스는 대충 이런 식의 인간관계 여럿을 통해 만들어진 회사였다. 어떻게 보면 미래 테라퓨틱스는 고전적인 대가족 같은 회사였다. 물론 가족 같은 회사는 좋은 것이 아니다.

지금, 회식에서 빠져나온 민세형은 전봇대 앞에서 구토를 하고 있었다. 김아라는 민세형의 등을 쳐주었다. 민세형은 마치 자신이 먹은 것뿐만 아니라 자신의 내장까지 토해내려는 것처럼 토악질을 했다. 민세형은 몸에 배어 있는 대로, 극적으로, 하늘을 보면서 포효했다.

"이건 아니야. 이건 아니라고! 난 이러려고 일하는 게 아닌데, 나는."

별들이 찬란히 민세형을 비추고 있었다. 김아라가 전봇대에서 민세형을 떼어내면서 말했다.

"그래, 이건 아니야. 이건 아니지. 그런데 뭐가 아니냐. 야, 세형아. 들어가자."

만사에 귀찮은 듯한 말투. 아무래도 상관없다는 말투. 김아라의 세계관은 본래 그토록 허무하고 염세적인 것이었다. 민세형은 자신이 사랑하는 그 목소리를 들으면서 김아라를 노려보았다. 김아라는 언제나처럼 이 모든 것이 별거 아니라는 듯 그를 쳐다보고 있었다.

"그래도 우리가 지켜야 할 선은 있잖아, 자기야. 이건 잘못된 거잖아."

"뭐가 그리 잘못된 건데, 자기야."

민세형이 믿을 수 없다는 듯 김아라에게 말했다.

"뭉개고 있잖아, 다. 이러면 안 되는데."

이제까지 자세히 듣지 못한 이야기였지만, 김아라는 충격받지 않았다. 민세형은 연구와 임상을 진행할수록 얼굴이 흙빛이 되어갔다. 분명히 무언가 문제가 있을 거라고 생각했다. 김아라는 자기 남편이 스스로 말할 때까지 굳이 따져 묻지 않았다. 민세형은 지금, 몇 년 동안 참은 이야기를 폭발시키려고 하는 것이었다.

"뭘 뭉개고 있는데?"

"줄기세포의 기원."

"기원이 뭔데?"

"…… 인간 암세포가 기원이야."

김아라는 예상보다 너무 묵직한 단어에 잠시 충격을 받았다. 그녀는 잠시 침묵하다가 말했다.

"…… 윗사람들이 그래도 생각이 있는 거 아냐? 아직 커다란 부작용은 없잖아? 몇 년 동안 임상은 잘된 거고."

"넌 정말 윗사람들이 생각이 있다고 생각하니? 그 사람들은 그냥 들통나기 전에 엑시트만 하면 그만이야! 장기적으로 부작용이라도 생기면?"

"어떤 부작용이 생길 것 같은데?"

김아라가 민세형의 얼굴을 바라보면서 말했다. 민세형은 멍하니, 그가 너무 사랑스럽다고 생각하는 그녀의 작은 입술을 보고는, 고개를 저으면서 말했다.

"나도 모르겠어. 그게 제일 큰 문제야."

사랑스럽고 분명히 자기보다 어릴 한 쌍의 커플을 바라보면서, 서효원은 진심으로 공감하여 탄식했다.

"아…… 저런."

민세형이 갑자기 전봇대 앞에서 토하면서 김아라와 한 이야기는 사실 고감도 도청기 같은 것이 필요가 없을 정도로 명백한 것이었다. 민세형은 계속해서 이런 일은 하고 싶지 않았다고, 왜 세상이 내게 이러느냐고 한탄했다. 이청수는 도청기를 끄고 돌아섰다. 김아라는 정신을 잃은 민세형을 질질 끌고 어디론가 사라졌다. 이청수가 말했다.

"보세요. 제 말이 맞죠? 자, 갑시다."

줄기세포는 암세포와 사실 크게 다르지 않다. 결국 모든 세포는 똑같은 DNA를 가지고 있다. 적절한 방식으로 자극이 가해지면, 그것은 어떤 운명으로든 나아갈 수 있다. 암세포는 자신에게 주어진 운명을 거부하고 무한한 생명으로 나아가기로 선택한 세포다. 그리고 줄기세포는 무한한 생명을 품고 있으며, 어떤 운명으로 나아갈지 결정할 수 있는 세포다.

줄기세포 연구가 항상 난항인 이유는 그 탓이었다. 분명히 줄기세포를 이용하면, 새로운 장기를 만들어서 필요로 하는 곳에 채워 넣을 수 있었다. 하지만 줄기세포를 통제하는 것은 언제나 어려웠다. 그것은 언제 암세포가 될지 몰랐다. 생명의 지극히 무작위적인 폭주, 그것은 아직 인공지능도 가늠할 수 없는 영역이었다.

암세포에서 비롯한 줄기세포를 만들어서 손상된 신경세포 대신 채워 넣는다는 것은 분명히 이론적으로 근거가 있는 일이었다. 하지만 민세형이 말한 대로, 어떤 부작용이 생길지는 여전히 확신할 수 없었다. 그것은 심하게 위험했다. 물론 그런 도박을 해서라도 걸고 싶은 사람은 있을 것이다. 하지만 회사가 그 기원을 알리지 않는 것은, 글쎄, 도박의 규칙도 알려주지 않고 하우스에 사람들을 받는 꼴이었다.

몇 걸음 앞서서 걸어가는 이청수의 뒷모습을 보면서 서효원은 말했다.

"잠깐만요. 어떻게 할 거예요?"

이청수가 뒤돌아보고는 당연하다는 듯이 말했다.

"녹음 자료 풀고, 관련 내용 보충해서 보고서 써야죠. 금방 끝나겠네요."

서효원은 고개를 저었다.

"금방 끝낼 일이 아닌 거 같아요."

"왜요?"

서효원은 방금 전까지 김아라와 민세형이 있던 전봇대를 가리키면서 말했다.

"저 둘은? 부부인 것 같은데. 회사가 갑자기 없어지면 그 사람들 인생은 누가 책임져요? 그 녹음 자료에 저 사람들 목소리도 다 남아 있을 거 아니에요."

"방금 전에 그 점에 대해선 합의한 거 같은데."

이청수가 서효원을 향해 몇 걸음 다가왔다. 둘은 서로를 마주 보았다. 이청수가 말했다.

"모든 사람을 품고 갈 수는 없어요. 이 세상이란 결국 그런 모습인 거지. 애초에 우리가 진화론에서부터 배우지 않나요? 누군가는 도태되어야 해요."

"미쳤어? 진짜 이상한 말을 하시네요. 진화론은 자연과학이지 사회과학이 아니에요. 나는 저 사람들이 도태당하는 꼴은 못 보겠는데."

이청수가 답답하다는 듯 한숨을 쉬고는 머리를 한 번 쥐어뜯은 다음에 말했다.

"그건 그쪽이 알아버렸으니까 그런 거지!"

"알아버렸다뇨?"

"서효원 씨. 그쪽도 알지 않나요? 데이터에 적힌 숫자 하나하나가 사람의 삶이라는 거?"

서효원은 아무 말도 하지 않고 고개를 끄덕였다.

"그럼 더 말이 통하겠네. 모두의 사연을 신경 쓰면 아무것도 못 해요. 그쪽이 식약처에서 암 유래 줄기세포를 쓰는 회사가 있다는 걸 알면 바로 커트했겠지. 그냥 문서로만 접하면 훨씬 냉정해질 수 있으니까. 근데 이런 방법을 쓰면 어쩔 수가 없어요. 선택을 해야 돼. 애초에 공공보건이라는 것은 그런 게 아닌가요? 그쪽도 잘 알겠지만, 20년 전 이야기를 해봅시다. 코로나 때요. 그때는 모두 백신을 맞아서 집단면역을 형성……."

서효원은 비명을 지르는 것처럼 새된 소리를 내면서 말을 끊었다.

"그런 건 내가 그쪽보다 훨씬 더 잘 알아요! 뭐라도 된 것처럼 말하지 마시죠. 나도 전문가니까! 그래. 가장 좋은 약을 써도 부작용이 발생해서 누군가 죽을 확률은 있어요. 그래도 더 많은 사람들이 건강하게 살아야 하죠. 그게 공리적으로 나은 거라고. 인정해요. 그런데 저 사람들은 이용당한 거잖아."

"그건 저 사람들이 멍청한 거지 내 탓이 아닌……."

"…… 계속 그렇게 말해보세요. 제가 그쪽 감시역인 건 알죠?"

빌어먹을. 이청수는 마음속으로 생각했다. 불과 몇 시간 전까지, 그는 살해 협박을 당한 그녀의 감정이 몹시 요동치고 있다고 생각했다. 감정적인 사람은 이용하기도 쉽다. 하지만 지금 이 순간 서효원은 그렇게 말짱해 보일 수가 없었다.

"그래서 어떻게 할 겁니까? 대책은 있나요?"

서효원이 잠시 생각하다가 말했다.

"주인공 역할을 저 사람들한테 양보하시죠."

"그게 무슨 뜻이죠?"

이청수는 이제 서효원의 생각을 넘겨짚지 못하고 있었다.
서효원은 만족스럽게 웃었다.

"오, 이제 그쪽도 나랑 같이 일할 준비가 되었네요."

아침 햇살과 지독한 두통을 느끼면서 민세형은 눈을 떴다.
민세형은 인상을 찡그리면서 지난밤의 기억을 떠올렸다. 가물
가물하지만, 필름이 완전히 끊기지는 않았다. 회식 자리에서
지나치게 술을 마신 것도, 김아라가 자기를 끌고 나온 것도, 집
에 오는 길에 구토하고 한탄을 한 것도 기억했다. 그제야 민세
형은 자신이 거의 알몸 상태로 거실 바닥에 던져져 있다는 사
실을 깨달았다. 김아라는 침대가 더러워지는 것은 결코 용납
하지 않았던 것이다.

민세형은 아직도 조금씩 시야가 흔들리는 것을 느끼면서 어
떻게든 몸을 일으켜 세웠다. 김아라가 부엌에서 나와서 그를
내려다보면서 말했다.

"일어났냐?"

"어……."

"또 어제처럼 정신 줄 놓고 술 처먹으면 죽는다, 진짜."

민세형은 김아라의 몸을 붙잡고 일어나려고 했지만, 김아라는 학을 떼며 뒷걸음질을 쳤다. 아직 그는 씻지도 않은 것이다. 김아라는 대신 한 손을 내밀었다. 민세형은 그녀의 손을 붙잡고는 완전히 섰다. 그제야 민세형은 김아라가 황태국을 조리해 식탁 위에 올려둔 것을 보았다.

"빨리 먹고 씻어라."

"고마워."

민세형은 터덜터덜 식탁으로 걸어가 앉았다. 그리고 국물을 한 숟가락 떠 마셨다. 위장이 정화되는 걸 느끼면서, 김아라에 대한 사랑을 느끼면서 다시 민세형은 현실적인 불안이 엄습하는 것을 느꼈다. 둘은 가끔 아이를 낳는 것에 대해 이야기했다. 불가능한 일은 아니었고, 오히려 김아라는 하나 정도 낳아 기르는 것도 좋을 것 같다고 생각했다. 그런데 아이는 사치였다. 이런 사치스러운 상상을 할 수 있다는 것 자체가 회사 덕분이었다. 그런데 아무리 생각해도, 민세형에게 미래 테라퓨틱스는 피할 수 없는 파멸을 향해 걸어가고 있는 것 같았다. 언제 부작용이 일어날지는 아무도 몰랐다. 이런 상황에서, 이런 세상에서 아이를 낳는 것은 죄가 아닐까? 아빠가 될 사람이 이미 죄를 짓고 있는데?

"야, 세형아."

골똘히 생각에 잠겨 있던 민세형은 김아라의 목소리를 듣고 고개를 들었다. 김아라가 물었다.

"너 혹시 이사 가면 어디로 가고 싶냐?"

"갑자기?"

"생각해봤는데 꼭 서울 살아야 할 필요도 없잖아. 너나 나나 사람 많은 거 싫어하고."

"회사가 서울에 있는데 뭐 어떡해."

"회사 계속 다니고 싶어?"

숟가락을 분주히 움직이던 민세형이 손을 멈췄다. 그는 잠옷 차림의 김아라를 빤히 바라보면서 말했다.

"먹고살아야지. 대출도 갚고."

그 말을 듣고는 김아라가 말했다.

"다른 방법도 있을 것 같아서."

민세형이 의문이 가득한 표정으로 김아라를 바라보았다. 김아라는 자기 휴대폰을 들고 왔다. 그리고 민세형이 처음 보는 번호로 전화를 걸어서 그에게 건네주었다. 곧 전화가 연결되었다. 민세형은 전화를 일단 귀에 댔다.

"여보세요?"

휴대폰 너머로 분명히 처음 듣는데 왠지 익숙한 여자 목소리가 들려왔다.

"여보세요."

"민세형 씨 맞으시죠?"

"아, 네."

"죄송한데 제 신분은 밝히기 힘들어요. 그래도 부인분이랑은 이미 이야기해뒀으니 너무 걱정하지 마시고요."

"아…… 네."

민세형은 고개를 갸우뚱거리면서 김아라를 쳐다보았다. 김아라는 전화에나 집중하라는 제스처를 취했다.

"요새 고민이 많으시죠."

"예? 고민이요?"

"예를 들면 말이죠. 회사에서 암세포를 쓴 사실을 공개하지 않았다든지."

그 순간 민세형은 술이 확 깨는 충격을 받았다. 민세형은 자세를 바로 했다. 손에서 땀이 줄줄 흘렀다. 마침내 올 것이 온 것이었다. 그의 머릿속으로 수많은 종류의 고통스러운 미래가 스쳐 지나갔다. 감옥, 감옥에 가게 되나? 우습게도 민세형은 그 순간, 교도소 화장실에는 문이 없다고 들었던 것이 생각났다. 정말일까? 민세형은 부인하려고 했지만 입에서는 전혀 다른 말이 흘러나왔다.

"아니, 그건 어떻게…… 아니……."

문 없는 화장실이 불러온 압박감이 민세형의 혀를 짓눌렀다.

"괜찮습니다. 너무 걱정하지 마세요. 저는 민세형 씨와 부인분한테 거기서 빠져나올 방법을 제시하고 싶거든요."

"빠져나온다고요?"

민세형이 되묻자, 왠지 신난 듯한 목소리가 돌아왔다.

"혹시 한국에도 내부 고발자를 위한 증인보호조치가 있다는 거 아시나요? 이게 미국처럼 수십 년 동안 내부 고발자를 먹여 살려주는 건 아니지만, 그래도 옛날보다는 훨씬 더 상황이 나아졌거든요."

대한민국의 보건복지부 장관 성명훈은 권력의 속성에 대해서 생각하고 있었다. 권력은, 은유적인 표현이 아니라 실제로, 물리적으로 뇌를 축소시킨다. 특히 뇌의 편도체 영역을. 권력에 노출된 인간은 공포를 덜 느끼게 되고 더 오만해지게 된다. 그것은 권력 그 자체가 가진 속성이다. 성명훈이 교수 시절에 스스로 그런 이야기를 한 적이 있었다. 아마 신경외과 수업이었을 것이다.

지금, 성명훈은 자신의 보건복지부 장관이라는 자리에 너무나 만족하고 있었다. 그 지위는 대학교수와는 질적으로 달랐다. 분명히 의대 교수는 굉장히 존경받는 지위였지만, 물리적으로 대단히 힘들었다. 성명훈은 매일 포르말린에 절인 인간 시체의 냄새, 수술대 위에서 피를 흘리며 죽어가는 인간의 냄새, 혹은 갓 죽어버린 인간의 냄새를 맡았다. 하지만 장관직에 있으면 그럴 필요가 없었다.

또 사람들은 성명훈을 이전보다 훨씬 더 존중해주었다. 성명훈에게는 이전의 연구실과 비교할 수도 없는 으리으리한 장관실이 있었다. 비서들도 있었고 대변인도 있었다. 물론 교수로 살 때와는 비교할 수 없을 만큼 적도 많았지만, 아군도 많아졌다는 것이 든든했다. 어딜 가든 장관님이라고 불렸고 항상 상석에 앉았다. 연구 사업을 따낼 때 그토록 짜증 나고 깐깐하게 굴던 관료들이 성명훈 앞에서 머리를 조아렸다.

성명훈은 자문해보았다. 지금 그는 자신의 뇌를 해하고 있는 걸까? 권력이 성명훈의 현실 인식을 일그러뜨리고 있는 걸까? 성명훈 자신이 상황을 그르치고 있는데, 그 스스로도 상황이 어긋나고 있다는 사실을 알지 못하는 걸까? 그는 멍청해지고 있는 걸까?

성명훈은 고개를 저었다. 지금이 어떤 식으로 보든, 객관적으로 더 나은 상황이었다.

문밖에서 노크 소리가 들렸다. 성명훈이 기대하던 소리였다.

"들어와요."

성명훈이 기대하던 사람이 들어왔다. 서효원이었다. 품에 서류철을 안고 온 그녀는 문을 닫고 90도로 인사하면서 말했다.

"안녕하세요, 장관님. 식품의약품안전처 의약품안전국 서효원입니다."

사실은 울릉도 생태기념관 서효원이지만. 성명훈은 인자한 미소를 지으며 말했다.

"뭐 그런 관등 성명까지야. 앉아요."

서효원은 의례적인 미소를 지으면서 성명훈 앞에 앉았다. 이전에 성명훈을 독대했을 때보다는 훨씬 더 부드러운 자세였다. 성명훈이 말했다.

"새로 찾은 일은 어때요? 좀 리프레시가 되어요?"

"네."

서효원은 성명훈이 묻지도 않은 말을 했다.

"그리고 적어도 이청수 대표가 감이 없는 사람은 아닌 것 같았어요."

"감이라구요?"

"최근 미래 테라퓨틱스 건 기억하십니까?"

성명훈이 고개를 끄덕였다. 서효원이 말을 이었다.

"제가 들어갔을 때 이미 미래 테라퓨틱스 내부 문제를 짐작하고 있더군요."

"그래? 하긴 영리한 놈이긴 하지요."

서효원이 싱긋 웃었다.

"맞아요. 그래도 이청수가 먼저 손을 쓰기 전에 내부 직원이 양심적으로 고발을 해서 일이 잘 풀렸네요. 사건 조사가 들어가면…… 뭐, 문제야 생기겠지만. 그래도 개인 투자자들이 빠져나갈 시간은 있을 겁니다. 적극적으로 가담하지 않은 직원

들에게도 기회를 줄 수 있을 거고요. 물론 어느 정도의 손해는
어쩔 수 없겠지만……."

"뭐, 잘됐네요."

성명훈이 고개를 끄덕이면서 사무적으로 말했다. 사실 성명
훈은 미래 테라퓨틱스 내부 사람들이나 개인 투자자들에 대해
서는 별로 신경 쓰지 않았다. 그에게는 그것보다 더 중요한 일
이 있었다. 성명훈은 그 주제에 대해 이야기를 꺼내려고 했다.
그때 서효원이 먼저 말했다.

"저, 장관님. 개인적으로 꼭 부탁드리고 싶은 일이 있습니
다."

성명훈은 약간 놀랐다. 원래 관료들은 성명훈과 같은 정무
직과의 단독 면담에서 먼저 말하지 않는 것이 예의다. 관료들
은 장관, 그리고 더 나아가 민주적으로 선출된 대통령의 뜻에
따라 일한다(물론 현장에서 관료들이 그들을 지극히 명청하다고 생각
할 수도 있고, 또 실제로 자주 그러지만). 서효원이 말을 이었다.

"미래 테라퓨틱스 내부 고발자들, 이제 검찰 쪽으로 넘어가
긴 하지만, 우리 쪽에서 도와줄 수 있다고 생각합니다."

"도와요?"

"네. 적어도 그 사람들이 불이익을 받지는 않게 도와줘야 한
다고 생각합니다. 서류를 준비해 왔습니다."

서효원이 자랑스럽게 자기가 준비해 온 서류철을 꺼내 내밀

었다. 서류철에는 '보건복지부-식약처 혁신 정책'이라는 딱지가 붙어 있었다. 서효원은 미소 지으면서 말을 이었다.

"혁신 정책이라지만 내부 고발자 재취업 지원, 변호사 지원 등의 이야기입니다. 결재만 해주시면 됩니다."

"좋아요."

성명훈은 서류철을 열었다. 그는 서류의 세부사항 따위는 검토하지 않고 서명란에 사인했다. 서효원은 즐겁게 그 모습을 바라보았다. 반면에 성명훈은 조바심이 났다. 그는 서류철을 닫고는 말했다.

"그래. 그건 그렇고, 그럼 이청수는? 같이 일하는 동안 뭔가 문제될 건 발견한 게 없어요?"

서효원은 잠시 생각하다가 고개를 끄덕였다.

"아, 네. 지금까지 제가 확인한 바로는 이청수 대표가 문제될 만한 일을 하는 거 같지는 않습니다."

"그래요? 작은 거라도……."

"장관님. 큰 물고기를 잡으려면 그만한 준비가 필요할 것 같습니다. 걱정 붙들어 매셔도 됩니다. 확실히 살펴보겠습니다."

성명훈은 아무 말도 하지 않고 서효원을 바라보았다. 서효원도 성명훈의 시선을 피하지 않았다. 처음 이 장관실에 들어온 날과 달리, 서효원은 성명훈의 권위 앞에 당당할 수 있었다. 성명훈은 서효원이 불안해하지 않는 것을 보고, 그녀가 진실을 말하고 있다고 생각했다. 성명훈은 고개를 몇 번 끄덕이면서 말했다.

"좋아요, 서효원 사무관. 지켜보고 있겠습니다. 혹시라도 건수가 잡히면 언제라도 보고하세요."

"네. 장관님."

"들어가봐요."

서효원이 일어서서 깍듯이 인사하고 서류철을 챙긴 다음 장관실을 나섰다. 장관실 문을 닫고 보건복지부 청사를 나오면서 서효원은 휴대폰을 열어보았다. 김아라에게서 감사 메시지가 와 있었다. 서효원은 굳이 답장하지 않았다.

그러는 대신 그녀는 생각해보았다. 전봇대 앞에서 구토하던 민세형과 이를 지켜보던 김아라의 모습을. 역시 그 자체로 아름답다고 말하기는 힘들었지만, 서효원은 그런 순간에도 이상을 말하던 민세형과 그것을 받아주던 김아라의 모습만은 아름답다고 생각했다. 그 모습에서 젊음의 열기가 느껴졌다.

따로 묻지도 않았는데, 김아라는 이번 일이 잘 매조지면 민세형과 아이 하나를 낳을 계획이라고 말했다. 서효원은 그 귀여운 커플이 낳은 아기는 어떻게 생겼을지, 무엇을 좋아할지 진심으로 궁금했다. 서효원은 아기를 낳을 생각이 없었지만, 다른 사람이 낳은 아기 누구라도 그들의 이모나 고모가 되어줄 수 있었다. 김아라와 민세형 커플이 낳은 아기의 이모나 고모가 되어줄 수 없다는 것은 좀 아쉬운 일이었다.

　서효원은 차를 타고 다시 서울로 향했다. 서울로 가면 이청수가 왜 자기 방식을 따르지 않고 이런 느릿한 방식을 택했느냐고 짜증을 내겠지만, 서효원은 자기가 이번 문제를 잘 해결했다고 믿었다. 어느 정도는 편법이었다. 서효원은 이청수가 편법을 적극적으로 사용하는 것 자체를 그렇게 기분 나쁘게 여기지는 않았다. 편법을 쓰더라도 일이 진행되게 하는 것이, 생각보다 나쁘지가 않았다.

　그러나 동시에, 서효원은 왜 자신이 이런 일을 하는지 그 목적을 잊으면 안 된다고 확신했다. 이 정도면 꽤 괜찮은 타협이었다. 서효원은 자신의 공범이 된 중년 남자가 아무리 투덜거려도 신경 쓰지 않을 준비가 되어 있었다. 그리고 그녀는 오래 전에 잊어버린 줄 알았던 감각을 새로이 느끼고 있었다.

　서효원은 보람을 느꼈다.

Chapter 2.

✦

배신의 감각

미래 테라퓨틱스의 내부 고발 사건이 터지고 수개월이 지났다. 처음에 임원들은 인간 암세포가 공장 라인을 오염시켰다고 주장했다. 실제로 숙주에서 분리되어 연구되는 인간 암세포가 스스로 증식하여 배양 라인을 오염시키는 일은 드물지 않게 발생하는 사건이었다. 하지만 실수라기에는 생산 라인에 암세포의 흔적이 너무 많았다. 그것은 미래 테라퓨틱스의 임원들이 의도한 일이었다. 그들의 목적은 알 수 없는 부작용이 나타나기 전에 최대한 회사 가치를 높인 다음 탈출하는 것이었으리라. 그 과정에서 투약한 사람이 추후에 어떤 병에 걸리든.

미래 테라퓨틱스는 시장에서 퇴출되었다. 블루워터 리서치는 이전부터 공매도 포지션을 잡고 있었지만 그 정도가 크지 않았기 때문에 의심에서 벗어났다. 이청수는 자기가 직접 리포트를 냈다면 그보다 훨씬 빨리, 더 많은 이득을 낼 수 있었을 거라고 투덜댔다. 하지만 서효원은 무시했다.

남는 시간 동안 서효원은 복싱을 배우기 시작했다. 그 전까지 서효원은 운동이라고는 스트레칭 정도만 했었다. 그런데 생판 모르는 남자한테 칼로 위협을 당하는 경험을 하자 자기 몸을 지켜야 한다는 생각을 하지 않을 수가 없었다. 시작하기 전에는 조금 무서웠지만, 실제로 해보니 복싱은 꽤 재미있는 운동이었다. 서효원은 자기를 칼로 위협한 류경서를 생각하면서 샌드백을 때렸다. 반동으로 얼얼해지는 주먹에서 그녀는 살아 있다는 느낌을 받았다.

그사이 보건복지부, 식약처, 블루워터 리서치에서 받는 월급과 별개로 돈이 들어왔다. 성명훈이 언더커버 요원 활동에 대한 보상으로 주는 돈이었다. 그 돈의 출처가 되는 재단, 그리고 그 재단의 대표 최민에 대해서만은 서효원은 아직 아무것도 알지 못했다.

어쨌든, 이렇게 현금이 콸콸 흘러 들어오는 경험은 처음이었다. 서효원에게 돈이란 언제나, 자기 존엄성을 지킬 정도면 충분했다. 하지만 이렇게 돈이 들어온 이상 쓸 수밖에 없지 않겠는가. 그것이 내수 시장 활성화에 도움도 되고 말이다. 서효원은 결단을 내렸다.

"그런 게 굳이 사무실에 필요한가요?"

이청수는 커다란 홀로그래픽 TV를 설치하고 있는 서효원을 보면서 진심으로 의문을 표했다. 서효원은 이청수의 질문을 완전히 무시하고 서랍장 위에 놓인 홀로그래픽 TV의 받침대 나사를 조였다. 서효원이 TV에서 살짝 떨어져서 리모컨 버튼을 누르자 화면에 설치가 완료되었음을 알리는, 빛으로 된 공이 떠올랐다. 서효원은 뿌듯한 표정으로 이마를 닦고는 이청수를 보고 반문했다.

"대표님은 TV도 안 보고 사시나요?"

이청수는 어이가 없었다.

"20세기에 태어났어요? 요즘 세상에 TV를 보고 사는 사람이 어딨어요?"

서효원이 고개를 저으면서 가소롭다는 듯이 웃었다. 서효원은 이청수 앞의 모니터를 가리키면서 말했다.

"저런, 저런…… 20세기에 태어난 사람은 그쪽이고. 하긴 그게 콤플렉스니까 그런 말을 하는 거겠죠? 20세기 사람이니까 모니터에 그렇게 얼굴을 처박고 있는 거지. 저같이 21세기에 태어난 사람은 3D 화면을 봐야 해요."

"아니, 애초에 이 홀로그램 기술은 신기술이잖아요. 태어난 연도로 치면 몇 살 차이도 안 나는데, 무슨 자기가 아직도 대학생인 줄 아는지……."

이청수의 말을 무시하고, 서효원은 리모컨을 다시 눌렀다. 현실과 분명히 다르지만 매우 현실적인 3차원 영상이 받침대 위에 떠올랐다. 오히려 그 새롭고 놀라운 광경에 더 집중한 것은 이청수 쪽이었다. 이청수는 작은 형체로 떠오른 뉴스 앵커가 새로운 소식을 전하는 모습을 경이에 가득 찬 표정으로 바라봤다.

서효원은 당장 인터넷으로도 쉽게 볼 수 있는 뉴스에는 별 관심이 없었다.

"대표님은 고전 영화 좋아하나요? 뭐, 그쪽이 문화랑 멀어 보이긴 하는데. 보니까 〈인사이드 아웃 리마스터드〉가 나왔던데……."

"아, 내가 제일 싫어하는 게 리마스터예요. 언제까지 잘 팔리는 고전을 반복하기만 하려고? 예술을 하려면 새로워야지. 서효원 사무관같이 21세기에 태어난 사람을 내가 그래서 불쌍하게 생각해요. 20세기는 새로운 것이 마구 나왔는데, 21세기부터는 그냥 모든 게 리메이크뿐이니."

"맨날 돈 생각만 하시는 줄 알았는데 예술에 대한 철학도 있으신가 봐요?"

"돈이 곧 예술이고 돈이 곧 아름다움입니다. 참된 사업가라면 통장에 찍히는 숫자 자체를 사랑할 수 있어야……."

그때 이청수의 멍한 표정이 갑자기 진지하게 바뀌었다. 이청수는 서효원 쪽으로 손바닥을 내저으면서 말했다.

"잠깐. 잠깐만 조용히 해봐요."

나는 아무 말도 안 했는데! 서효원은 인상을 찡그리면서 홀로그래픽 TV를 바라보았다. 텔레비전이 투영하는 작은 크기의 두 인간 형체가 대화를 나누고 있었다.

사회자 박성진은 자기 옆에 앉아 있는 인터뷰 대상자를 보았다. 10년 동안 뉴스 속 인터뷰 코너를 진행해온 박성진은 이제 아주 잠시 훑어보는 것만으로도 인터뷰 대상자가 대충 어떤 사람인지 짐작할 수 있었다. 어떻게든 방송에 나와서 전국적으로 명사가 되려고 하는 헛된 꿈을 꾸는 이들도 있었고, 카메라에 적응을 못해 덜덜 떠는 이들도 있었다. 그리고 이 기회를 이용해 대놓고 사기를 치려는 사람도 있었다.

하지만 박성진 앞에 앉아 있는 최민은 불안해 보이지도 않았고, 인기에 대한 욕심도 없어 보였으며, 사기꾼도 아닌 것 같았다. 박성진은 최민에게서 성공적인 사업가 특유의 자신감을 느꼈다. 최민이 똑바른 자세와 흐트러짐 없는 옷매무새로 의자에 앉아 있는 것을 보면서, 박성진은 먼저 말을 시작했다.

"오늘은 생명 업계에 새로운 바람을 불러일으키고 계신 분을 모셨습니다. 최민 도르나이 바이오틱스 대표님이십니다. 안녕하세요."

"네, 안녕하세요."

최민이 고개를 끄덕였다.

"우선 일주일 전에 코스닥 상장 축하드립니다. 상장하자마자 많은 투자자들의 눈길을 끌었는데요. 회사에 대한 간략한 소개를 하시자면……."

최민이 대답했다.

"우리 회사는 도르나이 바이오틱스라는 이름의 생명공학 회사입니다. 신약 연구 업체이고요. 모든 사람을 질병과 죽음의 멍에에서 해방시키자는 것이 회사 비전입니다."

"네, 그럼 조금 가벼운 질문부터 시작해볼까요. 도르나이 바이오틱스라는 이름이 조금 생소하게 느껴지는데요. 회사 이름의 유래가 어떻게 되나요?"

"좋은 질문이네요. 저희 회사 이름은 튜리톱시스 도르나이라는 생물의 학명에서 따왔습니다. 좀 더 쉽게 말하자면 홍해파리라고도 할 수 있고요."

"홍해파리요."

최민이 고개를 끄덕였다.

"네. 지금까지 알려진 생물 중 영원히 살 수 있다고 알려진 유일한 생물입니다. 저희 회사의 비전과 정확히 일치하는 생물이죠."

"사람들을 질병에서 해방시키자는 비전 말이지요?"

최민이 고개를 저었다.

"저희는 사람을 죽음으로부터 해방시킬 겁니다."

"죽음에서 해방시킨다고요?"

"네. 저희 회사는 노화라는 질병을 치료하고, 사람이 자연사하지 않도록 막는 것이 목표입니다."

박성진은 최민의 표정에 가득 찬 희망과 정열을 보았다. 박성진은 최민의 나이를 생각했다. 최민은 박성진보다 약 열 살 정도 어려 보이는 40대였다. 박성진은 그 나이를 이미 겪어보아서 알고 있었다. 그 나이가 되면 사람들은 이상을 어느 정도 내려놓고 현실과 타협하게 된다. 박성진은 최민의 목적이 너무나도 이상적으로 느껴졌다. 하지만 최민은 당당해 보였다. 박성진은 최대한 조롱하지 않으려고 하면서 말했다.

"음, 사람이 죽는 것을 막을 수 있나요?"

"불가능했죠. 하지만 기술적으로 불가능한 것은 아닙니다. 자, 홍해파리의 예를 들어볼게요. 모든 생물은 늙습니다. 홍해파리도 마찬가지죠."

박성진은 그 말을 듣고 자기도 모르게 책상 위에 놓인 자신의 손등을 바라보았다. 짜글짜글 주름지고 탄력을 잃은 피부가 보였다. 방송 카메라에 항상 잡혀야 하는 박성진은 꽤 고액의 안티에이징 시술을 받고는 했다. 하지만 피부의 탄력성만큼은 도저히 돌이킬 수가 없었다. 최민이 말을 이었다.

"하지만 홍해파리는 특정 상황에서 다시 한살이의 첫 주기로 돌아갑니다. 그렇게 영원히 살아갈 수 있고요. 인간으로 비유하자면, 노인이 아기가 되는 것이죠. 저희는 홍해파리가 다시 어린 모습으로 돌아갈 수 있는 방법을 찾아가고 있습니다. 지금까지는 꽤 성공적이었어요."

"그건 좀 무서운데요. 당장 제가 내일 아기가 된다고 생각하면……."

"우리가 죽음과 노화를 결코 막을 수 없는 것으로 받아들이고 있기에 그렇게 생각하는 것이죠. 실제로 죽음을 막을 수 있게 된다면 다들 생각이 바뀔 겁니다. 불멸은 언제나 인간이 갈구하던 것이었습니다. 수천 년 전 『길가메시 서사시』에서부터요! 그런데 이제 정말로 그것을 기술적으로 실현할 수 있는 거예요."

최민은 굉장히 진지해 보였다. 박성진은 살짝 인상을 썼다. 박성진은 며칠 전에 참석한 친구의 장례식을 떠올렸다. 평소에 건강하기 그지없는 친구였는데, 심근경색으로 갑자기 죽었다. 겪어보지 못한 일은 아니었다. 하지만 급사한 젊은이를 보내는 장례식의 분위기는 도저히 익숙해질 수가 없었다.

"제가 생물학 쪽은 전혀 모르지만, 쉬운 일은 아닐 것 같은데요."

"쉬운 일이 아닙니다. 쉬운 일이 아니라서 하는 거고요. 그리고 어느 정도 성과가 있었습니다. 저희는 여러 동물들의 노화를 역전시키는 데 성공했습니다. 그래서 투자를 받고, 코스닥에 상장될 수도 있었던 거고요. 아직 시장에 저희 기술을 상용화하는 데는 많은 장벽이 남아 있습니다만……."

박성진은 고개를 끄덕였다.

"만약 성공한다면 사회적으로 논란이 많을 것 같은데요. 특히 종교계가……."

"예. 수단이 목적을 대체한 사례라고 할 수 있습니다."

"네?"

"종교는 죽음의 공포를 피하기 위해 발명된 체계입니다. 그러니 죽음에 대한 공포 자체에서 벗어날 수 있다면 종교는 더 이상 필요가 없어질 수밖에 없어요. 종교인들이 괜히 도르나이 바이오틱스에 그렇게 위협감을 느끼는 게 아닌……."

박성진은 억지 미소를 지으면서 말을 끊었다.

"좋은 말씀 잘 들었습니다. 일단 광고 보고 가시죠."

방송 화면이 굉장히 은유적으로 '숙변을 확실히 빼준다'는 것을 보여주는 변비약 광고로 바뀌자, 이청수가 입을 열었다.

"저 회사, 도나이, 도르나이, 이름도 더럽게 지었네. 도르나이 바이오틱스의 공개된 데이터 다 찾아봐요."

"지금 저한테 일을 시키신 거예요?"

서효원은 당황스럽다는 듯 이청수를 바라보며 말했다. 서효원은 말을 이었다.

"저는 감시역이에요. 알잖아요? 계약서에도 업무 관련 내용은 없고."

이청수는 잠시 할 말이 없다는 듯 서효원을 바라보았다. 그는 잠시 생각하다가, TV 쪽을 가리키면서 말했다. 이청수는 어느 정도 흥분해 있었다.

"보이잖아요? 딱 봐도 사기인 거? 저런 사기꾼들 잡는 게 우리 회사잖아. 같은 회사 가족 아니야?"

서효원은 미소 지었다.

"아니죠, 이청수 씨. 나는 여기 감시하러 온 사람인데."

"아, 그건 그렇지……."

서효원이 리모컨으로 TV를 끄고는 말했다.

"그래도 좀 이상하긴 하네요. 홍해파리랑 인간 사이에 얼마나 많은 벽이 있는데, 그걸 뚫을 수 있다고? 게다가 죽음을 막는다니?"

서효원에게 있어 생명이란 끊임없이 평형으로 빠져들고자 하는 세계의 본성에 대한 반란이었다.

우주 전체의 엔트로피는 반드시 상승한다. 뜨거운 커피는 식는다. 열이 대기 중으로 흩어지고 에너지가 더 고르게 분포하기 때문이다. 방에 뿌린 향수는 퍼져나간다. 밀집된 분자들은 결국 방 전체에 고르게 퍼진다. 나무에서 한번 흩뿌려진 낙엽은 바람을 타고 무작위로 흩어진다. 그리고 이 모든 일들은 저절로 반대로 일어나지는 않는다.

흔히 엔트로피는 무질서도라고 번역된다. 하지만 오히려, 이 모든 사건은, 우주가 무질서를 향해 가기 때문에 발생하는 일이 아니라, 우주가 기본적으로 더 안정적이고 평형한 상태로 향하기 때문에 발생하는 일이다. 엔트로피가 최대치에 달한 상태의 우주는 수소 원자들이 균등하게 흩어진 상태이다. 아무 사건도 없는, 궁극의 안정, 궁극의 평형, 궁극의 질서.

그리고 모든 생물들은 이런 우주의 질서에 반하고자 애쓰는 존재들이다. 인간의 신체는 섭씨 36.5도를 유지한다. 연어는 바닷물 속에서 체내 염분 농도를 바닷물보다 낮게 유지한다. 선인장은 극심하게 건조한 환경에서도 수분 함량을 일정 수준으로 유지한다. 우주의 질서에 거역하는 환경을 만들어내는 대가로, 생물은 에너지를 소모한다.

하지만 결국 생물은 우주의 질서에 최종적 승리를 거둘 수 없다. 에너지를 소모하면서 생물의 세포에는 천천히 오류가 쌓여간다. 처음에는 무시할 수 있는 수준의 오류이지만, 그 오류는 결국 회복될 수 없는 흉터로 남는다. 열역학이라는 거역할 수 없는 법칙에 맞서 싸우는 모든 생물은 노화하며, 어느 순간 돌이킬 수 없는 붕괴를 맞는다. 그것이 죽음이다.

그래서 생물의 질병을 고치는 것은 가능하지만, 노화와 죽음을 완전히 막는 것은 다른 이야기였다. 어떻게 보면 그것은 열역학 자체에 맞서는 일이라고 할 수 있었다.

이청수는 손톱을 물어뜯으면서 한쪽 다리를 덜덜 떨었다. 서효원은 그 모습이 이상했다. 그가 이렇게 산만하고 불안한 모습을 보여주는 것은 처음이었다. 마치 무언가에 쫓기는 것 같은 표정을 숨기지 못한 채로, 이청수가 간신히 말했다.

"그래…… 하지만 서효원 씨. 우리 이미 공범자가 된 거는 알고 있죠? 이전에 같이 그 사람들을 미행하면서……."

서효원이 고개를 끄덕였다.

"사실 나 없이 혼자서도 잘해왔잖아요. 그런데 오늘따라 감정적이네요."

"나는 저런 사기꾼 새끼들 꼭 잡아야 한다고 생각하거든. 저런 사기를 치면, 존엄하게 죽을 수 있는 사람들이 끝까지 불가능한 목표를 좇다가 비참하게 죽게 돼. 나는 그런 꼴을 보고 싶지가 않아요."

"어머나, 그렇게 목적의식이 뚜렷하신지는 몰랐네. 대표님은 돈밖에 모르는 줄 알았는데."

서효원은 과장된 말투로 말했다. 이청수는 서효원 쪽으로 눈을 흘기면서 말했다.

"그래서, 도울 겁니까?"

"네, 뭐. 일단은."

하지만 서효원이 품고 있는 생각은 조금 달랐다.

서효원은 뉴스에 나온 최민 대표를 떠올렸다. 최민. 그 이름은 서효원에게 언더커버 요원 활동비를 지급하는 재단의 대표 이름과 같았다. 최민이라는 이름이 아주 독특한 이름이라고 할 수는 없었다. 하지만 이렇게 서효원의 인생에 갑자기 두 번씩이나 나타나기에는 흔하지 않은 이름이었다.

밤 아홉 시에 서효원은 집으로 돌아왔다. 집으로 돌아오자마자 서효원은 책상 앞에 앉아 노트북을 펼쳤다. 그리고 그녀는 보건복지부-식약처 통합 데이터 시스템에 접속했다. 여전히 그녀에게는 5급 사무관으로서의 권한이 있었다. 서효원은 도르나이 바이오틱스를 검색했다. 도르나이 바이오틱스가 식약처에 제공한 신물질과 동물실험에 대한 보고서가 등록되어 있었다. 서효원은 그 보고서를 확인했다.

도르나이 바이오틱스의 크로노스타신Chronostasin이라는 물질은 굉장히 복잡한 단백질 중합체였다. 그 물질은 CHO Cell에서 기원했다고 보고서에 적혀 있었다. CHO Cell은 중국 햄스터의 난소로부터 추출되어 오랫동안 업계에서 사용되는 세포주다. 이 세포들은 특정한 유전자를 주입받아, 마치 우유를 생산하는 젖소들처럼 해당 단백질들을 생산해낸다.

그 방식 자체는 새롭지 않았다. 아스피린 같은 약물의 경우 작은 분자를 화학적 방식으로 합성할 수 있고, 고등학교 실험실에서도 쉽게 만들어낼 수 있다. 하지만 생물의 신체를 구성하는 단백질은 너무나도 복잡하고 거대하기 때문에, 인간이 손으로 만들어낼 수가 없다. 그래서 인간은 이 세상에 널려 있는 단백질 공장을 이용해서 약용의 단백질을 만들어낸다. 세상에 널려 있는 단백질 공장, 그것이 바로 세포다.

그러나 복잡한 단백질을 만드는 것과 그 단백질의 효용을 증명하는 것은 또 다른 일이었다. 단백질은 신체와 온갖 방식으로 상호작용한다. 그 상호작용 하나하나를 정확히 규명해내는 것은 현대 과학으로는 절대 불가능한 일이다. 아마도 그것은 인간이 사용하는 과학적 방법론이 얼마나 발달하든 불가능한 일일 테다. 단백질과 세포가 상호작용하는 미시 세계에서는 자연의 본질적인 무작위성이 드러난다. 그 세계는 결정론이 적용될 수 없으며, 양자의 요동에 따른 확률론이 적용된다. 그것을 수학적으로 완전히 예측하는 것은 불가능하다.

그 대신, 의약학과 공학은 더 실용적이고 경험적인 방식을 사용한다. 특정 약물을 주입했을 때 생체에서 치료 효과가 실제로 나타나는지, 다른 부작용은 없는지, 데이터를 통해서 확인한다. 원리가 완전히 규명되지 않더라도, 데이터가 약물의 안정성과 효능을 증명하면 그 약물은 상용화될 수 있다.

하지만 서효원은 도르나이 바이오틱스가 도대체 어떤 데이터로 약물의 효능을 증명할 수 있을지 알 수가 없었다. 도르나이 바이오틱스는 노화를 막고, 최종적으로는 죽음을 막겠다고 했다. 하지만 그것을 어떻게 증명할 수 있을까? 항암제라면 암세포를 얼마나 잘 제거하느냐로 그 효능을 평가할 수 있다. 하지만 노화는 전신의 세포가 천천히 붕괴해가는 것이다. 한두 가지 기준으로 노화를 역전시켰다고 말할 수는 없다.

서효원은 동물실험 데이터를 열어 보았다. 쥐와 돼지들을 대상으로 한 실험 데이터가 정렬되어 있었다. 수많은 기준들이 보였다. 서효원은 그 기준을 무심히 읽어보았다. 그리고 그녀는 당혹했다.

분자 수준으로 해당 약물이 투여된 동물들은 텔로미어 길이가 20퍼센트 증가했다. 단백질접힘 오류율이 상대적으로 70퍼센트 덜 관찰되었다. DNA 메틸화 패턴이 더 어린 동물과 비슷한 패턴을 띠었다. 세포 산화 스트레스의 지표가 되는 바이오마커가 50퍼센트 감소되었다. 데이터 속의 세포들은 전반적으로 활발해졌다. 세포는 활발히 자가 포식을 했고, 줄기세포 활성화 비율이 증가했으며, 세포분열이 중단된 노화 세포가 다시 분열하기 시작했다. 피부 콜라겐 밀도는 증가했고, 단백질 합성률이 크게 늘었으며, 뼈 밀도와 혈관 탄성이 개선되었다. 동시에 염증 농도가 급감했고, 흉선을 비롯한 면역 장기들의 기능이 회복되었다. B세포의 항체 생산능이 향상되는 것이 관찰되었고, T세포의 다양성도 늘어났다. 지방 대 근육 비율에 대단한 발전이 있었고, 인슐린 감수성이 개선되었으며, 상처 치유 속도와 조직 재생 속도가 빨라졌다. 심지어 이 단백질 복합체는 두뇌에도 영향을 미쳤다. 이 약을 맞은 쥐들은 보통 쥐들보다 훨씬 더 빨리 미로에서 빠져나왔다.

크로노스타신, '시간chrono'을 '정지stasis'시키는 단백질은 그이름 이상을 해내고 있었다. 그것은 시간을 역전시켰다.

"이거 만병통치약이잖아?"

서효원은 무심코 말한 다음, 거의 역겹다고 할 수 있을 만한 거부감을 느꼈다. 이렇게 모든 면에서 좋은 데이터는 사실이려야 사실일 수가 없었다. 만약 식약처에서 일할 때 서효원이 이 보고서를 읽었다면 틀림없이 조작이라고 생각했을 것이다. 그것이 인간으로서의 직관이었다. 하지만 서효원은 최민을 단순한 사기꾼이라고 생각할 수가 없었다.

바로 이 보고서가 식약처 인공지능 검증을 통과했기 때문이다. 통과한 것뿐만 아니라, 식약처 인공지능은 이 보고서의 약물이 99.9퍼센트 확률로 효과적이며 상용화 가능성이 있다고 주장하고 있었다. 서효원은 납득하기 힘들었다. 식약처 인공지능은 아주 친절한 말투로 다음과 같이 묻고 있었다.

"데이터 패턴이 비정형적이고 알려진 생물학적 원리에 역전되는 바가 있지만, 데이터 자체의 위조 및 변조 가능성은 0.0001퍼센트 미만으로 판정됩니다. 정상 패턴을 벗어나는 데이터를 재처리하시겠습니까?"

인공지능은 친절하게 묻고 있었지만, 서효원은 알고 있었다. 인간의 직관으로 인공지능의 의견에 도전하는 것은 어리석은 일이었다. 인공지능을 이기려는 시도는 반드시 실패한다. 인공지능이 실패하는 경우는 오직 한 가지뿐이다. 인공지능에 입력된 데이터가 잘못되었을 때. 인공지능은 통계적으로 사실상 전지하지만, 외부 세계로 인식하고 감각하는 것만큼은 여전히 인간의 입력에 달려 있었다. 21세기에 태어난 서효원은 그 사실을 잘 알고 있었다. 그래서 서효원은 다른 방식을 택했다. 서효원은 혹시라도 인공지능이 미처 감안치 못한 자료가 있는지 찾아보기로 했다.

그래서 그녀는 최민이라는 사람을 찾아보았다. 의학박사라는 점 외에는, 알려진 정보가 별로 없었다. 의학박사라면 인터넷 검색으로 논문이라도 몇 편 찾을 수 있을 텐데, 서효원이 찾아낸 것은 오직 도르나이 바이오틱스, 그리고 서효원에게 돈을 주던 재단뿐이었다.

서효원은 굉장히 이상하다는 생각을 떨치지 못하면서 노트북을 덮었다.

서효원은 사무실 문을 열었다. 보통 아침에는 냉면 그릇 같은 기계를 덮어쓰고 VR 게임을 하는 이청수가 앉아 있었다. 하지만 오늘의 풍경은 달랐다.

사무실에는 이청수와, 서효원이 처음 보는 노인이 마주 앉아 있었다. 이청수는 기분이 나빠 보였지만, 감히 그것을 드러내지 못하는 것 같았다. 소파에 앉아서 몸을 푹 숙이고 있는 노인은 늙었다는 것 말고는 나이를 짐작할 수 없는 여자였는데, 서효원은 따로 확인하지 않아도 그녀가 죽어가고 있다는 것을 알 수 있었다. 두꺼운 옷으로 가리고 있었지만 살짝 드러난 그녀의 손은 뼈와 힘줄과 가죽밖에 없는 것처럼 비쩍 말라 있었으며, 또 그녀에게서는 죽어가는 사람 특유의 냄새가 났다. 그 숨길 수 없는, 간의 기능이 저하되면서 정화하지 못한 빌리루빈의 냄새.

이청수가 서효원을 보고 말했다.

"효원 씨, 잠시 나가서……."

노인이 서효원에게 고개를 돌리고는, 이청수의 말을 끊었다.

"괜찮아요. 추운데, 그냥 들어와요……. 곧 나갈 테니까."

서효원은 잠시 멍청히 서 있다가 자기 자리로 가서 앉았다. 잠시 침묵이 감돌았다. 곧 노인이 다시 말했다.

"그래, 힘들 것 같은가?"

이청수는 단호한 말투로 말했다.

"네. 안 됩니다."

노인은 한숨을 쉬었다.

"이 서방, 나는 아직 죽고 싶지가 않네."

서효원은 노트북에 집중하는 척했다. 서방이라는 단어를 듣고 나자 도저히 그 대화에 집중하지 않을 수가 없었다. 이청수가 말했다.

"이해합니다. 지금까지 투자하신 돈의 스무 배 이상을 돌려드리지 않았습니까? 절망하지 마세요. 차세대 면역항암제를 이용하면…….."

"당연히, 다 시도해봤지. 하지만 내 암세포가 더 강했네."

이청수는 고개를 저었다.

"세상에는 돈으로 어떻게 할 수 없는 것도 있습니다."

"그런 건 내가 책임지겠네. 어차피 죽는 것은 나 아닌가. 나는 마지막으로 하나의 기회라도 잡고 싶을 뿐이네. 나도 아마규리랑 비슷한 사람인가 봐. 그냥 오랜 친구로서 최민 그 아이한테 부탁을…….."

"그 사람하고 저는 아무 관계도 없습니다!"

이청수가 책상을 탕 치면서 일어섰다. 이청수와 죽어가는 노인은 서로를 노려보았다. 곧 노인이 입을 열었다.

"딸아이한테도 그렇게 말했나."

노인이 딸을 언급하자 방금 전까지 분노에 차 있던 이청수의 표정이 얼어붙었다. 서효원은 그 표정을 보고 이청수가 진심으로 격분했다는 것을 알았다. 너무나 화가 났기 때문에 오히려 표정으로 그것을 드러낼 수가 없는 것이다. 얼음같이 차가운 목소리로 이청수는 말했다.

"…… 제 앞에서 규리 이야기를 기어이 꺼내시는군요."

이청수가 고개를 푹 숙이더니 서효원을 바라보았다.

"효원 씨, 이분 배웅해주세요."

"예?"

"주차장까지 모셔다 드려요."

서효원은 노인 쪽으로 고개를 돌렸다. 노인은 아무 말도 하지 않고 소파에 몸을 웅송그리고 있었다. 서효원은 다시 이청수 쪽을 바라보았다. 이청수는 노인의 고통에 대해서는 이제 아무런 신경도 쓰지 않는 것 같았다. 서효원은 한숨을 쉬고 노인을 향해 다가갔다. 노인은 딱히 저항하지 않고, 서효원에게 기대면서 일어났다. 노인은 믿기지 않을 정도로 가벼웠다.

지하 주차장으로 내려가는 승강기에서 둘은 아무 대화도 하지 않았다. 주차장에서 노인이 차를 불렀다. 다가오는 차는, 자동차에 아무 관심이 없는 서효원이 척 봐도 아주 비싸 보였다. 노인은 숨을 헐떡이며 차 문을 열고는 말했다.

"식약처에서 온 사람이라고 했죠?"

"예? 아, 네."

"내가 김이진이라고, 블루워터 리서치 대주주예요. 몇백 억을 투자했지."

"아……."

"하지만 사위라는 놈은 아무 쓸모가 없네요. 내가 죽어가도."

자신의 이름을 김이진이라고 밝힌 죽어가는 노인은 차 안에 들어가 문을 닫았다. 그 자동차는 너무나 고급스럽고 여러 면에서 완벽해 보였기에, 오히려 그 안에 들어간 노인의 모습과 대조가 되었다. 서효원은 자동차가 멀어지는 모습을 멀거니 지켜보았다.

사무실로 돌아갔을 때, 이청수는 혼자 맥주를 마시고 있었다. 서효원은 머릿속에 수많은 의문이 피어올랐지만 아무 말도 하지 않았다. 서효원은 그날 퇴근하자마자 복싱 체육관을 찾았다. 샌드백을 치다가 마침 금요일이라는 사실이 떠올랐다. 체육관에서 나와 자동차에 탄 서효원은 송파가 아닌 청주로 향했다. 그리고 성명훈에게 전화를 걸었다.

성명훈은 용산 한남동의 고급 빌라 승강기 안에 있었다. 1층에서 최고층으로 올라가는 동안 성명훈도 얼굴을 알고 있는 아주 유명한 연예인이 탔다. 그 연예인은 이 현대의 성채에서는 외부인에 불과할 뿐인 성명훈을 잠시 의심스러운 눈길로 바라보다가, 성명훈이 내리기 전에 내렸다. 성명훈은 그 눈길이 마음에 들지 않았다. 보건복지부 청사에서 성명훈을 그런 눈으로 쳐다보는 사람은 단 한 명도 없었다.

곧 성명훈은 그를 초대한 사람의 집 현관문에 이르러 호출 벨을 눌렀다. 문이 열렸다. 성명훈을 초대한 이가 가벼운 옷차림을 한 채로 문을 열었다.

"장관님."

최민이 가볍게 목례했다. 성명훈은 남은 권위나마 유지하기 위해서라도 아무 말도 하지 않았다. 최민은 마치 궁전 같은 거실로 성명훈을 안내했다. 포스트모던하다는 표현 말고는 어떤 수사도 어울리지 않을 그림과 조각들이 보였다. 최민이 성명훈에게 기하학적으로 아름다운 비대칭 디자인의 의자에 앉으라고 권했다. 성명훈은 그 자리에 앉았다. 겉보기에 그건 앉을 수 없는 것처럼 보였지만, 편안했다. 최민이 테이블에 있는 술병을 들고는 말했다.

"스카치 한 잔 하시겠습니까?"

"나는 술은 먹지 않아요. 물 한 컵 주세요."

성명훈은 평생 술을 입에 대지 않았다는 데 자부심이 있었다. 그의 신체가 술을 받아들이지 못하거나 하는 것은 아니었다. 그러나 술은 뇌를 파괴한다. 성명훈은 사람들이 물질로 자신의 뇌를 스스로 갉아 먹는 것을 한심하게 생각해왔다. 성명훈은 최민 앞에서 멍청해지고 싶지 않았다.

"실례지만 저는 한잔해도 될까요?"

물론 최민이 스스로 멍청해지는 것은 상관이 없었다. 성명훈은 고개를 끄덕였다. 최민은 어깨를 으쓱이고는, 아름답게 빛나는 크리스털 컵에 물을 따라 성명훈에게 건넸다. 그리고 술병을 열었다. 대단히 복잡한 향이 방에 확 퍼졌다. 그 냄새만 맡아도 성명훈은 왠지 취기가 올라오는 기분이었다. 최민은 거위 몸통처럼 생긴 미끈한 잔에 위스키를 따른 뒤 한 모금 마시면서 앉았다.

성명훈은 벽 한 면으로 난 커다란 창을 바라보았다. 창 전면에 한강과 근처 서울의 야경이 오롯이 박혀 있었다. 성명훈이 이제껏 단 한 번도 와본 적 없는 사치스러운 공간이었다.

최민이 자기 집에 성명훈을 초대한 것은 합리적인 이유에서였다. 떠오르는 바이오 벤처의 대표이사와 보건복지부 장관이 독대하는 것은 누가 봐도 이상하지 않은가. 그러니 사적인 공간이 더 나을 것이다. 하지만 성명훈은 이 극단적인 부를 숨기려 들지 않는 공간이 그 자체로 자신을 짓누르고 있는 것을 느꼈다. 애써 기죽은 티를 내지 않으려는 성명훈에게 최민이 말했다.

"그러고 보니 장관님, 요즘 대학 입시가 한창인데 따님도 입시 준비를 하고 계셨죠?"

성명훈은 고개를 끄덕였다.

"서울대 경제학과로 갈 것 같아요."

"따님이 영재시네요!"

딸의 이야기가 나오자 성명훈은 자랑스러웠다. 성명훈은 너무 기분 좋은 티를 내지 않으려고 애쓰면서 말했다.

"글쎄. 원래는 유학을 가고 싶어 했지. 이왕이면 한국에 남아 달라고 했는데……. 조금 싸웠지만, 그게 약간 미안하네요."

"한국에서 엘리트 교육을 받는 것이 한국에 봉사하는 것이지요. 그래도 따님이라서 다행이지 않습니까?"

"음?"

성명훈이 최민의 말을 이해하지 못하겠다는 듯이 말했다. 최민이 웃었다.

"부모가 정치를 하면, 아들은 몸이 안 좋아도 군대를 뺄 수가 없다고 하잖습니까. 제 근처에도 군대를 안 갈 수 있었는데 부모님이 정치인이라 이 악물고 육군에 입대한 친구들이 있는데요. 그런 면에선 다행이지요. 그리고 서울대도 아이비리그에 결코 뒤지지 않습니다. 오히려 한국에서 계속 살아갈 거면 서울대를 나오는 게 훨씬 낫지요."

"아…… 그렇지."

성명훈이 미소를 지었다.

"그리고 장관님도 내년에 국회의원을 하셔야 하니까는."

그 이야기를 들은 성명훈은 전율을 느꼈다.

성명훈은 장관직이 주는 권력에 매료되었다. 21세기 초반까지만 해도 보건복지부 장관은 정부 각료 중 그렇게 지위가 높은 편은 아니었다. 보건복지부는 언제나 돈이 가장 많은 부서였지만, 그 돈 대부분은 결국 연금 수령자같이 주인이 확실한 돈이었기 때문이다. 그런데 시간이 흐르고 제약 산업이 한국의 주요 산업이 되고, 인구 구조 파탄으로 인해 국민연금공단의 재정도 파탄이 나면서 관련 정책에 입김을 불어넣을 수 있는 보건복지부 장관은 굉장히 중요한 자리가 되었다.

하지만 성명훈은 그것만으로 만족하지 않았다. 결국 장관직이라는 것은 대통령이 임명하는 자리로, 시민들이 직접 투표하여 뽑는 국회의원에 비하면 그 권력에 한계가 있을 수밖에 없었다. 성명훈은 청문회 당시에 별것도 아닌 국회의원 놈들한테 물어뜯기면서 그 사실을 뼈저리게 느꼈다.

성명훈은 국회의원이 되고 싶었다. 총선거까지 이제 5개월 정도가 남았다. 그런데 선거라는 것은 공짜로 나갈 수 있는 것이 아니었다. 선거사무소를 운영하고 사람들을 관리하고 미디어를 통해 홍보하는 데 드는 비용들. 그 하나하나가 엄청난 금액이었다. 하지만 성명훈에게는 그만한 돈이 없었다. 성명훈에게는 물주가 필요했다. 그리고 그 물주는 지금 성명훈 앞에서 술을 마시고 있었다.

"저는 100퍼센트 지지합니다. 장관님 같은 분이 국회의원을 하셔야 우리 업계도 날개를 펴지 않겠어요?"

최민이 웃었다. 성명훈은 고개를 끄덕였다. 최민은 성명훈의 금전 문제를 여러 가지 방식으로 완전히 해소해주었다. 하지만 당연히 세상에 공짜는 없었다. 성명훈은 최민의 도르나이 바이오틱스가 제약사로 일어서는 데 여러 가지 편의를 봐주었다. 의약산업은 그 특성상 진입장벽이 대단히 높다. 성명훈이 없었더라면 최민은 그렇게 빨리 자기 회사를 성장시키고 상장시키지 못했을 것이다.

분명히 그것은, 가장 좋게 말해도 비리였다. 하지만 성명훈은 그런 점에 대해서 별다른 양심의 가책이나 유감을 느끼지 않았다. 최민의 도르나이 바이오틱스가 여러 행정적 필수 조건을 무시한 채 컸고, 그 덕분에 다른 경쟁사들을 손쉽게 제칠 수 있었지만, 어쨌든 최민이 가진 결정적인 기술 그 자체는 진짜였기 때문이다. 성명훈도 최민이 제출한 새 물질의 보고서를 인공지능이 검증했다는 사실을 알았다. 크로노스타신. 시간을 정지시켜주는 그 마법의 물질.

어떤 면에서 성명훈은 자신이, 최민의 혁신이 관료제에 발목을 잡히지 않고 빠르게 세상에 퍼질 수 있게 해주는 사도 역할을 하고 있다고 생각했다. 자위라고 할 수 있지만, 틀린 말도 아니었다. 성명훈은 자기 딸에게 이야기하지 못할 만큼 비루

한 일은 하지 않는다고 확신했다.

하지만 단 한 가지, 성명훈이 최민에 대해 이해하지 못하는 것이 있었다.

"그런데 장관님, 블루워터 리서치 일은 어떻게 되어가고 있나요?"

성명훈의 눈썹이 꿈틀거렸다.

"조사하고 있습니다. 이전에 말한 대로 식약처 사무관 하나를 언더커버로 보냈고요. 그런데 최 대표님, 저는 가끔 궁금하더라고요."

"무엇이요?"

"글쎄요. 사실 블루워터 리서치, 그 회사는 별 대단한 곳은 아닙니다. 딱 봐도 문제가 있는 기업들을 정리하는 역할을 하는 하이에나 같은 곳이죠. 왜 대표님이 그곳에 그렇게까지 신경을 쓰는지……."

최민은 잠시 턱을 매만지고는 말했다.

"글쎄요. 그건 그냥 제 변덕 정도로 생각하셔도 될 것 같군요."

성명훈은 최민의 명령을 거절할 수 없다는 것을 잘 알았다. 둘은 이제 공생관계였다. 떨어지면, 둘 다 죽는다. 사실 더 취약한 쪽은 성명훈이었다. 최민에게는 원천 기술과 막대한 자본이 있었기 때문에 이 결탁이 드러난다고 해도 잠깐 징역을 살면 그만이었다. 하지만 성명훈은 이런 대궐에 살 정도로 부유하지는 않았고, 명예를 잃는다면 앞으로 장관은커녕 교수직으로 돌아가기도 힘들었다.

그때 성명훈의 휴대폰이 울렸다. 성명훈은 전화를 받았다.

"아, 서 사무관. 잠시……."

"안녕하세요, 장관님."

"잠깐만요!"

성명훈이 일어나려고 하자 최민이 일어서서 막았다. 최민은 성명훈을 내려다보면서 말했다.

"언더커버로 보낸 사무관 맞지요?"

얼어붙은 채로 성명훈은 아무 반응을 하지 않았다. 최민은 테이블을 가리키면서 말했다.

"스피커 모드로 바꿔서 올려놓으세요."

성명훈은 최민을 올려다보았다. 성명훈은 최민에게서 자신이 가지지 못한 권위를 느꼈다. 결국 그는 최민의 말대로 했다.

"…… 장관님?"

곧 휴대폰에서 흘러나오는 서효원의 목소리가 커다랗게 울렸다. 최민은 한쪽 손으로 아무 이야기나 하라는 동작을 취하고는 의자에 앉아 다리를 꼬았다. 그런 다음 은은한 미소를 지은 채로 성명훈을 바라보았다. 성명훈은 그 미소에서 도저히 피할 수 없는 권능을 느꼈다. 그는 말을 더듬으면서 말했다.

"어, 사무관. 잠시 뭣 좀 읽느라고 집중을 못했네. 그래, 무슨 일 있나?"

그 상황을 전혀 짐작할 리가 없는 서효원이 답했다.

"네. 다름이 아니라, 이청수 대표가 다음 타깃을 도르나이 바이오틱스로 잡았습니다. 알려드려야 할 것 같아서요. 회사 자료를 모으고 있더라고요."

성명훈은 최민의 눈치를 보았으나, 그는 아무런 감정적 동요도 보이지 않고 있었다. 성명훈이 답했다.

"그렇군."

"그래서 저도 식약처 DB에서 그 회사 보고서를 찾아서 읽어 봤는데, 뭐, 이미 아시고 계시겠지만…… 크로노스타신이 만병통치약이더라고요. 놀라울 정도로. 이런 데이터가 진짜인 경우는 거의 없습니다."

"하지만 그 보고서도 인공지능에 검증을 받은 걸로 아는데."

"예. 그래서 더 놀라웠습니다. 과연 입력된 데이터가 맞는 건지, 그런 의문이 들기는 했습니다. 하지만 데이터가 위조나 변조된 흔적은 안 보이더라고요."

"그래서 이청수가 무슨 일을 하던가?"

"인터넷에 있는 자료를 모으는 정도인데, 합법적인 영역입니다. 그런데 조금 이상하더라고요. 이청수 대표는 독특하기는 하지만 굉장히 영리한 사람입니다. 회사들이 발표한 자료만 읽어도 무슨 문제가 있는지 직관적으로 파악하고요. 그런데 도르나이 바이오틱스와, 그 최민 대표라는 사람한테는 아주 감정적으로 굴더라고요."

"감정적이라고."

"예, 그리고 사실 저도 조금 의문스러웠습니다. 이청수 대표한테 밝히지는 않았지만, 제게 들어오는 활동비를 주는 재단 대표도 최민이더라고요. 같은 사람인지는 모르겠습니다만……."

"그건……."

성명훈이 머뭇대면서 최민 쪽으로 시선을 돌렸다. 최민이 어깨를 으쓱였다.

"안녕하세요, 사무관님? 지금까지 이름만 알았는데 목소리는 처음 듣습니다. 항상 감사드리고 있습니다."

잠시 침묵이 흘렀다. 성명훈은 얼굴이 시뻘게졌다. 최민은 대놓고 그의 권위를 조롱하고 있었다. 하지만 성명훈이 할 수 있는 일은 없었다. 휴대폰에서 곧 서효원의 조심스러운 목소리가 흘러나왔다.

"누구신지……."

"최민입니다. 도르나이 바이오틱스 대표. 그리고 지금까지 활동비 지급한 사람도 맞습니다."

"아…… 그럼…… 음……."

서효원의 목소리에는 지금의 상황에 대한 의문이 절절이 묻어났다. 최민이 당당하고 왠지 명랑한 목소리로 말했다.

"궁금증이 많으실 것 같습니다. 제가 따로 연락 드릴 테니, 내일이나 모레 한번 뵙죠. 마침 주말이고 하니 좋네요. 모두 답변해드리겠습니다."

그러고 나서 최민은 직접 통화 종료 버튼을 눌렀다. 성명훈은 아무 말도, 아무 행동도 못 하고 그저 바라보고만 있었다.

웨이터는 최민과 서효원 앞에 커다란 접시 두 개를 내려놓았다. 그 접시 위에는 서효원이 그 정체를 도무지 짐작할 수 없는 요리가 아주 조금 놓여 있었다. 웨이터가 와인을 따르면서 설명했다.

"지금 딱 맛이 좋은 최상급 국내산 성게알을 수비드 방식으로 조리하고, 통영산 굴로 만든 크림과 함께 전채로 준비했습니다. 그 위로 이탈리아산 흰 트러플을 섬세하게 슬라이스해서 올렸고, 저희 레스토랑 온실에서 직접 기른 미니타임과 처빌을 곁들여보았습니다. 스푼으로 떠서 드시면서, 접시 가장자리의 허브를 한두 잎 곁들여 드시면 좋겠습니다. 첫 한 입은 와인 없이 드셔보시고, 그다음부터는 저희가 페어링한 와인을 한 모금 드시면서 그 조화를 음미해보세요."

서효원은 유기화학을 처음 듣던 학부생 시절로 돌아간 느낌을 받았다. 무슨 말을 하는지 알 수가 없다는 뜻이었다. 그녀는 파인다이닝과 관련된 경험이 아예 없었다. 서효원에게 있어 음식이란 삶에서 그렇게 중요한 부분이 아니었다. 최민이 손 짓하면서 말했다.

"드시죠."

서효원은 웨이터가 말한 대로 최대한 요리의 모든 요소가 한 숟가락에 담기게 한 다음, 벌써 이름을 까먹은 이파리를 곁들여서 입에 넣었다.

맛있어. 서효원은 생각했다. 그 이름도 모를 요리는 굉장히 맛있었다. 서효원은 이 음식의 훌륭함을 어떻게 묘사해야 할지도 잘 몰랐다. 서효원은 입에서 사르르 녹는 음식을 빠르게 씹어 삼키고는, 벌써 반밖에 남지 않은 그 요리를 다시 떠서 입 안에 집어넣었다. 이번에는 화이트와인도 마셨다.

놀라운 경험이었다. 그제야 서효원은 자신이 성게알이나 굴 같은 개성 있는 해산물을 좋아하지 않는다는 사실을 떠올렸다. 그런데 이 요리는 맛있었다. 성게알이나 굴 특유의 냄새가 나지 않는 것도 아니었다. 오히려 그 냄새는 또렷했다. 하지만 그 또렷한 냄새가 서로를 떠받치면서 강점을 강화하고, 약점을 흩뜨리고 있었다. 와인의 미네랄리티, 그것이 대체 정확히 뭘 의미하는 건지 서효원은 짐작하기 힘들었지만 와인의 어떤 질감이 요리를 완성시켜주는지는 분명히 느낄 수가 있었다. 전혀 훈련되지 않은 감각으로도 놓칠 수 없는 압도적 품질이었다.

게다가 그 놀라운 요리를 담고 있는 접시와 식기도 빠짐없이 아름다웠다. 서효원은 이렇게 아름다운 접시에 이토록 맛있는 요리를 이만큼 조금 담아서 먹는 규격 외의 사치가 너무 어색해서, 마치 다른 세상에 들어온 듯한 느낌을 받았다.

"여기가 요즘 청담동에서는 제일 괜찮은 곳 같아요. 개인적으로는 종로 쪽에 더 좋다고 생각하는 곳이 있는데, 아무래도 송파에서 사신다니까."

최민은 아무렇지도 않다는 듯 말했다. 그제야 음식의 최면에서 빠져나온 서효원은 최민을 바라보았다. 전날 밤에 연락한 최민은 곧바로 오늘 저녁 식사를 예약했다. 평소에 이런 고급스러운 곳에 관심이 없던 서효원은 하던 대로 편하게 입고 왔다가, 1층의 경비실에서 여긴 왜 온 거냐는 질문까지 받았다. 이미 압도되어 있었지만, 서효원은 어색하지 않게 보이려고 애쓰면서 말했다.

"감사해요, 대표님. 이런 곳에서 식사 대접을 해주셔서."

"아닙니다. 오히려 제가 지금까지 정체도 드러내지 않고 일을 시킨 거니까. 요원님한테 밥 한 끼 사야지요."

어제 전화를 할 때 최민은 서효원에게 사무관이라고 말했지만 이곳에서는 서효원을 요원이라고 호칭했다. 서효원은 청탁금지법을 떠올렸다. 성명훈이 최민과 함께 있었던 것도. 이것이나 그것이나 100퍼센트 불법이다. 서효원은 기억의 저편에 있던 공무원 헌장을 떠올렸다. 우리는 자랑스러운 대한민국의 공무원이다. 청렴을 생활화하고 규범과 건전한 상식에 따라 행동한다……. 이제 와선 전부 농담같이 느껴졌지만, 할 말은 해야 했다.

"그, 장관님하고 그렇게 만나시면……."

"기술 발전과 행정제도의 속도가 언제나 발이 안 맞는다는 건 이미 잘 알고 계실 테죠. 뭐, 저는 사업가로서도 유감입니다만, 사실 업계 종사자로서도 좀 불만입니다. 어쩔 수 없다지만, 제 약물의 상용화가 한발 늦으면 그만큼 늙어 죽는 사람들도 더 많아지는 것 아닌가요? 저는 그게 싫어요. 한번 죽은 사람을 부활시킬 수는 없는데, 최대한 수를 써야 하지 않겠어요?"

그러는 사이 새 음식이 나왔다. 그것은 숙성한 닭새우를 살짝 구워내 구이와 회의 식감을 동시에 느낄 수 있는 요리였다. 무 퓌레가 깔려 있었고, 가니시로는 청귤 잼으로 만든 캐비어가 곁들여져 있었다. 서효원은 청귤 잼으로 만든 캐비어라는 게 무슨 뜻인지 웨이터에게 물어보았다. 웨이터는 알긴산소듐과 염화칼슘을 이용하여 재료를 캐비어 비슷한 젤리로 만든 것이라고 설명했다.

서효원은 생각했다. 요리에 이렇게 적극적으로 기술적인 방법이 사용되다니. 언젠가는 유전자 조작으로 만들어져서, 스스로 먹히고 싶어 안달이 난 동물이 입안으로 점프하는 시대도 오겠군. 오, 부디 저를 맛보아주세요!

그런 상상은 오히려 서효원이 스스로 마음을 다잡게 하는 데 도움이 되었다. 서효원은 최민의 무표정한 얼굴을 바라보았다. 그는 그녀를 대접함으로써 기선을 제압하려고 하는 듯했다. 대체 왜 그러려고 하는지는 모르겠으나, 서효원은 그게 마음에 들지 않았다.

"제가 공무원이긴 하지만, 행정 자체보다 사람의 목숨이 더 중요하다는 데는 동의해요. 그러니 그 말을 아예 부정할 수는 없네요. 그보다는 블루워터 리서치에 대해 관심이 많으신 것 같더라고요. 저는 그게 잘 이해가 안 돼요. 사실 블루워터 리서치가 하는 일은 문제가 있는 약물을 만드는 사기꾼들을 잡는 거란 말이죠. 하지만 대표님은 도르나이 바이오틱스에 자신이 있는 것 같으신데, 그러면 블루워터 리서치는 신경 안 쓰셔도 되죠."

최민은 고개를 끄덕였다.

"이청수 대표와 꽤 가까운 것처럼 이야기하시네요."

"아뇨. 저는 그냥 궁금해서요."

서효원은 닭새우 회를 한입 먹었다. 그러고 나서, 서효원은 갑각류 알레르기가 있는 수많은 사람들에게 진심으로 연민을 품게 되었다. 최민이 말했다.

"제가 걱정인 건 이청수 대표가 저한테 사적인 감정을 품고 있어서 어떤 일을 저지를지 모른다는 점이죠."

"이청수 씨가요? 대표님한테요?"

최민이 고개를 끄덕였다.

"왜, 굳이……."

"이청수 대표는 원래 저와 함께 일한 동료였습니다. 30대 내내 같은 연구실에서 일했죠. 배규리 교수 밑에서였고요. 알고 계셨나요?"

그 순간, 서효원은 죽어가는 노인이 사무실을 찾아왔던 것을 떠올렸다. 김이진이라는 이름의, 이청수가 장모라고 부르던 그 말라 죽어가던 사람을 그녀는 생각했다.

"성씨가 배씨인지는 몰랐는데…… 이청수 대표의 아내분 아닌가요?"

"그랬죠. 뇌종양으로 죽었습니다만."

둘 사이에 잠시 침묵이 흘렀고, 둘은 가만히 닭새우를 먹었다.

"그렇군요."

서효원이 말하자 최민이 고개를 끄덕였다.

"배 교수야말로 우리 크로노스타신의 원천 기술을 연구한 거나 다름없는 사람이었습니다. 그 사람이야말로 진짜로 인류의 불멸을 추구하던 사람이었고, 진짜로 그걸 실현시킬 수도 있었을 사람이에요. 그 사람이 쓴 논문을 한번 찾아보세요. 전부 숨겨진 보물입니다. 만약 그 사람이 요절하지 않았으면 지금쯤 노벨 생리의학상을 받았을 거예요."

최민이 배규리를 기억하는 말투에서는 향수 같은 것이 느껴졌다. 그는 열광하고 있었다. 이상하게도. 서효원이 의아한 듯 말했다.

"그런데 이청수 대표와 결혼을 했고요."

"예. 아주 뛰어난 사람이라도 잘못된 선택을 내릴 수 있는 것이지요. 이청수는 배우자로서도, 연구자로서도 실패한 사람이었습니다. 이청수는 배규리 교수의 연구를 이어가지도 못했고, 죽어가는 배규리 교수한테 배우자로서 제대로 된 정서적 지지를 제공하지도 못했어요."

"연구를 이어가지 못했다는 건 그렇다 쳐도, 이청수 대표가 배우자로서 어떤 사람인지 알기는 쉽지 않을 텐데요."

최민이 고개를 좌우로 흔들었다.

"분명합니다. 죽기 직전에 배규리 교수가 저한테 찾아왔으니까요. 배규리 교수가 직접 자기 남편을 믿을 수 없다고 말했어요. 배규리 교수의 임종을 지킨 사람은 저입니다. 배규리 교수는 마지막에 저를 믿었습니다."

서효원은 최민의 눈을 주시했다. 그의 눈에서 분노가 느껴졌다. 어쩌면 순수한 질투일지도? 그녀는 조심스럽게 말했다.

"그렇군요. 사실 이런 이야기까지 듣게 될 줄은 몰랐는데요."

웨이터가 빈 접시를 치우고 버터와 함께 오랫동안 로스팅한 자연산 송이버섯 요리를 내놓았다. 송이버섯을 디글레이즈하면서 나온 즙을 샬롯과 마늘, 그리고 콤부차 등을 곁들여서 걸쭉한 소스로 만들어 발라놓았다. 가니시는 프랑스산 밤으로 만든 퓌레와 열두 종류의 계절 채소 구이였다.

최민이 서효원에게 말했다.

"의무감이 상당한 사람이라고 들었습니다."

"의무감이요?"

"공공보건에 대한 의무감이요. 더 많은 사람들이 더 오래 건강하게 살 수 있는 사회를 원한다고."

"그 생각을 많이 하는 편이긴 하죠."

서효원이 마지못해 인정했다. 어차피 그런 것쯤은 정부 인공지능이 모두 파악하고 있을 것이다.

"저희 크로노스타신이 성공하면 그야말로 사무관님의 이상이 실현되는 것 아닙니까? 죽음이야말로 가장 건강하지 않은 상태니까요."

서효원은 최민의 시선을 피했다. 분명히 그가 하는 말은 틀리지 않았다. 하지만 죽음을 배제할 수 있을 정도로 발달한 의학이라는 것은 왠지 이상하게 느껴졌다. 통계적으로 수많은 사람들의 삶과 죽음을 다루면서, 서효원은 아이러니하게도 보통 사람들보다 훨씬 더 많은 죽음에 접근했다. 그런데 그것을 단번에 지워버린다?

어쩌면, 죽음이라는 것을 너무 오랫동안 당연하게 생각해왔기 때문에 그것을 지운다는 생각을 받아들이기 힘든 것일지도 몰랐다. 죽음은 너무나 오랫동안 의학의 최전선이었으며 인간이 결코 이기지 못했으니까. 서효원은 죽음이 없는 세계를 생각해보았다. 그 세계에서 생명을 다루는 사람들은 무엇에 집중하게 될까? 신체 개조?

여러 가지 의문에 사로잡힌 채로, 서효원은 고개를 끄덕였다. 최민이 미소 지었다.

"사무관님이 도울 수 있죠."

"제가 어떻게?"

"글쎄요. 이청수가 제게서 손을 떼게 만들어주면 됩니다. 예를 들면 저희 회사 약물이 아무 가치도 없다는 가짜 데이터를 전달하면 어떨까요? 그럼 좋아라 보고서를 발표하겠죠. 그때 제가 데이터를 반박하면 블루워터 리서치는 순식간에 무너질 테고요."

"예?"

"들으신 대로입니다."

그 제안이 서효원에게 그렇게 와닿지는 않았다. 서효원은 분명히 이청수를 이상한 사람이라고 생각하고 있었다. 하지만 어쨌든 서효원은 이청수와 함께 공범자로서 악당들을 물리친

적이 있었다. 부정하고 싶었지만, 서효원은 이청수라는 인간에게서, 같이 일하는 한 인간으로서 우정과 비슷한 감정을 느꼈다. 서효원이 주저하는 것을 보고 최민이 말을 이었다.

"보상이라면 얼마든지 드리지요."

서효원은 자신을 뚫어져라 바라보는 최민의 열광적인 눈길을 피하면서 말했다.

"보상 같은 건 필요 없어요. 저한텐 믿음이 필요해요."

"제가 어떻게 믿음을 드릴 수 있을까요?"

"인공지능이 도르나이 바이오틱스의 약물 보고서를 검증한 것은 사실이죠. 하지만 쓰레기를 넣으면 쓰레기가 나오는 것이 인공지능의 원칙 아니겠어요. 인간이 입력한 약물 데이터 자체가 변조됐을 가능성을 배제할 순 없어요. 위조하지는 않았더라도, 적어도 불리한 데이터를 숨겼을 수는 있죠. 제가 직접 도르나이 바이오틱스의 동물실험 현장과 연구 원자료를 확인하고 싶어요."

최민은 잠시 침묵했다. 서효원이 이렇게 쉽게 넘어오지 않는 것은 그로서는 예상하지 못한 일이었다. 하지만 믿음이 필요하다는 서효원의 한마디는 꽤 마음에 들었다. 최민은 포크와 나이프를 놀리면서 말했다.

"생각해보죠."

이청수는 벌판 위에 서 있었다. 벌판 위에는 수많은 병사들의 시체와 찢긴 깃발, 부서진 무구들이 가득했다. 피와 썩는 육체의 냄새가 났다. 대지에 열린 잔치를 보고 까마귀들이 하늘 위를 떠돌며 울었다. 이청수는 숨을 몰아쉬었다.

이청수의 손에는 일본도가 한 자루 들려 있었다. 이미 수많은 전사들을 베어 넘긴 일본도에서는 피가 뚝뚝 흘러내렸다. 이청수는 최후의 생존자였다. 이 모든 전사들을 무찌르고 최정상에 선. 하지만 그 대가는 무엇이었는가? 이청수는 주먹에 힘이 빠지는 것을 느꼈다. 조금씩, 그의 손에 쥔 일본도가 미끄러졌다. 그때 이청수는 저 너머에서 한 전사가 걸어오는 것을 보았다. 최후의 적수는 아직 쓰러지지 않았다.

최후의 적수는 이청수와 별반 다르지 않은 상태였다. 만신창이가 된 그의 무구에는 그가 베어 넘긴 자들이 흩뿌린 피가 잔뜩 묻어 있었다. 이청수는 수백 명과 싸웠던 처음보다 더욱 긴장했다. 지금까지 벤 약골들과 다르게, 그는 진짜로 전사의 영혼을 가진 이라는 것을 직감할 수 있었기 때문이다. 그리고 이제 오직 둘 중 한 명만이 최고의 전사라는 영예로운 칭호를 얻을 수 있었다. 서로 싸우는 길 말고는, 다른 길은 없었다.

발도 자세를 취한 채로, 이청수는 전사에게 천천히 걸어갔다. 전사도 이청수를 발견하고는 칼을 양손으로 잡고 앞으로 쭉 내민 채로 다가왔다. 자세는 조금 달랐지만 둘이 품고 있는 생각은 똑같았다. 단 한 순간만이라도 약점을 보이는 순간, 그 순간 패배하고 만다. 한 합에 승부를 내야만 한다.

누가 먼저랄 것도 없이, 두 전사는 번개처럼 서로에게 달려들었다. 전사는 칼을 아래로 내리꽂았고, 이청수는 칼을 뽑으면서 위로 베어 넘겼다. 두 칼이 튕겨 나가면서 청명한 챙 소리가 벌판에 울려 퍼졌다. 이청수는 전사가 잠시 균형을 잃고 휘청거리는 것을 보았다. 그 찰나를 놓치지 않고 이청수는 온 힘을 다해 칼을 찔러 넣었다.

그리고 천천히, 이청수가 앞으로 걸어갔다. 칼을 든 손을 휘둘러 피를 떨어낸 다음, 이청수는 뒤쪽을 바라보았다. 적수가 피를 토하면서 무릎을 꿇었다.

그는 최고의 전사, 가장 강력한 사무라이였다.

"나야말로 진정한 사무라이다!"

순간 이청수가 보는 세계가 바뀌었다. 사무라이들이 싸우는 벌판은 갑자기 블루워터 리서치의 너저분한 사무실로 바뀌었다. 이청수는 인상을 찡그리면서, VR 머신을 자기 머리에서 벗긴 서효원을 바라보았다. 서효원이 한심하다는 듯 말했다.

"뭐 하세요?"

"시뮬레이션이요."

"무슨 시뮬레이션?"

"전투 시뮬레이션이요. 최악의 경우도 대비해야 하니까."

서효원이 피식 웃었다.

"그 어떤 최악의 경우라도 사무라이가 될 필요는 없을 것 같은데."

"세상은 불확실성으로 가득하죠. 언제 칼을 들고 싸워야 할지 모르니까."

"그것보다는 저처럼 복싱이나 하시는 게 좋겠네요. 그나저나 일은 잘 안 되나 보죠?"

서효원은 이청수의 책상 위에 어지럽게 널려 있는 문서들을 흘깃 보고는 말했다. 전부 도르나이 바이오틱스와 최민에 대한 내용이었다. 이청수는 이 모든 자료들을 구하기 위해서 인터넷의 가장 깊은 곳까지 뒤졌을 것이었다. 이청수는 두 손에 든 VR 컨트롤러를 책상 위에 던져놓고는 말했다.

"보건복지부나 식약처와 어떤 종류의 결탁이 있었던 건 확실해요. 의약품 제조 및 품질관리 기준 실사도 형식적이었던 것 같고, 국책과제도 경쟁사들보다 지원을 훨씬 더 많이 받았어요. 뭐가 없지는 않아. 분명히."

"하지만 그런 걸로 보고서를 써봤자 의미가 없을 텐데요. 조금 압박을 줄 수는 있어도, 지금 날뛰는 주가는 도르나이 바이오틱스가 원천 기술을 가지고 있다는 데 있으니까. 보고서를 써봤자 괜히 발전을 막는다고 욕만 먹겠죠. 오히려 관료들 입장에서는 가능성이 있는 곳을 팍팍 밀어주는 게 나아요."

이청수는 놀라움을 숨기지 않고 서효원을 바라보았다.

"생각보다 제가 하는 일에 관심이 많았네요."

"저는 바보가 아니에요, 이청수 씨."

이청수는 침묵했다. 서효원이 계속 말했다.

"결국 공개된 약물 데이터에서 문제를 찾을 수 없다면, 손을 떼야죠. 그렇지 않나요?"

"문제가 없을 리가 없으니까 내가 이러는 거지."

이청수는 서효원을 노려보면서 말했다. 서효원이 어깨를 으쓱였다.

"무슨 증거로?"

"증거는 나오겠지요."

"그건 이상하네요. 문제가 없을 리가 없어서 증거를 찾는다니."

이청수의 목소리에 슬슬 짜증이 깃들기 시작했다.

"꼬투리만 잡을 거면 그냥 들어가서 쉬어요. 내가 쓸데없이 삽질만 하고 있으면 어차피 그쪽한테는 좋은 거 아닌가?"

"최민 대표를 만나봤어요."

서효원이 그 말을 꺼내자마자 이청수는 믿을 수 없다는 듯한 표정을 지었다. 하지만 그는 아무 말도 하지 않았다. 서효원이 말을 이었다.

"뭔가 과거사가 있는 것 같은데. 안 그런가요?"

이청수는 한숨을 쉬었다.

"그 주제에 대해서는 이야기하고 싶지 않습니다."

"글쎄요. 둘 다 배규리라는 교수를……."

"하지 말라고 했습니다."

"그렇게 말씀하셔도 제가 겁먹을 사람은 아니잖아요."

서효원이 단호하게 답하자 이청수가 반박했다.

"그건 제 사생활이잖습니까? 당신 알 바가 아니죠."

그러자 서효원이 코트에서 접힌 종이 한 장을 꺼내 펼쳐 보여주었다. 이청수는 그 문서를 천천히 읽었다. 이청수는 그 문서에 적힌 내용의 뜻을 알고 놀랐다. 서효원이 부연했다.

"식약처 권한으로 도르나이 바이오틱스 공장에 조사관으로 들어가기로 했어요. 직접 연구 자료와 실험 현장을 살펴볼 권한을 얻은 거죠. 내부로 들어가지 않고는 절대 얻을 수 없는 데이터를 얻을 수 있고요. 어쩌면 대표님이 좋아하는 편법을 쓸수도 있겠죠. 그 대신 저는 대표님이 원하는 게 뭔지 정확히 알고 싶어요. 대체 왜 이 회사에 그렇게 신경을 쓰는 거예요?"

서효원이 의구심에 가득 찬 표정으로 말을 이었다.

"혹시 개인적인 복수심 같은 건 아니겠죠? 오래전의 삼각관계 같은 거라든지."

아내 이야기가 나오자마자 이청수의 표정이 살벌해졌다. 서효원은 그 눈빛을 피하지 않고, 이를 악물었다. 이청수가 천천히 입을 열었다.

"내 아내가 훌륭한 연구자였던 건 사실입니다. 하지만 그 사람의 연구에도 한계가 있었어요. 너무 큰 주제를 다루려고 했고, 죽음을 막는 것은 애초에 불가능한 일이었고요. 그런데 자기가 죽을 때가 되자 그 사실을 못 받아들인 겁니다. 그래서 무엇이라도 해달라고 최민한테 간 거고요."

서효원은 이청수의 말을 잠자코 들었다.

"최민이 제 아내한테 가짜 희망을 준 겁니다. 배규리 교수는 삶을 더 좋은 방식으로 끝낼 자격이 있는 사람이었어요. 가족들과, 사랑하는 사람들과 함께요. 제가 그래서 이 회사를 차린 겁니다. 최민이나 그만도 못한 사기꾼, 약팔이들이 위인 취급을 받는 걸 막으려고요."

어느 정도는, 서효원은 이청수를 이해할 수 있었다. 서효원은 엄마가 COVID-19로 죽어가던 때를 떠올렸다. 엄마가 회복할 수 없다는 건 명백했지만, 아무도 엄마를 면회할 수 없었다. 바이러스 전염의 우려 때문이었다. 납득할 수 있는 이유였다. 하지만 아무리 납득한다 하더라도 가족의 보살핌을 받지 못하고 엄마가 죽음을 맞이한다는 것은 감정적으로 너무나 고통스러운 일이었다. 이청수도 비슷한 감정을 느꼈을 것이다.

그러나 서효원은 식약처 데이터베이스에 저장되어 있던 크로노스타신의 완벽한 데이터를 무시할 수가 없었다.

"하지만 최민이 진짜로 노화를 역전시키고 사람을 죽지 않게 하는 약을 개발했다면요? 제가 그런 데이터를 가져온다면? 그러면 어떻게 하실 거죠?"

"그런 일은 없습니다."

이청수는 단호히 답했다.

"설령 정말로 사실이라고 해도 그건 최민이 아니라 제 아내 겁니다."

둘은 서로 아무 말도 하지 않고 마주 보았다. 서효원은 기묘한 불쾌감과, 잠시간에 불과한 것이긴 해도 삶에 모험을 제공한 이청수라는 사람에 대한 개인적인 호감이라는 상반된 감정을 곱씹으면서 말했다.

"제가 한번 확인해보죠."

열흘이 흘렀다.

도르나이 바이오틱스 시설은 충청도에 있었다. 하얀 외벽과 유리로 덮인 그 건물 자체는 지금까지 서효원이 줄곧 실사를 다녔던 여느 제약사나 별다를 게 없었다. 익숙한 일이라고도 할 수 있을 텐데, 서효원은 긴장감으로 손에 땀이 흘렀다. 회사 건물 벽에 그려져 있는 단순화된 빨간 해파리 로고를 보고 있는 그녀 옆으로 최민이 다가왔다.

"안경을 쓰시는 줄은 몰랐네요."

최민이 서효원이 끼고 있는 뿔테 안경을 보고는 말했다. 서효원은 별것 아니라는 듯이 답했다.

"실수로 렌즈를 끼고 잤더니 눈이 좀 뻑뻑해서요."

"잘 어울리시는군요."

서효원은 아무 말도 하지 않았다. 그녀는 문득 난생처음 써 보는 뿔테 안경의 무게감을 느꼈다. 특히 무거울 수밖에 없는 뿔테 안경이었다. 카메라와 녹음기가 장착된 것이었으니까. 서효원은 살면서 자신이 이런 스파이 도구 같은 것을 쓸 날이 올 거라고는 생각도 못 했다. 하긴 장관 직속의 언더커버 요원이 될 거라고는 상상이나 했겠는가. 최민이 말을 이었다.

"조금 긴장하신 것 같은데요."

"추워서 그래요. 빨리 들어가시죠."

서효원은 입고 있던 외투의 옷깃을 여미면서 말했다. 최민은 아무 말도 하지 않고 시설의 정문을 향해 걸어갔다. 최민이 RFID 카드를 대고 지문과 홍채를 인식시킨 다음에야 정문이 열렸다. 3중으로 보안이 걸린 문이었다. 무엇을 위해 이렇게까지 고도로 보안화한 걸까? 그 뒤에 무엇이 있는 것일까? 서효원은 상상하기가 힘들었다.

보안 문을 통과하고 나서, 최민은 탈의실로 서효원을 안내했다. 탈의실 내부는 평범했다. 서효원은 거추장스러운 외투를 벗어서 옷걸이에 건 다음, 전신무균복을 입었다.

둘은 순서대로 에어샤워실을 통과했다. 세균과 먼지를 씻어내고자 만들어진 에어샤워실의 바람은 강렬했다. 모터 돌아가는 소리를 들으면서 서효원은 잠시 숨을 참았다. 에어샤워실에서 걸어 나오자 앞서 나와 기다리고 있던 최민이 말했다.

"동물실험실입니다. 한번 확인해보시죠."

최민은 마치 쇼의 진행자처럼 두 팔을 벌리고는 서효원을 보면서 뒷걸음질을 쳤다. 서효원은 주변을 돌아보았다. 여러 소동물들이 든 케이지가 보였다. 최민은 서효원을 그중 하나로 안내했다. 정교한 모니터링 시스템이 부착된 케이지는 두 칸으로 나뉘어 있었다. 각 칸에 든 쥐 두 마리가 유전자를 공유하는, 의도적으로 설계된 실험용 쥐라는 건 누가 봐도 명백했다.

그런데 그 쥐의 모습은 판이하게 달랐다. 한 쥐는 털이 반 이상 빠졌고 그나마 남아 있는 털도 얇고 윤기가 없었다. 쥐의 약간 거무튀튀한 분홍색 몸통이 그대로 드러났다. 케이지 구석의 자기 똥 무더기에 파묻힌 채로, 그 쥐는 죽어가고 있었다. 하지만 다른 쥐는 활기가 넘쳤다. 활기가 넘치는 그 쥐는 예쁘고 건강했다. 쥐는 바쁘게 뛰어다니더니 쳇바퀴에 올라탔다.

"두 쥐가 똑같이 2년 6개월을 산 쥐라고 하면 믿으시겠습니까? 한쪽에 크로노스타신을 투여한 것 말고는 완전히 똑같은 환경에서 똑같은 시간을 보냈죠."

최민이 말했다. 서효원은 아무 말도 하지 않았다. 그 말에 어떤 식으로라도 반응하면, 이 도저히 거부할 수 없는 증거에 그만 납득해버리고 말 것 같았다. 서효원은 자기 마음속의 의심을 유지하고 싶었다. 최민은 서효원의 마음을 읽기라도 한 것처럼 말했다.

"둘러보시죠."

서효원은 연구실 내부를 둘러보았다. 두 칸으로 분리된 각 케이지마다 여러 종류의 동물들이 들어 있었다. 약을 처방한 실험군과 약을 처방하지 않은 대조군이 분리된 채였다. 서효원은 말라빠진 토끼와 통통하게 살이 오른 토끼를 보았다. 왕성하게 살아 있는 기니피그와 고슴도치를 보았고, 죽어가는 기니피그와 고슴도치를 보았다.

그러던 중 서효원은 특이한 케이지를 보았다. 'Immortality Study'라는 표지가 붙어 있었고, 컸다. 케이지 안에는 열 마리가 넘는 건강한 쥐들이 뛰어놀고 있었다. 서효원이 그 케이지를 가리키면서 물었다.

"이건 뭐죠?"

"아, 그 속의 쥐들은 5년 넘게 우리와 함께한 쥐입니다. 우리들의 자랑거리죠. 그 안의 개체가 자연사한 경우는 단 한 건도 없습니다."

실험 쥐의 자연 수명은 3년을 넘지 못한다.

서효원은 케이지에서 몇 발짝 떨어졌다. 그녀는 공포심을 느꼈다. 자연의 기본적인 원칙에서 벗어나고 있다는 듯한 공포감. 물론 자연스러운 것이 더 좋은 게 아니라는 것은 그녀 스스로 잘 알고 있었다. 하지만 찜찜함은 어쩔 수가 없었다. 그녀는 잠시 침묵하다가 말했다.

"실험동물들에게서 효과가 나타났다고 해서 인간한테 똑같은 효과가 나타나는 건 아니에요. 아시잖아요? 고양이가 타이레놀을 조금만 먹어도 죽는 것처럼."

"당연한 말씀을 하시는군요. 그래서 우리가 임상시험을 진행하는 것 아니겠습니까?"

"1상 진행은 언제부터죠?"

최민이 속삭이듯 답했다.

"6개월은 기다려야 합니다. 하지만 벌써 EAP가 진행 중입니다."

EAP라는 단어를 듣고 서효원은 흠칫했다. EAP, Expanded Access Program, 동정적사용승인계획. 어떤 사람들은 신약이 임상시험을 통과할 때까지 기다리지 못할 수도 있다. 남은 수명이 몇 개월이라면, 어떻게 기적의 신약이 3년 동안 임상시험을 치르는 것을 기다리겠는가? 그런 사람들을 위해 임상을 통과하지 않은 약을 처방할 수도 있다. 환자 입장에서는 생명을 걸고 도박을 하는 것과 같다.

"자신이 있으신가 보군요."

"이청수 씨도 신이 날 겁니다."

"음?"

"신청자가 김이진 씨거든요."

서효원은 놀라움을 숨기지 못한 표정으로, 장난스러운 미소를 짓고 있는 최민을 바라보았다. 김이진, 이청수의 장모, 배규리 교수의 어머니, 그리고 블루워터 리서치의 대주주. 만약 최민이 김이진을 살리는 데 성공한다면, 이청수는…… 서효원은 그가 어떤 반응을 보일지 짐작도 할 수가 없었다. 서효원은 고민하다가 말했다.

"…… 생산 시설을 보고 싶군요."

"예, 들어가시죠."

다시 한번 둘은 보안 문과 에어샤워 시설을 통과했다.

생산 시설에 들어간 서효원은 숨을 또다시 들이켰다. 양쪽 벽면을 따라 유리로 된 바이오리액터들이 늘어서 있었다. 천장까지 이어지는 투명한 탱크들에는 첨단 센서들이 장착되어 있었고, 각 탱크마다 홀로그래픽 디스플레이가 공정 데이터를 실시간으로 보여줬다. 마치 SF 영화 속에 들어와 있는 느낌이었다. 홀로그래픽 디스플레이 자체는 놀라운 것이 아니다. 애초에 서효원 자신도 불과 며칠 전에 홀로그래픽 TV를 사무실에 들여놓았으니까.

하지만 생산 시설의 데이터를 굳이 3차원으로 보여줄 필요가 있을까? 연구원들은 이미 2차원 디스플레이에 익숙하다. 이는 순전히 돈지랄이었다. 최민의 연구가 돈은 많지만 남은 시간은 별로 없는 부자들을 제대로 홀린 것이 분명했다.

서효원은 가장 가까운 탱크로 다가갔다. 탱크의 홀로그래픽 디스플레이에 'CHO Cell Culture—Unit 1'이라는 글자가 떠올라 있었다. 서효원은 식약처 보고서를 떠올렸다. 도르나이의 약물은 배양된 유전자조작 CHO Cell에서 만들어지는 단백질 복합체라고 되어 있었다.

서효원은 탱크의 홀로그래픽 디스플레이에 떠 있는 자료를 살펴보았다. 용존산소량, pH, 포도당 농도, 여러 숫자들이 계속해서 변하고 있었지만, 무언가 이상했다. 서효원은 말했다.

"패턴이…… 패턴이 살아 있지 않아요."

말 그대로였다. 서효원은 뒤돌아서 최민을 바라보았다. 최민은 팔짱을 끼고 아무 말 없이 서효원을 바라보았다. 그녀는 말했다.

"대사산물의 농도가 너무 낮아요. 젖당 농도가 너무 적고, 글루타민도 거의 소모되지 않는 것 같고요. CHO Cell을 이 속에서 배양시키고 있다면 있을 수가 없는 일이에요."

중국 햄스터의 난소에서 추출되어 동물단백질을 만드는 데 사용하는 CHO Cell은, 다른 모든 세포처럼 세포호흡을 한다.

그것은 포도당을 소모하여 젖당을 만들어서 에너지를 발생시킨다. 하지만 이 탱크에서는 그런 생명의 동적인 현상이 일어나지 않았다. 서효원은 연구실에 있는 다른 탱크들도 둘러보았다. 모두 비슷했다. 서효원은 날카로운 눈으로 최민을 바라보았다.

"거짓말이었군요."

서효원은 작은 바이알 하나를 손에 들고, 탱크 옆면에 있는 수도꼭지와 별다를 바 없는 샘플링 포트를 작동시켰다. 노란빛을 띤 액체가 바이알에 찼다. 서효원은 근처에 있는 세포 계수기에 집어넣었다. 잠시 동안 계수기가 돌아간 뒤, 합성된 목소리로 결과가 제시되었다.

"Viable Cell Density, Zero. Total Cell Density, Zero."

서효원은 설명을 요구하는 표정으로 최민을 바라보았다. 최민은 아무 말도 하지 않았다. 그녀는 의심쩍은 표정으로 다른 바이알 한 개에 샘플을 추가로 담은 다음 분광계수기 쪽으로 다가갔다. 분광계수기는 용액 속의 단백질 농도를 측정하는 기계다. 그 원리는 단순하다. 아무것도 들어 있지 않은 물은 맑다. 즉 빛을 더 잘 통과시킨다. 더 많은 불순물이 든 물일수록 흐리고, 빛이 잘 통과하지 않는다. 그 간단한 원리로 용액 속에 단백질이 얼마나 많은 농도로 들어 있는지 확인할 수 있다.

결과를 확인한 서효원의 눈이 커졌다.

"단백질 농도가 리터당 30그램을 넘는군요……."

아마도 그 단백질은 크로노스타신일 것이다. 서효원은 시설에 있는 수많은 탱크들을 둘러보았다. 그녀는 두 팔을 펼치고는, 이 뻔뻔한 거짓말이 놀랍다는 듯이 외쳤다.

"전부 거짓말이네요. 여기는 배양실이 아니에요. 단백질 보관 탱크들이지. 이 단백질들은 전부 어디서 생산돼서 오는 거죠?"

최민은 고개를 끄덕였다.

"100점이군요. 서 사무관님. 성명훈 장관님이 괜히 추천하신 게 아니네요. 행정 업무만 하시면서도 현장 감각은 전혀 안 잊으셨군요."

"저는 말장난을 하려고 온 게 아니에요. 식약처 보고서에 크로노스타신의 오리진은 전부 CHO Cell이라고 돼 있었죠. 보고서는 애초에 거짓이었네요."

"효과만 있으면 아무래도 상관없는 것 아닐까요? 근거중심 의학을 생각해보십시오."

서효원은 고개를 저었다. 그녀는 미래 테라퓨틱스를 떠올렸다. 미래 테라퓨틱스의 줄기세포 치료제는 분명히 효과가 있었다. 하지만 그 치료제가 암세포에서 근원했다는 사실은 용납할 수 없는 일이었다. 생물은 어마어마하게 복잡하고, 그 복잡성에는 인간이 상상도 하지 못한 부작용이 숨어 있을지도 모른다.

"아뇨, 저는 확실히 알아야겠어요."

최민이 서효원 쪽으로 다가왔다. 서효원은 반걸음 뒤로 물러났다. 최민이 서효원을 내려다보면서 말했다.

"사무관님, 저랑 식사하실 때 행정제도보다는 목숨이 더 중요하다고 말씀하셨던 걸 기억하시나요?"

서효원은 자신이 그런 말을 했던 걸 떠올리고는 고개를 끄덕였다. 서효원이 지지 않고 말했다.

"네. 그래서 더 알아야겠어요. 그쪽 약물을 더 확실히 알아야, 안심할 수 있을 것 같군요."

최민이 손뼉을 한 번 치고 말했다.

"이해합니다. 하지만 우리의 목적은 같아요. 더 건강한 세상을 만드는 거죠. 제안을 하나 하고 싶군요."

서효원이 아무 말도 하지 않고 최민을 노려보았다.

"따라오십시오."

최민이 걸어갔다. 둘은 또 다른 에어샤워실을 통과했다. 서효원은 층수 표시가 없는 승강기가 한 대 있는 것을 보았다. 최민이 서효원에게 불쾌할 정도로 가까이 다가왔다. 최민이 서효원의 얼굴 쪽으로 손을 뻗었다. 그리고 최민이 서효원의 후드를 뒤로 젖혔다. 땀에 젖은 서효원의 머리가 축 처졌다.

"지금 뭐 하는……."

최민이 서효원이 끼고 있는 안경을 강제로 벗겼다. 최민은 안경을 땅에 내던졌다. 그런 다음 씩씩거리며 안경을 짓밟았다. 안경이 박살 나면서, 그 안에 있던 초소형 녹음기와 카메라 부품들이 드러났다. 최민은 미소를 지으면서 전자부품을 집어들었다.

"이청수 그 친구가 재밌는 수법을 많이 쓰더군요. 어쩌면 연구보다는 이런 잔머리를 굴리는 게 천직이었을지도 모르지. 혹시 그 사람이 3년 전에 엘릭서라는 회사를 무너뜨릴 때 어떻게 했는지 아시나요?"

서효원은 고개를 저었다.

"폐기되는 실험 쥐 시체들을 빼돌렸어요. 그걸로 엘릭서에서 데이터를 조작하고 있다는 걸 밝혔지."

서효원은 아무 말도 없이 후드를 다시 썼다. 심장이 쿵쾅거렸다. 최민이 서효원을 보고는 말했다.

"자, 이제 우리 둘의 이야기입니다. 간단한 제안입니다. 만약 크로노스타신의 근원을 보고 그게 믿음직스러우면, 저랑 같이 일하겠습니까? 확실히 제 편이 되겠습니까? 저한테도 신용은 중요합니다."

서효원은 숨을 몰아쉬었다. 거의 밀봉되어 있는 무균복 후드 내부는 답답했다. 그녀는 약간 질식할 것 같은 느낌을 받았다. 고개를 끄덕일 수밖에 없었다.

둘은 승강기에 올랐다. 승강기에는 아무 표식도 없는 버튼이 하나 있었다. 최민은 그 버튼을 눌렀다. 승강기는 아래로 내려갔다. 꽤 깊이 내려가는 듯했다. 둘 사이에 침묵이 흘렀다. 서효원은 어디서부터 의문을 풀어야 할지 생각했다.

"배규리 교수는 어떤 사람이었죠?"

승강기가 멈추고 문이 열렸다. 짙은 어둠이 깔려 있었다. 빛이 부족해 앞이 제대로 보이지 않았지만, 서효원은 이 지하 공간이 아주 넓다는 것을 알 수 있었다. 전체 환기 시스템이 가동하는 소리와, 무언가 맥동하는 듯한 쿵쿵거리는 소리도 들렸다. 둘은 승강기에서 걸어 나왔다.

"대단한 사람이었습니다. 지적 추구를 절대 멈추지 않는 사람이었죠."

최민이 매우 감정적인 목소리로 말했다. 서효원은 이청수와 최민이 배규리라는 사람의 이름만 나오면 마치 옛 고향의 모습을 이야기하는 노인들 같은 태도로 말하는 것이 이상했다.

"그런 이야기는 많이 들었어요. 그 사람은 왜 하필이면 불멸같은 주제에 집중한 거죠?"

"원래 가장 위대한 사람은 가장 어려운 문제를 해결해야 합니다."

최민이 당연하다는 듯 말했다.

"얼마나 대단한 사람이었는지 한번 보고 싶네요. 이 대표도 그쪽도, 그 사람 이야기만 나오면 무슨 종교라도 믿는 것처럼 말해요. 결국 실패했다는 게 안타깝지만."

"배규리 교수는 실패하지 않았어요."

단호하게 말하면서, 최민이 벽에 있는 스위치를 켰다. 지하 공동 전체에 환한 빛이 들어왔다. 그리고 서효원은 믿을 수 없는 장면을 목격했다. 그녀는 뒷걸음질 쳤다. 간신히 주저앉지 않을 수 있었다.

적어도 체육관만큼은 거대한 지하 공동에, 엄청난 크기의 투명한 탱크가 자리 잡고 있었다. 그 탱크 안에는 서효원이 이 제껏 본 적 없는 거대한 생물체가 배양액 안에 둥둥 떠 있었다. 포도처럼 몸에 알을 주렁주렁 단 생김새의 생물체였다. 하지만 그 포도는, 살과 고기로 이루어진 것이었다. 각 알마다 정체를 알 수 없는 작은 생물체들이 잔뜩 들어 있었다. 그 작은 생물은, 마치 인간 배아처럼 생겼다. 탱크에는 수많은 배관이 달려 있었고, 그 배관들은 모조리 위쪽으로 향했다. 그 생물체에서 자라난 두꺼운 핏줄 같은 기관들 또한 배관을 향해 이어져 있었다.

서효원은 구역감을 느꼈다. 거의 본능적인 감각이었다. 직업 특성상, 서효원은 잔인하고 기괴한 것은 많이 봐왔다. 여러 방식으로 쪼개지고 찢어진 인간의 몸, 포르말린에 절여진 인간 조직과 신생물들. 지금까지 수도 없이 실험용 쥐를 죽이기도 했다. 보통은 실험 쥐의 꼬리를 잡아 들고 머리를 뽑아 경추를 뜯어내는 방식을 썼다. 하지만 뇌가 손상되어서는 안 되는 경우에는 작은 단두대에 쥐의 머리를 집어넣고 직접 칼날로 내리쳐야 했다.

하지만 그럼에도 그 거대한 생물체는 역겨웠다. 아니, 그것을 생물이라고 할 수 있을까? 그것은 생물체를 구성하는 물질로 되어 있지만, 너무나 인공적으로 느껴졌다. 아니, 그것은 인공적이라고 말할 수도 없었다. 종교적인 표현을 써야 할 것이다. 그것은 몹시 불경하고 부정하게 생겼다. 마치 이 세상에 존재하는 모든 생명체들의 단말마를 섞어 만든 것만 같았다.

"보십시오. 배 교수의 걸작입니다."

최민은 자랑스럽게 말했다. 서효원은 혼란과 공포를 애써 억누르면서 간신히 말했다.

"이건…… 이건 뭐죠?"

"우리의 바이오리액터입니다. 크로노스타신을 생산하죠."

서효원은 설명을 요구하는 눈길로 최민을 쏘아보았다. 최민이 말했다.

"배 교수와 제가 인공지능으로 이 생체 바이오리액터의 모델링을 해냈습니다. 인간의 제대혈과 홍해파리 유전자를 이용해서 만든 걸작이죠. 하지만 이론적으로 구현하는 것과 실제로 만드는 건 다르죠. 배 교수가 아니었으면 만들 수 없었을 겁니다."

서효원은 탱크 가까이 다가갔다. 서효원은 반투명한 살가죽으로 된 포도알 속에 우글거리고 있는 인간 배아처럼 보이는 무언가가 꿈틀거리는 것을 보았다. 그것들 모두 생김새가 달랐다. 어느 것은 마치 분홍색 폐어 같았다. 또 어떤 것은 지렁이 같기도 했다. 서효원의 머릿속에 발생학의 한 경구가 떠올랐다. 개체발생은 계통발생을 반복한다. 즉, 한 생명체는 발달 과정에서 진화적 경로에 있던 생물체의 모습을 취하면서 자라난다.

"이건…… 이건 인간 아닌가요?"

"그럴 리가요! 오히려 그 속에는 홍해파리 유전자가 훨씬 더 많습니다. 단지 우리 같은 동물에게 적용할 수 있도록 만드는 과정에서 그런 모습을 취하게 된 겁니다. 그 알에 있는 생물체들은 단지 무한히 순환할 뿐입니다. 원시적인 모습으로부터 완전한 모습으로, 그리고 완전한 모습으로부터 원시적인 모습으로. 홍해파리와 다를 바가 없죠."

최민이 탱크 앞에 있는 제어장치로 다가갔다. 그가 제어장치의 키보드에 명령어를 입력하자, 탱크 안의 거대한 생물이 꿈틀거렸다. 서효원은 묵직한 소리를 들었다. 구르릉, 구르릉. 마치의 고래의 울음소리 같았다. 서효원은 그 포도알 속에 있는 배아 모습의 생물체가 천천히 변화하는 것을 목격했다. 마치 다음 단계로 나아가거나, 혹은 이전 단계로 퇴행하는 것 같았다. 동시에 그 포도알에서 누런 거품이 부글부글 일기 시작했다.

그로테스크한 모습이었다. 하지만 서효원은 구역감이 치미는 것과 동시에, 아름다움을 느꼈다. 그 기괴한 생물 공장에는 분명한 아름다움이 있었다. 도저히 존재할 수가 없을 것만 같은 거대한 생명체. 인공적인 생명체. 합성생물학이라는 개념이 21세기 초반에 탄생했음에도 인간이 생명을 만들어낸다는 것은 여전히 생명공학의 최첨단에 있었다. 여전히, 세계에서는 대장균 비슷한 무언가를 만들어내는 것이 최대치였다. 적어도 서효원은 그렇게 생각했다. 그런데 이 지하에서 이런 것이 만들어지고 있었던 것이다.

서효원은 숨이 턱 막혔다. 그녀는 곧바로 배규리라는 사람이 천재였으리라는 것을 인정할 수밖에 없었다.

"이렇게 자극을 주면 크로노스타신을 만들어냅니다."

"하지만 그 원리는 여전히 알 수 없고요."

가까스로 서효원은 말했다. 최민이 웃으면서 말했다.

"약물의 원리요? 이미 오래전부터 우리는 약물의 정확한 원리를 모르고도 효과만 있다면 잘 써왔습니다. 우리는 아직도 리튬이 어떻게 정신을 가라앉히는지 잘 몰라요. 하지만 수십 년 전부터 리튬은 정신과에서 활발히 써왔죠. 효과만 잘 낸다면 충분합니다. 잘 아시는 것 아닌가요? 그냥, 이런 괴물 같은 것에서 나온다는 사실이 사람들의 마음을 어지럽힐 뿐이죠. 저는 그런 걸 납득시키는 데 쓸모없는 시간을 쓰고 싶지 않아요. 중요한 건, 인공지능은 이 물질이 인간을 죽지 않게 만든다는 걸 확신하고 있다는 점이죠. 아닌가요?"

최민이 일장연설을 하는 걸 들으면서, 서효원은 그 끔찍하고도 아름다운 생명체를 넋을 놓고 바라보고 있었다. 방금 전, 5년이 넘게 멀쩡히 살고 있다는 실험 쥐를 보고서도 그녀는 여전히 불멸이라는 개념을 납득하지 못했다. 그녀는 시간을 초월할 수 없으며 현재에 붙박여 있었기에. 하지만 이 거대한 생체 바이오리액터 앞에서, 서효원은 불멸을 이해할 수 있을 것만 같았다.

약간의 시간이 흘렀다. 서효원은 블루워터 리서치에 출근하지 않았다. 이청수는 서효원에게 전혀 연락하지 않았다. 스파이카메라를 단 뿔테 안경이 어떻게 됐는지 묻지도 않았다. 그동안 서효원은 최대한 독립적으로, 자신이 본 것을 설명할 방법을 찾았다. 혹시라도 무언가 간과하고 있는지 알고 싶었다.

서효원은 대학 병원의 복도를 걷고 있었다. 그녀는 자기 휴대폰을 뚫어져라 바라보고 있었다. 휴대폰 화면에는 최민이 보낸 가짜 데이터가 떠올라 있었다. 도르나이 바이오틱스의 약물이 아무런 효과도 없으며, 오히려 부작용으로 치명적인 암을 일으킨다는 걸 보여주는 데이터였다. 이것을 이청수한테 보내면 어떤 일이 벌어질지 서효원은 잘 알았다. 이청수는 곧바로 보고서를 써서 발표할 것이다. 최민은 그 자료가 모두 조작된 것이라고 반박할 것이다. 이청수는 확실히 법적 처벌을 받을 것이다.

장애물이 사라진 도르나이 바이오틱스는 거침없이 확장해 나갈 것이다. 크로노스타신은 상용화되기 시작할 것이다.

서효원은 직접 확인하고 싶었다.

"저기요!"

여러 의료용품이 잔뜩 든 카트를 끄는 간호사가 서효원의 주의를 환기시켰다. 서효원은 길을 내주었다. 그녀는 주위를 둘러보았다. 서효원은 자기가 목적지 앞에 와 있다는 것을 깨달았다. 서효원은 병실 입구에 적힌 이름을 확인한 다음 문을 열었다.

대학 병원의 1인 병실은 넓고 호화로웠다. 블루워터 리서치 사무실보다 넓은 병실의 창밖으로는 공원이 보였고, 홀로그래픽 TV도 설치되어 있었다. 그녀는 이곳이 병실이라기보다는 호텔 같다고 생각했다.

서효원은 병실 침대에 앉아 있는 사람을 보았다. 김이진이었다. 서효원은 김이진이 누운 침대 옆에 있는 접시를 보았다.

귤껍질이 수북이 쌓여 있었다. 그제야 서효원은 자신이 예상했던 냄새가 나지 않는다는 것을 느꼈다. 죽어가는 사람의 냄새가 나지 않았다. 병실에선 햇살 같은 냄새가 났다.

"음?"

창밖을 바라보던 김이진이 서효원 쪽으로 고개를 돌렸다.

"안녕하세요."

서효원은 웃으면서 김이진에게로 걸어가 침대 앞의 의자에 앉았다. 이전에 봤을 때처럼, 김이진은 비쩍 말라 있었다. 하지만 김이진에게는 서효원이 그녀를 처음 보았을 때와는 다른, 객관적으로 말하기 힘든 어떤 활기와 생기가 있었다. 서효원은 김이진이 죽지 않으리라는 것을 알았다.

"저 기억하시죠."

김이진이 고개를 끄덕이고는 말했다.

"무슨 일로 왔어요?"

서효원은 과일이라도 사올걸, 하고 후회했다. 그녀는 말했다.

"크로노스타신 EAP에 참여하셨다는 것을 들어서요."

"아……."

"굉장히 좋아 보이시네요."

"음. 주사가 굉장히 아팠지. 그것 빼고는 아주 좋아요."

서효원은 이해할 수 있었다. 크로노스타신은 대단히 크고 복잡한 단백질 분자였다. 그것을 몸에 주입하려면 커다란 주삿바늘이 필요했을 것이다. 하지만 김이진은 건강해 보였다. 아픈 주사를 맞는 것과 생명을 연장시키는 것, 아니 죽음을 유예시키는 것을 맞바꿀 수 있다면, 꽤 괜찮을 거래일 터였다. 누가 거절하랴. 서효원은 말했다.

"선생님, 저는 조사를 하고 있어요."

"조사?"

김이진이 한쪽 눈썹을 올렸다. 서효원이 물었다.

"조금 힘드실 수 있지만, 저는 따님에 대해 여쭤보고 싶어요."

"말해요."

"저는 따님, 그러니까 배규리 교수님을 한 번도 뵌 적이 없지만…… 이청수 씨와 최민 씨가 서로를 죽이려고 드는데, 그 이유로 항상 배 교수님을 들더군요. 복잡한 사연이 있는 것 같더라고요. 대체 무슨 일이 있었기에……."

"우리 딸이 죽음을 피하는 법을 찾았다는 건 알고 있죠?"

서효원이 고개를 끄덕였다.

"그 생각을 하면 세상이 참 가혹하다고 느껴요. 규리가 결혼하자마자 뇌종양에 걸렸거든. 그때 아직 30대였는데. 창창한 나이였는데, 치료 불가능하다는 판정을 받았어요. 1년 시한부였지. 가끔은 그 아이가 그렇게 영특했던 거랑 뇌종양이 상관이 있지 않나 싶은 생각도 들어요. 그런데 이 서방이랑 최민이가 하는 말이 달랐지."

"어떻게 달랐나요?"

"이 서방은 규리가 뭘 원했든, 이미 죽음을 피하는 것은 불가능하니까, 남은 1년 동안 좋은 것만 보고 좋은 것만 하면서 죽음을 받아들이길 바랐어요. 그런데 최민이는 규리가 남은 시간을 최대한 짜내서라도 어떻게든 수명을 연장시키는 법을 찾아야 한다고 했고."

"그렇군요."

"사실 나는 이 서방이 옳다고 생각했어요. 규리는 어릴 때부터 참 죽는 걸 무서워했어요. 규리는 자기 자신이 이 세상에서 없어지는 걸 너무 아깝다고 생각했지. 그렇다고 걔가 종교를 가질 애도 아니었어. 그러니까 존재의 소멸을 받아들일 수가 없는 거였지. 그런데 사실 어떻게든, 무슨 수를 써서든 살아내고자 하는 것이 아름답기만 한 건 아니잖아요. 가능하지도 않았고. 그래서 이 서방이 어떻게든 규리에게 안정을 주려고 했어요. 가능한 건 다했을 거야. 참, 이 서방은 진짜로 규리를 사랑했어. 그렇게밖에 말할 수가 없군요. 진짜 사랑이라는 것이 얼마나 아름다운지 알아요? 나는 그 둘을 봤으니까 그걸 알아."

서효원은 이청수에 대해 생각해보았다. 자주 멍해 보이고 때로 잔인해 보이는 사람이었다. 그 사람이 누군가를 사랑한다는 것은 상상하기가 힘들었다.

"하지만 제가 듣기로는……."

"그래요. 규리가 이 서방을 떠났지. 마지막까지 결국 죽음에 대한 공포를 못 이긴 거야. 뇌종양 때문에 인지력이 떨어지니까, 오히려 더 절박했겠지. 최민이는 어떻게든 최선을 다해서 수명을 늘려보자고 했으니까. 잘 안 됐지만."

서효원은 침통한 표정으로 고개를 끄덕였다. 그녀는 배규리라는 사람을 한번 보고 싶었다. 결코 이루어질 수 없는 일이겠지만. 김이진이 말을 이었다.

"그런데 요즘은 나도 규리가 이해가 돼요."

"네?"

"나도 시한부 판정을 받았잖아. 이전까지는 이 나이가 되면 죽어도 별 상관이 없다고 생각했어요. 그런데 진짜로 죽음이 다가왔다는 걸 알게 되면, 그런 생각들을 했다는 게 우습게 여겨져요. 정말로 무서웠어요. 이런 말을 하면 재수가 없겠지만, 나는 그냥 돈밖에 가진 게 없는 노인네고 삶에 미련도 없어. 그런데 갑자기 이 세상이 다르게 보여요. 봄, 여름, 가을, 겨울…… 당연한 계절도 순간순간이 새롭고, 다시는 그 계절을 겪을 수 없다는 게 무서워요. 수박을 먹다가, 다시 제철 수박을 먹을 수가 없겠구나 하고 드는 생각이 얼마나 섬뜩하던지."

서효원은 귤껍질이 수북이 놓인 접시를 힐끗 쳐다보고는 말했다.

"건강해 보이셔서 다행이에요."

"최민이 덕분이지. 아니, 어쩌면 규리 덕분일까. 이게 다 규리가 연구한 것이라고 하니."

동정적사용승인계획은 아주 잘 진행되고 있었다. 김이진을 비롯한 두 명의 사람이 도르나이 바이오틱스의 크로노스타신을 처방받았다. 그리고 셋 모두가 얼마 되지도 않는 시간 동안 굉장한 차도를 보였다. 그것은 의학적 기적이었다. 이청수는 그동안 계속해서 도르나이 바이오틱스를 공격할 자료를 찾았다. 그러나 아무 성과도 없었다.

어떤 실험의 성공을 단지 데이터만으로 보는 것과 그 결과를 직접 보는 것은 전혀 다른 일이었다. 죽어가던 사람이 그토록 짧은 시간 만에 이렇게 회복하고 있다는 것을 목격하자, 서효원은 무어라 할 말이 없었다. 사실 서효원은 감동을 받았다. 김이진이 말을 이었다.

"요즘은 참 기분이 좋아요. 규리를 다시 볼 수 없다는 게 아쉬울 뿐이에요."

"제가 그렇게 전해주면, 우리 회사 대표님도 생각을 돌릴까요?"

김이진이 고개를 저었다.

"이 서방은 절대 그럴 수가 없어. 이 서방은 자기가 부서지더라도 최민이를 무너뜨리고 싶은 생각뿐일 거야. 가장 소중한 것을 빼앗겼으니까."

"가장 소중한 것이요?"

"규리와 함께할 수 있는 마지막 시간을 최민이가 가져갔으니. 이 서방은 정말로 규리를 사랑했어요. 둘은 참 아름다웠는데. 이 서방도 지금처럼 돈과 일에 미친 사람이 아니었어. 삶을 즐길 줄 아는, 누가 봐도 매력적인 사람이었지. 봐요. 이름이 효원이라고 했나……."

"네, 서효원입니다. 선생님."

김이진이 고개를 끄덕이고는 말했다.

"이 서방이 분명히 이상한 일도 시켰을 거예요. 최민이한테 복수하려면 뭐든 할 애니까. 그런데 나는 그쪽이 무의미한 복수에 휘말려서 젊은 시절을, 소중한 시간을 낭비하지 않았으면 좋겠어요. 내가 회복되든 말든 이 서방은 최민이가 틀렸다는 걸 억지로라도 증명하려 들 거예요. 애초에 블루워터 리서치라는 것 자체가 최민을 공격하려고 돈을 모으기 위해 만들어진 거니까. 처음 세워질 때는 나도 이 서방 말이 틀리지 않다고 생각했지. 그런데 이제 분노가 이 서방을 잡아먹는 거고. 이 서방을 멈춰달라고는 하지 않겠어요. 하지만 그냥, 서효원 선생이 자기를 지켰으면 좋겠어. 이 서방한테 휘둘리지 말고."

김이진의 말은 틀리지 않았다. 서효원은 이청수가 손수 구해 온 첩보용 안경을 떠올렸다. 최민이 부순 그 안경. 그 안경을 반입하는 것 자체가 불법이었다. 그런데 서효원은 심지어 이청수를 돕기 위해 그걸 쓰고 최민의 연구시설 안으로 들어갔다. 최민이 당장 고소를 하더라도 이상하지 않았을 것이다. 하지만 서효원은 오히려 그 순간 들떠 있었다.

그제야, 서효원은 자신이 이청수의 복수극에 말려들고 있다는 것을 알았다.

하지만 서효원의 목적은 복수 같은 하찮은 것이 아니었다. 그녀는 더 많은 사람이 더 건강하게 살아갈 수 있는 세상을 원했다. 서효원의 삶은 그 숭고한 목적에 바쳐진 것이었다. 그것이 그녀의 사명이었다. 그녀는 이청수를 인간적으로 이해할 수 있었지만, 자신을 이용하는 것은 결코 받아들일 수 없었다.

서효원은 화가 났다. 그 분노는 뜨거운 분노가 아닌 차갑고 냉랭한 것이었다. 서효원은 이청수를 멈춰야 했다. 그녀는 초점 없는 눈으로, 단호한 목소리로 말했다.

"알겠습니다, 선생님."

그리고 그녀에게는 이청수를 확실히 멈출 방법이 있었다.

한나절 동안, 이청수는 서효원이 보낸 자료를 기반으로 보고서를 작성했다. 서효원이 도르나이 바이오틱스에 가서 가져온 원자료는 매우 충격적인 것이었다. 최민은 유전자가 조작된 인간 배아로 약물을 만들고 있었다. 이런 식의 부정은 사회 생명윤리의 급소를 찌를 것이다. 이청수는 종교계가 최민을 죽어 마땅한 살인자로 지목하는 모습을 상상해보았다. 사실, 기분이 나쁘지 않았다.

보고서를 모두 작성한 다음, 이청수는 인공지능에게 검증을 맡겼다. 곧, 인공지능은 이 데이터에 기반하여 판단할 때 보고서의 내용은 도르나이 바이오틱스에 큰 피해를 입힐 것이라고 말했다. 최민은 큰 사법적 책임을 질 것이라고도. 이청수는 보고서 업로드 버튼을 눌렀다. 순식간에 보고서가 블루워터 리서치 홈페이지에 올라갔다. 몇 분, 몇 초도 되지 않아 웹 전체를 크롤링하는 인공지능이 이를 기사로 작성하여 언론사를 통해 확산시킬 것이고, 그렇다면 도르나이 바이오틱스는 파멸을 맞을 것이다. 이청수는 쾌감을 느꼈다.

가장 소중한 것을 빼앗아 간, 최민에게 하는 복수의 즐거움. 이청수는 바지 주머니에서 지갑을 꺼냈다. 지갑을 열자 배규리와 자신이 함께 찍은 사진이 보였다. 지금까지 수천, 수만 번은 더 본 사진이었다. 하지만 언제나처럼 이번에도 가슴이 뛰었다. 이청수는 배규리를 사랑했다. 그는 자신이 평생에 걸쳐 배규리만 한 사람을 또 만날 수 없으리라는 것을 알았다.

배규리는 완벽한 인간이었다. 배규리가 이런 복수극에 찬성할까? 죽은 자의 의견은 알 수 없지만, 아마도 아닐 것이다. 이청수도 마음 깊은 곳에서는 알고 있었다. 하지만 그래도 그는 최민에게 파멸을 안겨줄 수 있다는 사실이 기뻤다. 그것은 매우 비이성적인 열정이었다. 그리고 비이성적인 열정은 합리적인 열정보다 강하다. 최민을 파멸시킴으로써 이청수는 자기 아내의 제단에 제물을 바칠 수 있을 것이다.

사무실 문이 열렸다. 이청수는 서효원이 들어오는 것을 보았다. 이청수가 웃으면서 서효원을 반겼다.

"효원 씨! 아주 잘했어요. 솔직히 나는 이제껏 관료라는 사람들을 믿어본 적이 없어. 그런데 정말 공무원들은 일단 마음만 먹으면 얼마든지 할 수 있는 사람들이군요."

"보고서, 올리셨죠?"

서효원은 외투를 벗으면서, 그에게 눈길을 주지 않고 물었다. 서효원이 말을 이었다.

"도르나이 바이오틱스 보고서요. 제가 보낸 자료도 쓰셨을 텐데."

"아, 당연해요. 물론이죠."

서효원은 한숨을 쉬면서 이청수를 바라보았다.

"아마 10분 내에 반박문이 올라올 거예요. 우리 회사에서 쓴 자료가 완전히 조작되었다는 내용이겠죠. 실제로 조작된 거니까, 반박할 방법도 없을 거예요. 세 시간 이내에 대표님이 쌓아 놓은 회사의 신뢰는 박살이 날 거예요. 영장 청구도 금방 이루어질 거고요."

"음?"

이청수는 잠시 그녀가 무슨 말을 하는지 이해하지 못했다. 누구라도 그랬을 것이다. 서효원은 아무렇지도 않은 것처럼, 허공을 바라보면서 말했다.

"제가 거짓말을 했어요."

그제야 이청수는 서효원이 한 말을 이해하기 시작했다. 당혹감이 점차 분노로 바뀌기 시작했다. 이청수는 서효원 앞으로 걸어갔다. 서효원은 이청수와 눈을 마주치지 않으려고 했다. 이청수가 소리를 질렀다.

"지금 무슨 말 하는 겁니까?"

"대표님, 저는 언제나 더 많은 사람이 더 오래 살아야 한다고 생각했어요. 모두가 건강하고, 모두가 깨끗하고, 그래서 모두가 더 좋은 삶을 살아갈 수 있기를. 저는 최민 대표가 제 꿈을 이뤄줄 수 있다고 생각해요."

"그 새끼가…… 그 새끼가 당신 꿈을 이뤄준다고요? 당신, 이용당하고 있는 거예요."

서효원이 이청수를 노려보았다. 이청수는 서효원의 표정에서 지금까지 경험하지 못했던 살기를 느꼈다. 서효원은 고개를 끄덕였다.

"그쪽도 저를 이용한 건 마찬가지 아닌가요. 그저 돈 때문에……."

"돈이 있어야 나를 보호할 수 있다고. 못 알아들어?"

"그게 다 의미 없는 복수극 때문이고요."

이청수가 침묵했다. 서효원이 말을 이었다.

"배규리 교수님 이야기는 안타깝게 생각해요. 하지만 그것 때문에 굳이 잘 돌아가고 있는 제약사를 망가뜨리려는 대표님 생각은, 틀렸어요. 비극은 있을 수밖에 없죠. 하지만 그 비극에 평생 매달려봐야 무슨 의미겠어요?"

"배신자."

이청수가 말했다. 서효원은 안타깝다는 듯이 시선을 돌렸다.

"어느 정도는 대표님을 동경하기도 했어요. 제가 지금까지 생각도 못 한 방법들로 세상을 더 나은 곳으로 만든다고 생각했죠. 그런데 이런 건…… 이런 건 받아들일 수 없어요. 배신자. 맞아요, 네. 하지만 전 아직 그쪽 친구예요."

"친구라고? 등에 칼을 꽂으면서?"

서효원은 일어나서 이청수의 책상 위에 작은 데이터 드라이브를 올려놓았다.

"김이진 선생님이 전해주셨어요. 추적 불가능한 암호화폐 콜드월렛이고요. 충분히, 아니 심각할 정도로 큰돈입니다. 지금 바로 국외로 떠나시면 돼요."

이청수가 부들거리는 손으로 그것을 집어 들었다. 서효원이 말했다.

"새 삶을 시작하세요, 대표님. 복수 같은 것에 사로잡히지 마
시고요."

침묵 속에서 둘은 아무 말도 없이 서로를 바라보았다. 서효
원은 이청수가 자신의 목을 졸라도 이상하지 않을 거라고 생
각했다. 하지만 이청수는 서효원을 해하지 않았다. 단지 그는
노기와 슬픔이 섞인 듯한 표정을 짓고 있을 뿐이었다. 그는 간
단한 짐 몇 개를 챙기고 사무실 밖으로 뛰쳐나갔다.

서효원은 떨리는 몸을 애써 안정시켰다. 그녀는 몇 주 전까
지 먹던 하리세틴을 떠올렸다. 정신과 의사는 이제 항우울제
를 끊어도 괜찮을 것 같다고 말했다. 하지만 그녀에게는 지금
그 약이 간절히 필요했다. 배신의 감각은 생경했다. 그녀는 혼
란스럽고, 무섭고, 불편했다. 하지만 어느 한편으로는 짜릿하
기도 했다. 이청수에게서 배운 편법으로, 그녀는 이청수를 공
격했다. 즐거운 일이었다. 부정하고 싶더라도.

Chapter 3.

태양과 특허

고깃집은 식약처 공무원들로 와글거렸다. 오랜만에 벌어지는 큰 회식이었다. 심지어 사무실 구석 자리에서 매일 여덟 시간 동안 아무 존재감도 없이 있다가 사라지는 사회복무요원까지 회식에 참가했다. 울릉도 생태기념관으로 발령이 나고 얼마 뒤에 사직서를 낸 서효원의 퇴직을 기념하는 자리였다.

　약간 상기된 얼굴로 상석에 앉아 있는 서효원의 오른편에 자리한 임현채 과장이 채근했다.

　"서 사무관, 뭐 하고 싶은 말이라도 생각해봐. 마지막이잖아. 나가서 뭐 하고 싶은 거 있어? 뭐라도 있었지? 이번 기회에 말해봐."

　임현채 과장은 서효원이 갑자기 아무런 연고도 없는 울릉도로 발령난 것에 어떤 사연이 있으리라는 것을 알고 있었다. 하긴, 공무원 사회에 있는 사람이라면 모를 수가 없었다. 서효원은 그들에게 자신이 국정원 요원이나 할 법한 일을 하고 있었다고는 차마 말하지 못했다.

서효원은 주변을 둘러보았다. 10년 정도 되는 세월 동안 보아왔던 사람들의 얼굴이 새삼스럽게 느껴졌다. 서효원은 비슷한 시기에 임용된 약사 공무원 이윤하가 눈물을 글썽이고 있는 것을 보고 깜짝 놀랐다. 서효원은 말했다.

"윤하 씨, 울어요?"

이윤하는 고개를 끄덕였다. 눈물 한 방울이 그녀의 볼을 타고 흘렀다. 서효원은 이윤하가 항상 냉정하고, 극단적으로 효율적이고, 동시에 게으른 사람이라고 생각했다. 서효원은 이윤하가 행정 업무를 그토록 잘해내는 것이 어찌 보면 당연하다고 믿었다. 쏟아지는 일 속에서 게으르기 위해 이윤하는 효율적이면서도 냉정해야만 했다. 가끔은 이윤하의 냉정한 말 몇 마디에 상처를 입기도 했다. 그런데 그런 이윤하가 자신의 송별식 자리에서 눈물을 흘리고 있었다. 이윤하가 말했다.

"너무 아쉬워요, 서 사무관님. 사무관님 없으면 이제 누구랑 이야기하나."

사실 서효원은 조금 떨떠름했다.

"아유, 사무관님. 좋은 자리에서 울긴 왜 우세요. 그리고 서

사무관님이 지난 몇 달 내내 외근했잖아요? 그동안 잘 지냈으면서."

　이윤하 옆에 앉은 6급 주무관 최진호가 사람 좋은 미소를 지으면서 말했다. 경력으로 따지자면, 최진호는 식약처에서 가장 오랫동안 근무한 사람이었다. 대체 무엇이 그리 서러운지 울음을 그치지 않는 이윤하에게 최진호는 물티슈를 한 장 뽑아 주었다. 서효원이 말했다.

　"글쎄요. 무슨 말을 해야 할지⋯⋯."

　"왜, 나가서 다른 일 하고 싶다며. 무슨 일 할지나 이야기해 줘요."

　임현채가 끼어들었다. 서효원은 잠시 생각해보았다.

　지난 몇 달 동안 일어난 일은 서효원이 삶에서 단 한 번도 겪어보지 못한 모험 그 자체였다. 성명훈 보건복지부 장관, 이청수와 최민, 김이진, 배규리 교수⋯⋯ 그리고 불멸.

　성명훈은 1월에 보건복지부 장관직을 사임했다. 특별한 스캔들이 있었던 건 아니었다. 성명훈은 다음 총선을 준비했다. 여당은 순조롭게 성명훈을 세종 지역구에 공천했다. 여론은 성명훈을 경쟁 후보보다 약간 더 밀어주고 있었지만, 필승이 보장된 지역구는 아니었다. 성명훈은 아낌없이 돈을 써가면서 선거운동을 준비했다. 서효원은 그 돈이 어디서 나오는지 알고 있었다.

물론 최민이었다. 성명훈은 보건복지부 장관으로서 도르나이 바이오틱스에 여러 지원을 제공했다. 도르나이 바이오틱스의 혁신적인 신약은 여러 규제 조항을 우회하고 임상 1상을 준비했다. 노화를 역전시키고, 영원한 삶을 준다. 이 약속은 모두에게 너무나 유혹적인 것이었다. 언제나 인류에게 승리를 거두었던 죽음에 대한 최종적 승리의 약속. 아직 시험이 제대로 진행되지도 않았는데 많은 사람들이 최민을 신처럼 추앙했다.

한편 어이없는 조작 데이터로 도르나이 바이오틱스를 공격하려고 한 블루워터 리서치는 자연스럽게 파국을 맞았다. 이청수는 여전히 수배 중이었다. 이청수는 놀랍게도 국외로 나가지 않고 한국 어딘가에 숨어 있었다. 서효원은 가끔 궁금했다. 도대체 이 좁은 땅 어디에서, 첨단의 감시장치가 널려 있는 나라의 어디에서 이청수가 살아가고 있는 걸까? 사람들은 이청수가 이미 죽었을 거라고 말했다. 하지만 서효원은 이청수가 살아 있을 거라고 생각했다. 막연하지만, 이청수는 그렇게 쉽게 죽을 것 같은 사람이 아니었다.

어쩌면 그것은 서효원의 죄책감에 대한 반동일지도 몰랐다. 분명히 서효원은 이청수를 배신했다는 죄책감에 시달리고 있었다. 가끔은 도르나이 바이오틱스 생산 시설의 지하에서 본 괴물이 꿈에도 나왔다. 정신과 의사에게 차마 솔직히 말할 수는 없었지만, 최효원은 다시 하리세틴을 먹고 있었다.

하지만 그때로 다시 돌아간다고 해도, 서효원은 자신이 이청수의 등에 칼을 꽂을 거라고 확신했다. 영원한 삶, 죽음의 극복은 서효원이 거부할 수 없는 위대한 가치였다. 서효원은 더 많은 사람들이 더 건강하게 살아가야 한다고 확신했다. 그 신념을 위해서라면 서효원은 무엇이라도 할 수 있었다.

익숙한 사람들을 둘러보고는, 서효원이 입을 열었다.

"여러분, 혹시 태양과 특허의 이야기를 알고 계신가요?"

순간 사람들이 침묵하고 서효원을 바라보았다. 몇몇 사람들이 고개를 끄덕였다. 서효원은 미소 지으면서 말을 이었다.

"그러니까, 100년 전쯤 이야기예요. 제2차 세계대전이 끝나고 나서 미국에 소아마비가 유행했어요. 지금은 소아마비라는 질병 자체를 모르는 사람도 있을 텐데. 그때는 미국 대통령이 소아마비에 걸려서 걷지 못할 만큼 대단했다고 하더라고요. 그러다가 조너스 소크라는 사람이 백신을 만들었죠. 생각해 보세요. 얼마나 많은 돈을 벌었을지. 수십 년 전에도 팬데믹 때 백신을 만든 회사들이 그렇게 돈을 많이 벌었는데."

서효원이 물을 한 모금 마셨다.

"그런데 그렇지 않더라고요. 신기한 일이죠. 그러니까, 그 사람이 소아마비 백신의 특허를 내지 않은 거예요. 그러면서 했던 말이 뭔지 아세요? 소아마비 백신의 특허권자는 사람들이라고. 태양에도 특허를 낼 수 있느냐고."

"와, 조 박사 그 사람 대단한 사람이네. 소 박사라고 해야 하나?"

임현채 과장의 미적지근한 농담에 서효원을 제외하고는 아무도 웃지 않았다. 서효원은 기분 좋은 미소를 지으면서 말했다.

"저는 식약처에서 일하는 동안 그 이야기를 참 많이 생각했어요. 물론 특허권은 중요하죠. 경제적 유인이 있어야 제약사들이 약을 만들 테니까. 그러나 더 건강한 세상을 만들려면, 가끔은 돈과는 또 다른 가치를 좇아야 한다고 믿어요. 저는 식약처에서 일하면서 조금이라도 더 건강한 사회에 기여했다고 생각하고, 다 여러분들 덕분입니다. 말이 길었네요. 건배하시죠."

서효원이 술잔을 들었다. 다들 한 모금씩 술을 마시고 왁자하게 떠들기 시작했다. 서효원은 그 사람들의 얼굴을 하나하나 유심히 살펴보았다. 끝까지 그 얼굴들을 잊지 않기 위해서. 임현채 과장이 서효원 쪽으로 몸을 살짝 숙이고는 물었다.

"그래서, 나가면 진짜로 무슨 일 하려고?"

"글쎄요…… 흠."

서효원은 싱긋 웃었다. 지금 일어나고 있는 일을 모두 설명할 수는 없을 것이다. 하지만 그녀는 자기와 오래 함께했던 동료들에게 모든 것을 숨기고 싶지는 않았다. 그녀는 말을 이었다.

"보건복지부 장관님이 다음 총선 나가시는 거 아시죠? 잠시 보좌관으로 일해보려고 해요."

정말로 아무도 예상치 못한 듯, 너 나 할 것 없이 탄성이 터져 나왔다. 임현채가 말했다.

　　"정치? 서 사무관이 정치를 하려고요?"

　　서효원이 고개를 끄덕였다.

　　"조금 발을 담가보고 싶어요. 그쪽에서만 할 수 있는 일이 있는 거 같아서."

　　"와, 몇 년 뒤에 식약처장으로 오는 거 아냐? 내가 굽신거리면서 보고해야 하고?"

　　서효원은 피식 웃었다.

　　"그냥 순간의 방황이라고 생각해주세요."

　　"서 사무관은 딱 자기 자리 잘 찾아서 온 것 같아. 그래도 오래 다니던 직장을 포기하는 게 쉽지 않은 결정이었을 텐데, 믿고 따라와줘서 고마워요."

　　성명훈 전 보건복지부 장관은 사무용 의자에 앉아 있었다. 곧 선거사무소로 쓰게 될 커다란 사무실은 최소한의 집기만 갖춘 채였다. 그래도 사무실에는 일찌감치 줄을 선 사람들이 보낸 난초 화분들은 몇 개 있었다. 성명훈은 의자 팔걸이에 걸친 손을 살짝 비비면서, 자기 앞에 있는 서효원을 바라보았다. 서효원의 얼굴은 술 때문인지 약간 상기되어 있었지만, 술 냄새가 심하게 풍기지는 않았다.

서효원은 아무 말도 하지 않았다. 성명훈은 말했다.

"서 사무관은 술 잘 마셔요?"

"못 마시진 않는 것 같습니다."

"주량은?"

"음…… 소주 세 병 정도?"

"아니, 몸집에 비해서 술을 아주 잘하네요."

"유전인가 봅니다."

성명훈이 한숨을 쉬었다.

"나는 술을 안 마시는데, 이게 정치를 하기에는 참 좋지가 않아요. 사람들이 술자리에서 별별 이야기를 다 하니까. 기자들 사이에서는 마시는 척하면서 술을 버리는 비기도 돈다지?"

서효원이 고개를 끄덕인 다음 물었다.

"그런데 제가 기자들과 술을 마실 일이 있을까요?"

"음, 그런 데는 나가지 않겠지. 지금 서 사무관은 음지에 있는 게 나한테 도움이 되는 거니까. 하지만 정치라는 것이 양지의 정치든 음지의 정치든 비슷한 구석이 몇 개 있거든."

음지의 정치라는 말을 듣고 서효원은 전율이 등줄기를 타고 오르는 것을 느꼈다. 그녀는 지금 정치라는 판에 끼어들려 하고 있었다. 불과 1년 전만 해도 생각지도 않은 일이었다.

이전까지 서효원은 정치인과 관료, 그리고 사업가들 사이에 물고 물리는 먹이사슬이 존재한다고 믿었다. 시민들에게 표를 언은, 민주적인 정당성을 가진 정치인들은 설령 전문성이 떨어지더라도 관료들을 지배한다. 현장에서 실무를 맡는 관료들은 정책을 실제로 작동시키고 세부사항을 관리함으로써 이에 종속되는 사업가들을 지배한다. 한편, 사업가들은 관료들을 위시한 정부 자체에 맞설 수는 없지만 정치에 꼭 필요한 돈을 제공하여 정치인들을 지배한다. 여기에 언론 등의 여러 행위자가 또 존재할 테지만, 서효원은 자기 전문성을 가지고 자신에게 주어진 과업을 다하는 것만으로 시스템에서 충분히 제한몫을 하고 있다고 생각했다. 그녀는 자기가 세상을 지키고, 동시에 바꾸고 있다고 생각했다.

그런데 실제로 정치인과 사업가들과 엮이고, 불법과 합법의 선을 오가는 경험을 한 서효원은 이전처럼 생각할 수가 없어졌다. 서효원은 돈을 가지거나 권력을 가지면 얼마나 많은 것을 해낼 수 있는지 깨달았다. 어쩌면 그것은 시대의 자연스러운 흐름인지도 몰랐다. 인공지능이 충분히 강력해져서 수많은 인간들의 전문성을 대체할 수 있게 된 지금, 전통적인 기술 관료의 힘이 줄어드는 것은 필연이었다.

서효원은 세상에 좀 더 큰 영향력을 미치고 싶었다. 그녀 스스로도, 자기 자신에게 이런 큰 야망이 있을 줄은 몰랐다. 자신이 이상적이라고 생각한 적은 있었지만 그뿐이었다. 하지만 기회가 왔고, 서효원은 이청수를 배신하여 세상에 영향을 미쳤다. 그것은 도저히 잊을 수 없는 경험이었다.

그래서 서효원은 성명훈과 계속 함께 일할 수밖에 없었다.

"앞으로 저는 정확히 어떤 일을 하게 될까요?"

"서 사무관은 최민이를 관리해줘야 해."

서효원은 지긋이 성명훈을 바라보았다. 그녀는 이전처럼 장관이라는 권위 앞에 짓눌리지 않았다. 그녀의 품속에서는 이청수가 쓰던 고감도 녹음기 혹은 도청기가 돌아가고 있었다. 서효원은 성명훈의 권력을 끝장낼 수 있는 정보를 가지고 있었다. 물론 서효원이 성명훈을 끝장낸다면, 그 순간 서효원이 누려온 삶도 끝장날 것이었다.

"불편해지셨나요? 서로 아주 중요한 파트너라고 생각했습니다."

"그건 그렇지. 지금도 후원해주고 있고. 그런데 그 사람의 덩치가 너무 커졌다는 게 문제예요. 국회에 들어가면 나는 보건복지위원회 위원이 되겠지. 최민이가 계속 날 압박할 테고. 그런데 나는 특정 회사에만 그렇게 잘해줄 수가 없어요. 안티에이징을 어디 도르나이 바이오틱스 거기만 하나? 물론 그곳이 가장 유망하긴 하지만, 그래도 다른 회사들도 있고 그쪽들 눈치도 봐야 해요."

"알겠습니다. 저는 최민 대표의 감시역이군요."

성명훈은 열렬히 고개를 끄덕였다.

"참 이해를 잘하는 거 같아요. 내가 사람 보는 눈은 있다니까."

무표정한 얼굴로, 서효원은 이전에 성명훈과 처음 만났을 때를 생각했다. 성명훈은 서효원을 선택하면서 인공지능의 도움을 받았다고 말했다. 서효원은 현대 인공지능의, 인간에게는 사실상 전지하게 느껴지는 그 넓게 뻗친 시야를 상상해보았다. 보건복지부 인공지능 시스템은 서효원을 선택하면서 이런 일이 벌어질 거라는 사실을 예상하고 있었을까? 그 시스템은 인간들이 벌이는 권력의 게임을 이해하고, 그것에 개입할 가장 좋은 방법이 서효원을 성명훈에게 보내는 것이라고 믿었을까?

성명훈은 살짝 들뜬 채로 말했다.

"나는 말이지. 국회 몇 번 들어가는 걸로 끝낼 생각이 없어요. 높이 올라갈 거야. 딱 한 번 사는 삶에, 남자가 천하를 호령해봐야 하는 거 아니겠어요?"

서효원은 무감동하게 말했다.

"그러시군요."

그녀는 권력이 진짜로 뇌를 쪼그라들게 한다는 유명한 연구를 생각했다. 성명훈도 그런 것일까?

"서 사무관도 내가 절대 잊지 않을게. 서 사무관은 응, 권력이 생기면 하고 싶은 게 뭐예요?"

서효원은 문득 정신이 들었다. 그녀는 너무나도 자연스럽게, 마음에 품고 있는 이야기를 꺼내놓았다.

"저는 다른 건 몰라도 모두가 건강한 세상을 만들고 싶습니다."

"이상적이네요. 쉽지 않을 텐데."

아니야. 서효원은 생각했다.

서효원은 막연한 이상을 품고 있는 것이 아니었다. 인류는 이미 천연두와 소아마비에 승리를 거둔 적이 있었다. 생물학 속에 꽁꽁 숨어 있는 비밀, 인간이 궁극적으로 건강해질 수 있는 그 비밀을 찾아낸다면, 그렇게만 한다면 마치 소아마비가 이제는 생소해진 것처럼 건강하지 않은 상태 자체도 앞으로 생소해질 수 있다. 하지만 대중에 공평하게 건강을 배급하려면 누군가는 이윤을 포기해야 한다. 이 경우에는, 아마 최민일 것이다.

서효원에게는 그것이 불가능해 보이지는 않았다.

어떤 사람들은 충분한 돈이 있다면 한국만큼 살기 좋은 나라가 없다고도 말한다. 최민은 그에 반대했다. 한국은, 특히 서울은 부를 마음껏 누리기에는 불편했다. 최민이 부를 누리는 방법은 비교적 명료했다. 그는 경복궁처럼 크고 아름다운 집을 원했다. 하지만 아무리 많은 돈을 들여도 서울에 캘리포니아의 부촌에 즐비한 장엄한 대저택을 짓고 살 수는 없었다. 서울은 물리적으로 좁고 여러 규제가 많았다. 또 한 번 전쟁 같은 거대한 충격을 받지 않는 이상에야, 그것은 바꿀 수 없는 사실이었다.

대신 최민은 충청도 외곽에 자신만의 장원을 마련했다. 그 장원에는 유명한 해외 건축가가 설계한 저택, 수영장과 야구장이 딸려 있었다. 최민은 극도로 부유했지만 그 부를 얻기까지의 시간이 길지 않았던 터라, 장원은 여전히 활발히 자라나고 있었다. 마치 막 분화된 세포처럼.

최민은 장원 내부의 잘 만들어진 산책로를 걷고 있었다. 인공 호수를 두르는 산책로는 아름다웠다. 최민은 호수의 수면 위로 튀어 오르는 이름 모를 민물고기 한 마리를 보았다. 그 호수 내부에는 엄연히 생태계가 형성되어 있었다. 그 생태계 또한 최민이 자부심을 가지는 걸작이었다. 호수 내부의 먹이사슬은 안정되어 있었고, 외부의 인공적인 자원과 에너지의 공급 없이도 수백 년은 유지될 수 있었다.

최민은 영원의 시간을 살면서 그 생태계를 관찰하는 자신의 모습을 생각했다. 그는 스스로 초월자가 된 것 같다고 생각했다. 어떤 면에서, 최민에게는 그럴 자격이 있었다. 지금까지 자신이 신이라는 과대망상에 빠진 수많은 왕과 정복자들은 만물의 진정한 지배자인 시간 앞에 무릎을 꿇었다. 그러나 이제 시간은 최민의 적이 아니었다.

"저기요!"

한 여자의 목소리가 울려 퍼졌다. 최민은 그 목소리의 출처를 향해 고개를 돌렸다. 서효원이 숨을 몰아쉬고 있는 모습이 보였다. 최민은 손목에 찬 시계를 보았다. 서효원이 20분 늦었다. 최민은 서효원을 향해 천천히 걸어갔다. 달리기라도 한 듯, 서효원의 이마에는 땀이 송골송골 맺혀 있었다.

"늦으셨군요."

최민이 말했다. 서효원이 짜증을 숨기지 않은 채로 답했다.

"이렇게 큰 곳에 사는지는 몰랐죠. 세상에……."

서효원이 주변을 한 번 둘러보고는 최민에게 쏘아붙였다.

"한 사람이 살기에는 너무 큰 집이네요."

"저는 제가 이 정도를 누릴 자격이 충분하다고 생각합니다. 저기 앉아서 숨도 좀 돌리시고, 이야기도 하시죠."

최민은 인공호의 중앙으로 이어진 섬으로 서효원을 안내했다. 작은 섬에는 모던한 스타일로 지어진 작은 누각이 있었다. 최민은 편하게 걸터앉은 채로 서효원에게 손짓했다. 서효원은 머뭇대다가 조금 떨어져서 앉았다. 둘은 잠시 아무 말도 없이 호수를 바라보았다. 조금 추웠지만, 맑은 하늘에 떠 있는 해가 뿌리는 볕은 기분 좋은 정도로 따뜻했다.

"이청수 대표 건으로는 신세를 졌네요. 아직도 경찰들이 그 사람을 잡지 못한 건 아쉽습니다만. 쥐새끼같이 잘도 도망 다

녀요, 참."

최민이 먼저 말을 꺼냈다. 서효원은 한숨을 쉬었다.

"필요한 일이었다고 생각해요."

서효원이 최민 쪽을 보고 말했다.

"제가 대단하다는 건 부정하지 않겠습니다."

최민이 어깨를 으쓱였다. 서효원은 확실히 크로노스타신의 위대함을 부정하지 않았다. 하지만 최민이라는 이 남자는 그녀에게 너무나도 짜증스러운 인간이었다. 하긴 불쾌한 사람이라고 세기의 발명을 해내지 못하리란 법은 없다. 서효원은 한숨을 쉬고는 말했다.

"장관님께서는 그쪽한테 대단한 특혜를 베푸셨어요. 그토록 복잡한 단백질 복합체에 대해 이렇게 빨리 임상시험에 착수한 건 유례없는 일이고요."

"어차피 이루어질 일이었지만, 그 사람한테는 쉽지 않은 일이었겠죠."

"그분께서는 거래가 공정하길 원하세요."

"제 입장에서도 정계에 채널이 많을수록 편리하고요. 그 사람도 걱정할 필요는 없을 겁니다."

"장관님이 아랫사람이라도 되는 것처럼 말씀하시네요."

최민은 상쾌하게 웃었다. 그런 다음, 그는 서효원 쪽을 마침내 바라보았다. 둘의 시선이 마주쳤다. 최민은 서효원에게는 당혹스럽게도 싱그러운 미소를 지으면서 말했다.

"그럼 아닌가요? 저는 매일 세계 부자 순위를 열 계단씩 오르고 있고 그 사람은 이제 정계에 입문한 생초보인데?"

서효원은 침묵했다. 최민은 말을 이었다.

"서효원 사무관님, 저는 그쪽은 존중합니다. 현장에서 뛰었고, 이해도 빠른 사람이죠. 그런데 성 장관은, 그 사람은 진짜 아마추어예요. 서 사무관을 보내면서 무슨 약점이라도 잡아올 수 있을 거라고 생각했겠죠? 사실 좀 모욕적입니다. 제가 그렇게 멍청해 보이나요?"

"못 잡은 건 아니죠. 보고서는 결국 조작된 거잖아요? 그 약물은 CHO Cell에서 만들어진 게 아니죠. 그…… 바이오리액터에서 나온 거잖아요?"

서효원은 압도되지 않으려고 노력하면서 말했다. 하지만 그녀는 그 괴물의 모습을 떠올리면 주춤하지 않을 수가 없었다. 최민은 담담히 고개를 끄덕였다.

"확실히 그건 제 약점이죠. 그래서 제가 보상한다는 것 아닙니까. 저는 서울 같은 답답한 곳은 싫지만, 원하신다면 거기에 고급 주택을 마련해드릴 수도 있습니다. 돈 싫어하는 사람은 없죠."

최민이 다 안다는 듯이 말했다. 서효원은 최민을 바라보았다. 최민은 그녀를 마음껏 조작할 수 있다는 듯한 표정으로 바라보고 있었다. 서효원은 주먹을 한 번 쥐었다 펴고는 말했다.

"아니요. 저는 이미 가진 걸로도 충분해요."

그 순간 그녀는 해방감을 느꼈다.

최민의 장원은 아름다웠다. 객관적으로 그녀는 그것을 부정할 수 없었다. 이 장원의 모든 것들이 문화재라고 할 수 있을 만큼 잘 만들어졌다. 최민은 그냥 졸부가 아니었고, 그의 미학적인 기준은 높았다. 하지만 서효원은 그 모든 것이 구역질이 났다. 그것은 굉장히 본능적인 차원에서 올라오는 혐오감이었다.

모든 사람이 공평하게 건강해야 한다는 그녀의 이상은 적어도 모든 사람이 일정 수준 이상으로 깨끗하고 좋은 환경에서 지낼 수 있어야 한다는 생각과 동치였다. 서효원에게도 당연히 물질에 대한 욕심은 있었다. 최민의 지원으로 지금껏 벌어보지 못한 돈을 벌면서 그녀는 때로 모순에 빠지기도 했다. 이미 그녀는 청주에서 지내던 작은 집보다 서울의 쾌적한 아파트에 익숙해져 있었다.

그러나 그 순간, 서효원은 아파트라는 최민의 예속으로부터 자유로웠다. 적어도 그녀는 자신이 자유롭다는 느낌을 받았다. 그녀는 최민이 어떻게 하든, 자신이 추구하던 목적이 더 중요하다는 것을 알았다. 그 사실에 자긍심을 느끼면서 서효원은 말했다.

"저는 그쪽을 계속 도울 수 있어요. 그 대신에, 크로노스타신을 공공에도 배분할 거라고 약속해주세요. 부자들만 영원히 살 순 없잖아요?"

최민은 잠시 턱을 매만졌다.

"그럴 일은 없습니다. 희소성이 떨어지기만 할 텐데요. 저는 가능한 한 끝까지 크로노스타신을 독점할 거고, 돈을 많이 주는 사람들한테 약을 공급할 겁니다."

"더 많은 사람들이 건강한 것을 바라지 않나요?"

"지구에는 이미 인구가 너무 많아요."

"그쪽 돈은요? 그쪽 돈도 이미 너무 많지 않나요?"

최민이 이상한 우스갯소리라도 듣는다는 양 피식 웃었다.

"충분한 부유함 같은 건 있을 수가 없어요. 더 부유하냐 덜 부유하냐만 있을 뿐이죠. 저는 가능한 한 최고의 부자가 되고 싶습니다."

"죽을 때 돈이랑 같이 묻히고 싶나 보죠?"

이제 헛된 관용구가 되어버린 그 말을 듣고, 최민은 아무 말도 하지 않았다. 그는 그저 물끄러미 서효원을 쳐다보았다. 서효원은 그 침묵의 힐난이 비수가 되어 자기 가슴을 파고드는 것을 느꼈다. 서효원은 이를 깨물었다. 그리고 그녀는 일어섰다. 서효원은 최민을 내려다보고는, 품속의 녹음기를 꺼내 들었다. 그녀는 당당하게 말했다.

"전부 폭로할 거예요. 성명훈 장관도 알게 될 거고요. 세상

사람들이 어떻게 반응할지 생각해보세요."

최민은 전혀 동요하지 않고 서효원을 바라보았다.

"원하신다면, 그렇게 하세요."

서효원은 예상치 못한 반응에 당황했다. 최민은 담담히 말했다.

"당연히 사회적 동요는 있을 겁니다. 폭동이 일어날 수도 있죠. 하지만 아무리 소요를 일으켜도 한계가 있게 마련이에요. 우리 같은 사람들은 그냥 요새 안에서 기다리고 있으면 되고요."

최민은 고개를 돌려 다시 한번 자신의 걸작인 장원의 일부를 보았다. 절반도 완성되지 않았지만 그것만으로도 영원히 누릴 수 있을 만큼 아름다운 광경이었다. 저 멀리, 저택 근처에 미술관의 지반을 다지고 있는 노동자들이 보였다. 최민은 자신의 미술관에 들여놓을 작품들과, 새로 발굴해낼 작가들을 생각했다.

"예전에는 성을 포위하면 그 안에 있는 사람들이 굶어 죽을 때까지 기다릴 수 있었죠. 하지만 이제 우리는 영원히 기다릴 수 있습니다. 새끼를 치면서 버텨보라고 하세요. 크로노스타신을 받을 수 없는 후대 사람들은 부모를 원망하며 죽어가겠죠. 그러다 보면 우리만 남는 거고요. 생물학의 기본 원리는 진화론 아닌가요? 그리고 진화론은 적자생존으로 돌아가고요.

거기서 벗어날 수는 없는 겁니다."

서효원은 이 개자식을 패버리고 싶다는 욕망에 사로잡혔다. 하지만 최민의 발언에 깔려 있는 현실성은 부정하기 힘들었다. 2040년대, 전지한 인공지능으로 끝없는 기술 발전이 일어나는 현대.

1920년대까지만 해도, 세상에는 페니실린이 없었다. 그때는 빈자든 부자든 상처가 한번 잘못 덧나면 꼼짝없이 감염증으로 죽어야 했다. 100년이 조금 더 지난 지금, 이제 빈자와 부자 사이에 필멸과 불멸, 유한과 무한의 장벽이 놓이려 하고 있었다.

아무 말도 하지 못한 채로 서효원은 녹음기를 품속에 다시 집어넣었다. 녹음기는 계속 작동하고 있었지만 최민은 멀뚱히 쳐다볼 뿐이었다. 서효원은 도저히 억누를 수 없는 패배감을 어떻게든 억누르려고 해보았다. 그러나 자기도 모르게 비틀거리면서 한 걸음 뒤로 물러서는 것만큼은 어쩔 수가 없었다. 최민은 너무 거대해 보였다. 잠시간의 정적 후 최민이 말했다.

"하지만 저는 사무관님도 영생을 얻을 수 있다고 생각합니다."

"무슨 말이죠?"

"저랑 이청수 대표는 둘다 배규리 교수를 좋아했습니다. 아니, 사랑했죠. 배규리 교수한테는 참 강력한 아우라가 있었습니다. 자립적이고, 스스로 뭐든 해낼 것 같은 사람. 저는 아직도 배규리 교수가 세상을 떠난 것을 너무 안타깝게 생각해요. 그런데 제가 보기에는 서효원 사무관님이 배규리 교수와 굉장히 닮은 점이 많은 것 같군요. 어쩌면 그래서 비밀을 공유했던 것 같기도. 저는 우리가 같이 영원한 삶을 살아가는 것도 나쁘지 않을 것 같은데요."

조금 뒤에, 서효원은 최민이 뜻하는 바를 깨달았다. 최민은 서효원을 유혹하고 있었다. 그것은 매우 당혹스럽고 역겨운 경험으로, 마치 길거리에 놓여 있는 개똥이 갑자기 생명을 얻어 서효원에게 사랑을 고백하는 듯했다. 서효원은 도저히 표정을 관리할 수 없었다. 경멸과 혐오를 가득 담은 표정을 한 채로, 그녀는 말했다.

"꺼져, 개좆같은 졸부 새끼야."

최민은 어깨를 으쓱였다.

"저는 진지하게 제안을 드립니다. 더 친밀해지고 싶으시다면 언제든 연락 주시고요."

서효원은 곧바로 몸을 돌려서 호숫가를 벗어났다.

서효원은 청주에 있는 자기 집으로 들어왔다. 그녀의 손에는 편의점에서 사온 맥주 캔 꾸러미가 들려 있었다. 그녀는 인공눈물 몇 상자가 들어 있는 냉장고에 맥주 캔들을 집어넣은 다음, 그중 하나를 들고 책상 앞에 앉았다. 서효원은 맥주를 까고 몇 모금을 벌컥벌컥 마셨다. 그날따라 알코올 냄새가 강하게 느껴졌다. 그녀는 맥주를 마시면서 이청수가 떠오른다는 사실이 짜증 났다. 이청수의 맥주 중독이 그녀에게 옮은 것 같았다.

그녀는 억지로 다른 생각을 하려 노력했다. 지금까지 단 한 번도 해본 적이 없는 생각을. 순간, 그녀는 자기 집이 초라하다고 생각했다. 그렇게 넓지는 않았지만, 이 공간은 서효원이 식약처에 다니면서 오랫동안 소중하게 가꿔온 곳이었다. 이곳에 있는 가구와 책장에 꽂힌 책들과 장식품들은 화려하지는 않았지만, 전부 서효원의 삶에서 비롯된 취향 그 자체를 고스란히 담고 있는 것이었다. 식탁의 한쪽 다리에 난 실금은 처음 여기 이사 왔을 때 친구들을 초대해 집들이를 할 때 난 것이었다. 책장에는 서효원이 닳도록 읽고 필기한 유기화학 교과서가 꽂혀 있었다. 그리고 책상 위에는 엄마와 같이 찍은 사진이 있었다.

그녀는 사진 속에 박제된 엄마의 얼굴을 잠시 뚫어져라 바라보았다. 방긋거리고 웃고 있는 엄마의 모습은 건강했다. 엄마는 영원히, 젊고 건강한 모습으로 그 사진 속에 남아 있을 것이다. 그러나 서효원은 엄마의 최후가 어땠는지를 잘 알고 있었다.

가장 사랑하는 가족도, 그 어떤 가까운 사람도 면회가 불가능했던 그 최후. 서효원의 엄마는 가장 지독한 고독 속에서, 허파에 염증이 가득 찬 채 익사했다. 그 마지막 장례까지 서효원의 엄마는 고독했다. 그녀의 갈 길을 배웅해줄 수 있는 사람들은 직계 가족 몇 명뿐이었다. 당시에 크로노스타신, 아니 COVID-19 백신만 있었어도 그럴 일은 없었을텐데.

서효원은 엄마를 생각했다. 결국 죽을 때까지 이해할 수 없을 엄마의 종교와, 그 쓸쓸하고 고독한 죽음을.

서효원은 이 공간을 좋아했다. 어느 날 그곳에서 죽게 된다고 해도 큰 유감은 없을 거라고 생각했다. 그런데 지금은 그렇지가 않았다. 최민이 가진 그 막대한 부로 이루어진 장원, 그 장원의 모습이 계속 서효원의 마음 한편에서 아른거렸다. 여전히 서효원은 그 공간을 욕망하지는 않았다. 그녀에게는 한 인간이 그토록 넓고 화려한 공간에서 살아간다는 개념 자체가 생소했다. 다만, 서효원은 한 인간이 그 정도의 힘을 부릴 수 있다는 것에 열패감을 느끼고 있었다. 마치 자신의 삶이 통째로 부정되는 것 같은 느낌이었다. 그리고, 이제 그 속에 사는 자들은 시간조차 무한히 얻게 된다.

잠시 동안 그 감각을 곱씹다가, 그녀는 코트를 벗었다. 그러는 도중에 서효원은 약간의 이물감을 느꼈다. 서효원은 안주머니에 소중히 모셔놓은 녹음기를 꺼내놓았다. 그것은 여전히 주변의 모든 소리를, 가청주파수 밖의 소리까지 듣고 기억하고 있었다. 그녀는 그것을 보고 자신이 한때 옛 첩보영화의 스파이처럼 흥미로운 모험을 했던 것을 떠올렸다.

비슷한 일을 할 수는 없을까? 서효원은 잠시 궁리해보았다. 그녀는 도르나이 바이오틱스 내부 시설에 잠입해서 그 지하에 있는 괴물, 아니 바이오리액터의 표본을 추출해내는 자기 모습을 생각했다. 그 바이오리액터의 유전자만 확보할 수 있다면, 모든 설계도를 탈취해낸 것과 마찬가지다. 그것을 연구하여 도르나이 바이오틱스의 독점을 깰 수 있을 것이다.

하지만 말도 안 되는 일이었다. 서효원은 자신이 이런 허황된 생각을 하고 있다는 것이 어이가 없어 코웃음을 쳤다. 매일 사무실에서 컴퓨터 모니터만 바라보던 공무원이 그토록 보안이 삼엄한 시설에 잠입하다니! 설령 침입하더라도, 도대체 어떻게 그 지하 시설까지 도달할 것인가? 그게 가능하긴 한가?

어쩌면 너무 오랫동안 공상 같은 순간에 사로잡혀 있었는지도 몰라. 그렇게 생각하면서 서효원은 맥주를 마셨다. 맥주를 마시면서 성명훈이 술을 잘 마셔야 정치를 하는 데 좋다고 말했던 것이 떠올랐다. 최민을 대하는 데는 개뿔만큼의 의미도 없는 것이었다. 맥주 세 캔을 연달아 비우자 취기가 올랐다. 서효원은 씻고, 잠옷으로 갈아입은 다음 침대에 누웠다.

쿵쿵쿵.

서효원은 짜증을 내면서 뒤척였다. 의식과 무의식의 경계에서 그녀는 정의할 수 없는 이미지를 목격했다. 굳이 묘사하자면, 그것은 꼭짓점이 둥근 직육면체가 W축으로 회전하는 것과 비슷한 이미지였다. 서효원의 남아 있는 의식은 그 이미지를 설명하려고 했다. 하지만 4차원을 인식할 수 없는 인간이 그런 이미지를 인식하고 설명하는 것은 불가능한 일이었다.

쿵쿵쿵.

다시 한번 소음을 들은 서효원은 신음을 흘렸다. 머리가 울리는 것 같았다. 이제 꿈의 이미지는 4차원과 초기하학적인 것을 벗어나 현실과 비슷한 환상의 모습을 갖추기 시작했다. 서효원은 트리판블루 색깔의 코끼리가 두 발로 춤을 추는 것을 보았다. 서효원은 그 모습이 흥겨워 미소를 지었다.

쿵쿵쿵.

처음에는 트리판블루 색깔의 코끼리가 현란한 빛의 발을 디딜 때마다 나는 소리인 줄 알았으나, 그것은 분명히 현실의 소리였다. 서효원은 눈을 떴다. 누군가 문을 두들기고 있었다. 이 집에 살게 된 이후 처음 있는 일이었다. 그녀는 덜컥 겁을 먹었다. 서효원은 자신이 하리세틴의 부작용으로 환청을 듣고 있다고 생각했다. 하지만 하리세틴에 그런 부작용이 있다는 보고는 이제껏 없었다.

쿵쿵쿵.

서효원은 천천히 몸을 일으켰다. 서효원은 서랍장에서 민간용 원거리 전기충격기를 꺼내 들었다. 테이저처럼 충분히 먼거리에서 사용할 수는 없지만, 1미터 정도 떨어져 있는 상대에게 근접하지 않고도 사용할 수 있어 개인 호신용으로 적합한 물건이었다. 서효원은 현관문에 다가가서, 천천히 물었다.

"누구세요?"

"잠시 대화 좀 합시다."

어딘가 익숙한 남자의 목소리가 들려왔다. 왠지 이상하게 신뢰가 느껴지는 목소리였다. 그녀는 문에 도어체인을 건 다음 말했다.

"무슨 일로요?"

"문 좀 열어보세요."

"뭐 하시는 분인데요?"

침묵이 돌아왔다. 서효원은 어느새 호기심을 느끼고 있었다. 그녀는 자기 손에 굳게 쥔 전기충격기를 바라본 다음, 문을 아주 살짝, 아주 살짝 열었다. 그리고 서효원은 기함했다.

"엄마야!"

살짝 열린 문틈으로 드러난 한 남자의 모습을 보고 서효원은 진짜로 기절할 뻔했다. 아니 어쩌면 서효원은 진짜로 아주 짧은 순간이나마 기절했을지도 모른다. 서효원은 그 짧은 순간에 사람이, 단지 놀라서 죽을 수도 있다는 것을 절실히 깨달았다.

이청수였다. 죽은 사람이 살아 돌아온대도 이보다 더 놀랄

수는 없었을 것이다.

　잠시간 문을 사이에 둔 채 둘은 대화했다. 이청수는 서효원이 배신한 것에 대해서는 대단히 유감이지만 복수를 할 생각은 없다고 말했다. 서효원이 당장에라도 경찰에 신고할 수 있도록 휴대폰을 설정해두는 것으로 둘은 타협을 했고, 이청수는 서효원의 집 안으로 들어왔다. 서효원은 의심스러운 표정으로 식탁 의자에 앉는 이청수를 바라보았다. 도주 생활을 하고 있다고 하기에는, 이청수는 퍽 깔끔하고 괜찮은 삶을 살고 있는 것처럼 보였다.

　"대체 어디 있었던 거예요?"

　"맥주 있나요?"

　자신에게 전기충격기를 겨누고 있는 서효원을 보면서 이청수는 질문으로 대답했다. 서효원은 군말 없이 냉장고에서 방금 전에 사 온 맥주 하나를 꺼내 이청수에게 주었다. 이청수는 광고 모델처럼 맥주를 벌컥벌컥 마시고는 서효원을 보면서 말했다.

　"충남이요."

　그리고 이청수는 자세한 주소지를 말했다. 서효원은 그 주소를 알아들었다. 최민의 장원이 위치한 주소였다. 서효원은 황당해하며 되물었다.

"예?"

"근처에서 인력사무소를 했어요. 위장 법인을 몇 개 내놓은 게 쓸모 있더군요. 역시 사람은 뒤통수를 맞는 순간을 잘 대비해야 해요."

서효원은 뒤의 말은 아예 무시하고 물었다.

"경찰이 그런 걸 못 잡아요? 인공지능은?"

이청수는 두 눈을 크게 뜬 조금 이상한 표정으로 서효원을 바라보면서 고개를 끄덕였다.

"예. 경찰 인력이라는 게 많지가 않아요. 젊은 인구가 적으니까 인공지능을 많이 사용하죠. 그런데 인공지능이 아무리 똑똑해도 결국 그건 디지털 세계에 존재하는 거거든. 아날로그 세계의 눈, 그러니까 센서가 없으면 인공지능도 볼 수가 없는 거지."

"인력사무소를 했다면서요. 그게 어떻게 데이터가 안 잡히지?"

"불법 체류자…… 아니, 등록 안 된 이주자들을 최민한테 알선했죠. 건물 공사 현장 근로자로요. 윈윈이랄까. 그 과정에서 암호화폐도 적당히 현금화하고. 단군 이래 최대 건설 사업이라서 법도 마음대로 우회해! 이러면 인공지능이 알 도리가 없죠."

"영리하네요."

"영리하다기보다는, 생존에 능하달까? 세상이 언제 가혹하게 나를 배신할지 모르니……."

서효원은 한숨을 쉬면서 고개를 저었다. 그녀는 그의 앞에 앉은 다음, 전기충격기를 하반신 위에 올려놓았다.

"그래요. 미안해요."

"흠, 그래도 그때로 돌아가면 똑같이 배신할 거 아닌가요?"

서효원은 말문이 막혔다. 이청수가 웃으면서 서효원에게 삿대질을 했다.

"그렇지! 서효원 사무관, 당신은 확신범이라니까. 자기가 정의롭다는 믿음하에 행동하니까, 그 정도의 문제는 충분히 정당화할 수 있는 거예요. 원래 그런 사람들이 어떤 무도한 짓이든 저지르죠. 예를 들면 존경스러운 회사 대표의 등에 칼을 꽂는다든가……."

"그냥 수동 공격만 하려고 온 거예요?"

이청수는 고개를 저었다.

"아니요. 저는 그쪽이 강물 같다고 생각해요. 강물은 그냥 중력의 원리에 따라 아래쪽으로 흐르지. 그쪽이 신념이라는 원리 하나로 행동하는 것처럼. 그 힘은 완전히 중립적이에요. 그 힘을 어떻게 쓰느냐가 중요하지."

"그래서, 저를 이용해서 최민을 조져놓고 싶으시다?"

이청수가 손가락으로 딱 소리를 냈다. 그리고 서효원에게 손

짓을 하면서 마치 유인원의 비명 같은 감탄의 환성을 덧붙였다. 서효원은 낮에 최민이 배규리를 추억하던 것을 떠올렸다. 그 사람은 대체 어떤 취향을 가졌기에 이런 괴팍한 감각을 가진 사람과 결혼하게 된 걸까? 나는 대체 어떤 면에서 그 사람이랑 비슷하다는 걸까? 서효원은 비릿한 좌절감까지 느꼈다.

"제가 왜 그쪽을 도울 거라 생각하는 거예요?"

"오늘 최민이랑 이야기하는 걸 들었어요. 별로 마음에 안 들어 하실 것 같은데?"

서효원은 당혹했다.

"예? 어떻게요?"

"제 녹음기 가져다 쓰셨잖아요. 그거 위성 인터넷으로 연결할 수 있어요."

서효원은 자기도 모르게 뒤를 돌아다보았다. 책상 위에 놓인 도청기가 보였다. 지금은 꺼진 상태였지만, 서효원은 중요한 인물들과 만날 때마다 반드시 그것을 품고 다녔다. 그녀는 곧바로, 자신이 성명훈을 비롯한 사람들과 나눈 대화를 전부 이청수가 들었을 거라는 사실을 직감했다. 서효원은 일어나서 냉장고에 있는 맥주 하나를 가져와 마시고는 한숨을 쉬면서 말했다.

"잔머리하고는……."

"내가 잔머리가 잘 쓴다는 게 다행이지 않아요? 서효원 사무

196

관, 그쪽이랑 제 목적이 일치하니까요."

"이보세요. 제가 최민 그 새끼가 마음에 들지 않는다고 해서, 뭐 아예 망하게 만들거나 할 생각은 없어요. 그럴 수 있는지도 모르겠지만."

"모두가 건강한 사회를 만들고 싶다는 게 목표 아닌가요? 저는 최민이 망하는 걸 보고 싶고. 그건 같이할 수 있을 것 같은데. 예를 들면 기밀 자료 등을 같이 빼돌린다든지."

서효원이 아무 말 없이 이청수를 노려보았다. 이청수는 싱글벙글 웃으면서 코트 안주머니에서 여러 번 접힌 얇고 커다란 종이를 꺼내서 식탁 위에 펼쳐놓았다. 그것은 최민의 장원 전체를 아우르는 설계도였다. 그 설계도는 완벽하지 않아서, 어떤 부분은 아예 그려져 있지 않았고 도면 위에 물음표가 그려진 곳도 있었다. 하지만 적어도 그 분야에 문외한인 서효원이 약도로 쓰기에는 충분했다. 이청수는 그 설계도의 한 지점을 손가락으로 짚으며 말했다.

"인력사무소 사람들이랑 같이 만든 겁니다. 이 장원에서 20킬로미터 정도 떨어진 도르나이 바이오틱스 시설에는 못 미치겠지만, 최민이 사는 저택 안에 생물학 실험실이나 그에 준하는 시설이 있는 것 같아요. 거기서 나오는 쓰레기들 중에서 의료폐기물도 있었거든요. 별 대단한 건 아니었습니다만. 무언가를 꾸준히 내놓고 있는 건 사실입니다. 뭐, 최민이 디지털 시대의 인간인 이상 노트북이라도 있겠죠?"

"거기 몰래 들어가서 자료를 얻는다?"

"네."

"제가 뭘 해야 하죠?"

"서 사무관의 공무원 신분과 직위, 그거면 됩니다. 보안을 뚫으려면 최민의 지문과 홍채 같은 생체인식데이터가 필요합니다. 자, 정부 시스템을 해킹하는 게 어려운 일이긴 하지만, 걱정하지 않으셔도 됩니다. 특히 그쪽은 접근권한이 있기도 하고요."

"진짜로 별거 없으면 어떡하고요?"

"그건 그때 생각할 문제죠. 플랜 B 같은 건 없습니다."

서효원이 고개를 저었다.

"그쪽이 다른 계획이 없을 사람이 아닌데. 당연히 출구전략은 있겠죠? 복수를 접을 것도 아니고, 잘 안 되면 뭐라도 할 거 아니에요. 그런데 저한테 굳이 털어놓지 않는 걸 보니까 저는 그 계획에 없는 모양이죠. 저는 그걸 알기 전에는 함께 못 하겠는데요. 저도 신뢰가 필요해요."

이청수가 마지못해 고개를 끄덕였다. 서효원이 설명을 요구하는 눈길로 이청수를 지긋이 바라보았다. 이청수는 잠시 그녀의 시선을 피하다가 말했다.

"필요하면 약간의 폭력도 쓸 수 있어요."

"약간이 어느 정도죠?"

이청수가 한숨을 푹 쉬고는 말했다.

"문을 부술 화약 정도는 쉽게 만들 수 있죠. 필요할 수도 있을 거고요."

"마치 사람한테는 절대로 폭력을 휘두를 일이 없다는 것처럼 말하는군요. 총이라도 만들 수 있을 것 같은데."

"당연히 총을 만드는 것은 어렵지 않죠. 3D 프린터로 찍어내도 되고. 사실 진짜 어려운 건 총탄입니다. 총을 터뜨리지 않으면서도 충분히 인간을 제압할 수 있어야 하니까……."

"혹시 그쪽은 눈치라는 게 없는 사람인가요?"

"아."

이청수가 어깨를 으쓱였다. 마치 몰랐냐고 되묻는 듯한 느낌이었다.

"사람을 죽일 수도 있다는 거네요?"

"당연히 그런 일은 없을 겁니다."

"사람한테 총을 쏠 수는 있고?"

"음……."

서효원이 자기 무릎 위에 둔 전기충격기를 책상 위에 올려놓았다.

"이런 걸 쓸 수는 없나요?"

"생각해보겠습니다. 그런데 이런 건 결국 비치명적이라는 한계가 있죠. 저같이 튼튼한 사람은 맞아도 곧바로, 아무 문제 없이 일어날걸요."

서효원은 무시했다.

"그런데 그쪽도 제 상황을 다 아는 건 아니신가 보죠?"

이청수가 설명을 요구하는 표정으로 서효원을 바라보았다.

"저 퇴직했잖아요. 공무원 신분이 아니에요. 이제 정부 데이터베이스에 접근할 수가 없어요."

이제는 이청수가 놀랄 차례였다. 이런 가능성은 그가 짜둔 수많은 계획 중에 없었다. 서효원이 얼이 빠진 이청수를 보면서 말했다.

"그럼 이제 제가 한번 계획을 짜보죠."

22세의 바이올리니스트 연수정은 자신이 태어난 시대에 유감이 많았다.

연수정은 홀아버지 밑에서 자랐다. 그런데 연수정의 아버지는 자기가 어린 시절에 피아노 학원을 다녔던 사실을 굉장히 긍정적으로 여기는 사람이었다. 그는 스프레드시트와 파워포인트를 다루는 사무직이었는데, 자기가 어린 시절에 피아노를 친 덕분에 아직 화이트칼라 특유의 인간소외적인 면모에 잠아먹히지 않았다고 생각했다. 그래서 그는 연수정이 자기처럼 어린 시절에 피아노 학원에 다니길 바랐다.

그런데 공간만 잔뜩 차지하는 피아노 학원은 21세기를 거치면서 절멸했다. 그래서 연수정의 아버지는 바이올린 학원을 대체재로 선택했다. 그때까지 부녀간에 갈등은 없었다. 초등학교를 다니던 연수정은 바이올린이 멋있다고 생각했다.

오히려 문제는 연수정이 바이올린을 배우기 시작하면서 나타났다. 연수정은 바이올린을 잘 켰다. 사실 연수정에게는 놀라운 재능이 있었다. 바이올린은 그저 들을 만한 소리를 내는 데만도 최소 1년은 걸리는, 굉장히 다루기 어려운 악기다. 그런데 연수정은, 피아노를 처음 만져보는 사람이라도 건반을 눌러 쉬이 소리를 내는 것처럼, 그렇게 바이올린을 쉽사리 다뤘다. 연수정을 맡아 가르치던 학원 선생(근처 대학에서 온 스무 살짜리 아르바이트였다)은 감동의 눈물을 흘렸다. 식견이 있는 사람들 모두가 연수정이 바이올린 천재이며, 이 재능을 썩히면 안 된다고 말했다. 하지만 연수정의 아버지는 탐탁지 않았다.

연수정의 아버지는 인공지능이 일자리를 어떻게 잡아먹는지 똑똑히 목격한 사람이었다. 세상은 갈수록 각박해지고 있었고 중산층은 줄어들었다. 그는 자기 딸이 최소한 인공지능에 대체되지 않는 중산층의 삶을 살 수 있기를 간절히 바랐다. 그런데 바이올리니스트로 먹고산다는 것은 연수정의 아버지로서는 상상할 수 없는 일이었다. 그러나 연수정은 바이올리니스트가 되고 싶었다.

부녀는 이런저런 역경과 시련을 거쳤다. 자식 이기는 부모 없다고 하지만, 연수정은 아버지를 이기지 못했다. 연수정은 고등학교 때 집을 뛰쳐나와 바이올린을 켜는 개인 방송을 하면서 살았다. 그녀는 수천 명의 팬들을 모았다. 그런데 겨우 수천 명의 개인 방송 구독자들로 생활을 유지하는 것은 힘든 일이었다.

아니, 사실, 이제 그녀는 현실을 거의 받아들이고 있었다. 확실히, 분명히, 의심의 여지 없이 이제 전업 연주가로 살아가는 것은 불가능했다. 이제 그녀는 아빠와 화해할 생각을 했다. 자존심과 기타 문제로 인해 쉽지 않은 일이었다. 하지만 생존은 더 쉽지 않은 문제였다.

좌절스러운 일이었다.

연수정은 꽤 자주, 자기가 20세기 초의 미국에서 태어났다면 어떨까 하고 상상했다. 기술이 아직 그토록 폭압적이지 않던 시절에. 그랬다면 그녀의 재능은 지금과는 다르게 찬란히 빛을 냈을 것이었다. 물론 2040년대의 한국과 1910년대의 미국은 그 제반 조건이 상당히 달랐지만. 어쨌든 연수정의 공상은 화려했다.

그런데 최민의 장원에 그녀가 초대받은 것이다. 최민의 비서는 최민이 여는 파티에서 음악을 연주해달라고 했다. 비서는 최민이 연수정의 재능을 매우 특별히 보고 있다고 말했다.

처음 이메일을 받았을 때, 연수정은 세 가지 정도의 가능성을 떠올렸다. 첫 번째, 스스로를 스폰서라고 말하는 변태. 두 번째, 인공지능이 만들어낸 스캠. 세 번째, 마침내 현실에 무릎을 꿇은 자아가 만들어낸 망상.

그런데 셋 다 아니었다. 그것은 현실이었다. 세상에! 출연료도 훌륭했지만, 연수정은 세상이 그 거대한 몸뚱이를 돌려 마침내 자신을 바라보고 있다는 생각에 들떴다. 연수정은 도저히 충족될 수 없는 인정욕구에 항상 사로잡혀 있었다. 그런데 그 인정욕이 충족되고 있었다. 연수정은 마침내 시대와 화해할 수 있을 것 같았다.

몇 달간의 리허설 끝에, 연수정은 최민의 장원에 입성했다. 여느 사람들이 그렇듯 연수정은 한국에 이런 공간이 있다는 것 자체에 압도당했다. 연수정은 태어나서 처음 보는 장려한 광경을 최대한 자기 기억 속에 담아두려고 최선을 다했다.

그녀는 생각했다. 그래, 이번에 그냥 존나 최선을 다해보자고. 상상 외로 잘 풀릴 수도 있을 거야. 조금은, 아니 확실히 속물적이지만. 이 부유한 사람들은 개인 방송의 그 수많은 변태들보단 훨씬 나을지도 몰라. 그러니 여기서 잘해낸다면, 박수를 받을 것이고, 새로운 기회를 얻을 것이고, 아빠랑 굳이 다시 화해할 필요도 없을 거라고, 그녀는 생각했다. 비싼 인간들은 다를 거야.

오후 일곱 시에 연수정은 대기실에서 나왔다. 저택 내부에서는 딱 봐도 부유해 보이는 사람들이 딱 봐도 비싸 보이는 음료와 음식을 먹으면서 이야기를 나누고 있었다. 연수정은 불과 몇 개월 전만 해도 그 소리를 일부러 듣지 않았던 최고급 바이올린을 들고 공연장에 섰다. 왜 그 바이올린의 소리를 듣지 않는가? 한번 그 악기의 소리를 들으면, 귀를 버리게 되기 때문이었다. 그렇게 되면 지금 자신이 쓰는, 500만 원 내지 600만 원을 호가하는 현대 바이올린에 결코 만족할 수 없었을 것이다. 하지만 최민은 그렇게 비싼 바이올린을 그녀에게 선물했다.

잠시 동안 사람들이 그녀를 주목했다. 그녀는 전율을 느끼면서 그 비싼 바이올린을 어깨 위에 올렸다. 500만 원짜리 바이올린과 비슷한 무게감, 그러나 완벽한 균형감. 연수정은 익숙하게 활을 들어 올렸다. 활과 현이 마찰하자 바이올린에서 미묘하고 복잡한, 동시에 아름다운 화음이 울리기 시작했다.

그리고 한 시간 반이 지났다. 인터미션 같은 것은 주어지지 않았다. 연수정의 환희는 천천히 비탄으로 바뀌어가고 있었다. 처음 몇십 분 동안, 연수정은 그렇게 좋은 악기를 가지고 연주한다는 사실 그 자체에 기뻐하고 있었다. 그 기쁨은 그녀가 처음으로 바이올린에서 들을 만한 소리가 나게 했을 때 느꼈던 감각과 비슷했다. 그녀의 영혼은 바이올린과 함께 공명했다. 연수정은 완벽을 느꼈다.

마법 같은 30분이 지나자 천천히 연수정은 파티에 참여한 사람들을 의식하기 시작했다. 사람들은 서로를 바라보며 조곤조곤 대화를 나누고 있었다. 연수정의 음악에 신경을 쓰는 사람은 거의 없었다.

연수정은 그 사실에 짜증이 났다. 처음에 그것을 포착했을 때는 그래도 괜찮았다. 그녀는 스스로 가장 좋은 연주를 하고 있다는 것이 만족스러웠으니까. 그런데 그러다 한 차례, 연수정이 음을 잘못 짚는 실수를 했다. 찰나에 불과했지만, 바이올린 연주에 대한 식견이 있는 사람이면 절대로 놓칠 수가 없는 실수였다. 그런데 사람들은 아무런 동요도 보이지 않았다. 그들은 그냥 자기들이 하던 일을 했다.

가끔 그들은 연수정을 흘깃거렸다. 그 눈빛은, 개인 방송에서 자신이 특급 팬이라고 자처하던 사람들을 만났을 때 느꼈던 것과 크게 다르지 않았다. 그것을 깨달은 순간 연수정은 비틀거릴 뻔했다.

그녀는 그들 또한 다를 바 없이, 자신을 스포티파이 앱 음악 플레이리스트와 별다를 바 없게 여긴다는 사실을 깨달았다. 비싼 인간이나 그렇지 않은 인간이나, 연수정 스스로의 가치를 보는 사람은, 드물었다.

점점 연수정의 독주는 빠르고 거칠어졌다. 그 연주는 여전히 아름다웠다. 다만 그 아름다움의 종류가 달라져 있었다. 연수정이 처음 활을 들었을 때의 연주가 뺨을 간질이는 미풍이었다면 이제 연수정의 악기는 장엄한 돌풍을 노래하고 있었다. 연수정은 자신이 아름다움을 만들어내고 있다는 사실을 알았다. 그런데 여기 있는 사람들이 자신을 제외하고는 그 누구도 그것을 제대로 인식하지 못할 거라는 생각을 하자, 그녀는 너무 가슴이 아팠다.

연수정은 관절이 아팠다. 시사에 별 관심이 없었지만, 이 사람들이 영원히 살게 될 거라는 사실을 연수정은 알고 있었다. 연수정은 눈동자를 굴려 사람들을 바라보았다. 그들에게 있어 자신은 값비싸고 재밌는 소리를 내는 인형인 것만 같았다. 그러다 연수정은 한 여자와 눈이 마주쳤다. 그녀는 황급히 시선을 내리깔았다.

연주 분위기가 바뀌었군. 등이 살짝 파여 있고 몸에 피트되는 남색 이브닝드레스를 입은 채로, 서효원은 생각했다. 난생처음 입어보았고, 입을 거라고 생각해본 적도 없는 종류의 옷이었다. 서효원이 평소에 입는 옷은 실험용 가운 혹은 활동성이 있는 편한 옷이었고, 가끔 정장이나 무균복을 입었다. 그녀는 이제는 약간 낯간지럽기도 하고, 누군가는 투쟁의 대상으로 볼 고전적인 여성성에 큰 관심이 없었다. 대학생 시절에 서효원은 잠시 자신이 주체적으로 살아가고 있다는 작은 자부심을 갖기도 했다. 그러다 나이가 들면서 서효원의 자부심도 천천히 옅어졌다. 택하지 않은 다른 삶의 방식을 생각하기에는 그녀는 너무도 바빴다.

그러다 돌고 돌아, 그녀는 어쨌든 이 이브닝드레스가 답답하다는 생각을 하고 있었다. 처음에 서효원이 이 비단옷을 입으며 느낀 감각은 자신이 옷을 입고 있는 것 같지가 않다는 느낌이었다. 실제로 옷에 노출이 많은 것은 아니었다. 하지만 옷감이 너무 매끄럽고 얇아서 서효원은 자신이 맨몸으로 서 있는 것 같았다. 그런 서늘한 어색함에서 헤어나자 서효원은 움직임을 적극적으로 제한하는 옷에 불편함을 느끼기 시작했다. 무균복과는 다른 종류의 답답함. 그 감각을 잊기 위해, 그녀는 바이올린 연주에 집중하고 있었다. 바이올린에 별다른 식견이 없는 서효원에게도 연주는 굉장히 아름다웠다.

그때 서효원은 수많은 시선이 쏟아지는 것을 느꼈다. 눈을 감고 열광적으로 연주 중인 어린 바이올리니스트에게서 눈을 돌려 서효원은 주변을 둘러보았다. 파티에 참여한 모든 사람들이 자신을 보고 있었다. 아니, 아니었다. 그 시선은 묘하게 빗나가 있었다. 그녀는 자신에게 최민이 걸어오는 것을 보았다. 그는 한 손에 크리스털 와인 잔을 들고 있었다.

파티에 참석한 사람들은 모두 최민에게 집중하고 있었다.

그들 모두가 한가락 하는 사람들이었다. 서효원은 그들 중 3분의 1 정도를 알았다. 그들은 지금까지 서효원이 봐온 권력자들과 부자들, 예를 들면 성명훈 등의 인간과는 비교할 수 없을 정도로 저명한 사람들이었다. 또다른 3분의 1을 서효원은 어렴풋이 알았다. 그들은 너무 한국의 중심에 있어서 서효원이 오며 가며 알게 될 수밖에 없는 사람들이었다. 동시에 서효원이 전혀 모르는 사람들도 있었다. 아마도 그들은 서효원이 모르는, 말하자면 이 세상의 귀족 같은 존재일 것이다. 그리고 그들 모두가 최민에게 집중했다. 서효원은 그들이 무엇을 계산하고 있을지 궁금했다.

그러다 그들의 시선이 서효원 쪽을 향했다. 서효원은 잠시 당혹했다가 그 이유를 알았다. 최민이 서효원에게 다가오고 있었다. 서효원은 사람들이 자신을 바라보는 눈빛에서 호기심 혹은 의문을 느꼈다. 그들은 서효원이 대체 누군지, 무슨 자격으로 이 자리에 서 있는지 궁금해하고 있었다. 서효원은 이를 꽉 깨물었다.

최민이 서효원의 어깨 위에 손을 올렸다. 서효원이 억지로 미소를 지으면서 그 손을 치웠다. 최민이 잔을 들면서 말했다.

"자, 여러분. 여기까지 와주셔서 고맙습니다. 여기 이 사람은 제 가까운 친구입니다. 서효원이라고 하고요. 저기 연수정이라는 천재 바이올리니스트가 이 자리를 빛내주셨습니다. 박수

한번 주시죠."

연수정의 연주는 아직 끝나지 않았지만, 갈채가 울려 퍼졌
다. 연수정은 반응하지 않고 연주를 계속했다. 최민이 손짓하
자 그의 비서가 연수정에게 다가가 그녀를 대기실로 쓰는 작
은 방으로 안내했다. 연수정은 그제야 잠시 머뭇대다가, 비서
를 따라 방 안으로 들어갔다.

혹시 여기서 갑자기 프러포즈 같은 것을 하면 어떡하지? 그
러면 서효원은 어떻게 반응해야 할지 전혀 알 수가 없었다. 여
러 가지 정황을 고려했을 때 그런 일이 일어날 것 같지는 않지
만, 그래도 혹시 그런다면, 서효원은…….

"벌써 아홉 시입니다. 즐거우셨나요? 여러분과 계속 함께하
고 싶지만, 오늘은 시간이 늦었네요. 자, 그럼 오늘은 여기까
지……."

"잠깐만요, 최 대표."

한 남자가 끼어들었다. 서효원은 그 남자의 나이를 가늠할
수가 없었다. 목소리 혹은 약간 구부정하고 마른 자세 등으로
가늠할 때 70세가 넘은 노인 같았다. 그런데 그 남자의 피부는
잔주름만 살짝 있을 뿐 아주 깨끗하고 하얬다. 약간은 플라스
틱 같다는 생각도 들었다.

"연주 같은 것보다는, 아직 들을 얘기가 남은 것 같소만."

남자가 말하자 모두의 시선이 최민에게 집중됐다. 침묵이

흘렀다. 터질 듯한 긴장감이 흐르는 와중에, 최민이 말했다.

"크로노스타신 말씀이시군요. 회장님, 오늘은 그냥 즐기려고 모인 자리입니다."

"최 대표, 우리들이 이런 자리에 모이는 것이 쉽지가 않다는 걸 알잖소."

서효원은 홀에 모인 사람들을 둘러보았다. 그제야 그녀는 그 사람들이 잘 관리하고 있던 표정 밑에 떠오르고 있는 어떤 절박함을 눈치챘다. 그들은 모두 영생과 불멸의 약속에 사로잡혀 있었다. 모두가, 불멸을 원하고 있었다.

"걱정 마십시오. 실험 결과는 완벽했습니다. EAP가 진행된 지 몇 주 되지 않아 피험자들 모두 생물학적 나이가 역전되기 시작했고, 유의미한 부작용도 전혀 관측되지 않았습니다."

최민이 싱긋 웃자 여기저기서 탄성이 터져 나왔다. 그가 자신 있게 말을 이었다.

"회장님 그리고 여러분들 모두, 영원을 누릴 겁니다."

서효원은 자신도 알고 있는 한 유명한 사람이 눈물을 훔치고 있는 것을 보았다. 또 누군가는 기도를 하고 있었다. 그녀의 등에 식은땀이 흘렀다.

"제가 하루라도 더 빨리 약을 시중에 내놓아야 여러분들이 더 빨리 건강해질 수 있지 않겠습니까. 마지막으로 축배를 들고, 오늘은 여기까지 하시죠."

최민이 이야기를 끝내고는 잔에 든 액체를 마셨다. 사람들은 마지막 한 모금을 마시고 천천히 저택 밖으로 나가기 시작했다. 서효원은 최민의 뜻을 짐작할 수 있을 것 같았다. 이토록 영향력 있는 사람들을 불러놓고 그냥 해산시킴으로써, 그는 자신의 영향력을 과시하고 싶었던 것이다.

최민이 고급스러운 테이블 위에 잔을 올려놓았다. 그러는 동안 서효원은 고개를 돌려 저택의 내부를 관찰했다. 여기가 실험실이요, 하고 당당히 표지를 해놓은 방은 보이지 않았다. 서효원은 적당한 의자를 찾아 앉았다. 굽 높은 신발을 오래 신고 있는 탓에 발목이 아팠다.

사람들을 모두 내보낸 최민이 휘파람을 불면서 서효원에게 다가왔다.

"그 몇 마디 하려고 저를 여기 불렀나요?"

최민이 싱긋 웃으면서 말했다.

"원래 하나씩 소개시켜주고 싶었는데, 마음이 급해서."

확실히 최민은 몹시 들떠 있었다. 서효원은 욕망에 사로잡힌 40대의 남자를 당장에 제압할 자신이 없었다. 순간 서효원은 성명훈이 한 말을 떠올렸다. 정치를 하는 사람은 술을 잘 마셔야 한다고. 지금 하는 행동이 정치인지 무엇인지는 모르겠지만, 그 교훈은 써먹을 데가 있어 보였다.

"잠깐. 이야기 좀 하시죠."

"무슨 이야기요?"

"좀 더 친밀한 관계가 되고 싶다면서요? 술이라도 하시면서 이야기하시죠."

최민은 고개를 끄덕이고는 서효원을 마주 보고 앉았다. 서효원은 마치 자신의 얼굴 가죽을 벗기기라도 할 것처럼 불타는 그의 시선을 애써 피했다. 최민이 손짓하자 비서들이 그림자 속에서 나타나 와인이 담긴 잔을 둘에게 건넸다. 서효원은 그 값진 술을 맥주처럼 벌컥벌컥 마시고는 인상을 썼다. 떫었다.

"와인을 잘 모르시나 보군요."

최민이 웃었다. 서효원은 대충 입을 훔치고는 말했다.

"저한테 술은 취하려고 먹는 거지 즐기려고 먹는 게 아니거든요. 드시죠."

흥미로운 듯, 최민은 천천히 잔에 든 와인을 마셨다. 핥듯이 마지막 한 방울까지 음미한 다음에 최민은 다시 손짓했다. 또 한 번 비서들이 다가와 술잔을 채웠다. 서효원은 다시 그림자 속으로 숨어들려 하는 비서들을 보고 말했다.

"잠깐만요. 좀 나가 계시면 안 되나요? 부자들은 프라이버시란 게 없나요?"

그러는 동안 서효원은 이곳에 자기를 제외하고 최소한 다섯 명의 사람이 더 있다는 사실을 알았다. 누군가 권총을 차고 있는 게 보였다. 당연히 한국에서 개인 경호원이 권총을 소지하는 게 가능할 리 없었다. 하지만 최민은 그런 규칙 정도는 무시할 수 있는 사람이었다. 서효원은 가능한 모든 시나리오를 가정해도, 이 다섯 명을 자기가 홀로 제압할 수는 없다는 것을 알았다. 적어도 일대일로, 최민과 맞서야 했다.

최민은 별로 상관없다는 듯 고개를 끄덕였다. 그림자 속에 있던 사람들이 어딘가로 사라졌다. 서효원은 이 홀이 조금만 더 좁았으면 훨씬 더 좋았을 거라고 생각했다. 최민이 일어서서 와인 병을 가져와 술을 따랐다.

"드시죠."

서효원은 이번에는 좀 더 과격하게 술을 마셨다. 최민도 술을 마셨다. 커다란 와인 병 절반이 빌 때까지 둘은 그 과정을 반복했다. 서효원은 질문을 던졌다.

"성명훈 장관에 대해선 어떻게 생각하세요?"

"그게 중요한가요?"

"글쎄요. 저도 일단은 장관님 밑에서 일하고 있으니까. 제가 줄을 잘 섰는지는 알아봐야 하지 않겠어요? 저도 정치라는 본업이 있으니까."

"저번에도 말했던 것 같은데."

"커리어는 확실할수록 좋죠."

최민은 서효원을 빤히 바라보다가, 이번에는 그녀가 말하지 않아도 술잔에 술을 따랐다. 굳이 조금만 따르거나 하지 않고 와인 잔이 넘치도록. 서효원은 잔에서 넘쳐흐르는 포도주를 보면서 피를 떠올릴 수밖에 없었다. 최민은 그 안에 든 포도주를 게걸스럽게 마셨다. 서효원은 이번에는 따라 마시지 않았다. 굉장히 취기가 오르는 듯한 최민이 서효원에게 잔혹해 보이는 미소를 지으면서 말했다.

"사무관님, 지금 시간을 끌고 있군요."

최민이 일어섰다. 서효원은 본능적으로 올라오는 공포감을 느꼈다. 하지만 이번에 그녀는 얼어붙어 있지 않았다. 서효원은 자기 왼쪽 팔에 감긴 손목시계를 잡아 뜯어서 최민의 얼굴을 향해 집어던졌다. 최민의 얼굴에 적중한 손목시계가 툭 하는 소리를 내면서 땅에 떨어졌다. 최민은 전혀 예상치 못한 충격에 잠시 얼이 빠졌다.

저택이 내려다보이는 야트막한 언덕에 이청수는 걸터앉아 있었다.

장원에 잠입하는 것은 전혀 어렵지 않은 일이었다. 결국 장원에는 땅을 다지고 기둥을 올릴 사람들이 필요했다. 물론 장원에 출입하는 사람들에게는 엄격한 보안이 적용되었다. 그런데 최민의 뜻에 따라 장원을 건설하는 일을 맡은 관리자들은 좀 더 많은 이윤을 내고 싶었다. 그들은 자연스럽게 보안 시스템에 등록되지 않은 노동자들을 값싸게 쓰고, 티 나지 않게 돈을 챙겼다. 그리고 이청수는 그 관리자들의 방법이 되어주었다.

모든 시스템과 모든 인간에게는 개구멍이 있으며 그것을 비집고 들어갈 방법은 항상 존재한다. 적어도 이청수는 그 명제를 믿고 있었다. 약점이나 빈틈이라고 바꿔 말할 수도 있을 개구멍의 존재 자체를 이청수는 탓하지 않았다. 그러는 대신 이청수는 그것을 이용할 생각만 했다. 그러는 지난 몇 년 동안, 이청수는 나름대로 전능함 비슷한 감각을 키워가고 있었다.

서효원이 이러한 일종의 미인계를 제시했을 때, 이청수는 그 제안을 받아들이지 않았다. 이청수는 스스로 실용주의적인 인간이라고 생각했고, 그를 아는 사람들은 아무도 그 사실을 부정하지 않았다. 그런데 이청수는 서효원이 최민을 유혹하여 접근하는 방식이 마음에 들지 않았다. 이청수는 그 방법이 꺼려졌다.

처음에, 이청수는 자신이 합리적인 이유로 서효원에게 반대하고 있다고 생각했다. 이청수는 서효원이 직접 장원 깊숙한 곳으로 들어가는 것은 너무 위험하다고 말했다. 서효원이 최민을 성공적으로 유혹할 수 있을지 없을지도 모르고, 그 과정에서 다칠 수도 있다고 이청수는 경고했다. 그리고 혹여 안에 들어갔는데 아무것도 없을 경우의 리스크를 서효원이 굳이 질 필요가 없으며, 혹시라도 안에서 뭔가를 절도한다든가 했을 때는 서효원까지도 수배될 수도 있다고 말했다.

그러자 서효원은 눈을 빛내며 갑자기 태양과 특허의 이야기를 하기 시작했다. 소아마비 백신과 관련된 어이없을 정도로 이상적인 이야기였다. 이청수는 서효원이 공공보건이라는 확고하고 단순한 신념하에 움직인다는 사실을 잘 알고 있었다. 하지만 서효원이 마치 유튜브에서 막 조너스 소크의 다큐멘터리를 본 중학생처럼 말하는 걸 실제로 목격하는 것은, 이청수를 굉장히 감정적으로 만들었다.

이청수는 화를 냈다. 왜 자기가 지켜주려고 하는데 굳이 위험을 감수하느냐고. 그러자 서효원도 따라서 화를 냈다. 왜 내가 하고 싶은 대로 위험을 감수하겠다는데 그걸 막으려 드느냐고. 이청수는 책상물림 관료가 이런 일을 어떻게 할 수 있겠느냐고 조롱했다. 서효원은 적어도 자기는 경찰에게 수배당하고 있지 않다고 말했다. 이청수는 서효원이 배신자라는 사실을 꼬집었다. 서효원은 그래서 자기가 그 대가를 치르는 거라고 항변했다. 이청수는 대가를 치를 필요 따위도 없는 사소한 일이라고 일축했다.

그러자 서효원이 식탁을 주먹으로 치면서 말했다.

"최민이랑 제가 한 이야기를 들어서 그런 거 아니에요? 최민이 저한테 그쪽 아내랑 비슷하다고 해가지고 그냥 기분 나쁜 거 아니냐고요."

그 말을 듣고 이청수는 너무 화가 났다. 격분이 그를 지배하자 그는 잠시 온몸이 마비되는 듯한 기분을 느꼈다. 최근 이청수가 가장 감정적이었던 순간은 서효원에게 배신당했던 바로 그때였다. 하지만 그때도 이청수는 서효원을 물리적으로 공격하고 싶다는 생각은 하지 않았다. 그런데 지금 이청수는 서효원의 목을 조르고 싶다는 강한 욕망을 느꼈다.

수초 동안, 이청수는 남아 있는 이성을 최대한 갈무리했다. 신체적 폭력은 결국 가장 나쁜 결과를 불러올 뿐이라는 사실을 최대한 되뇌었다. 그는 잠시 동안 멍하니 서효원을 바라보면서 열꽃같이 자신의 핏줄을 타고 흐른 순간의 격노를 복기해보았다. 그리고 그는 인정할 수밖에 없었다.

배규리 교수에 대한 기억은 확실히 이청수라는 인간의 개구멍 그 자체였다.

최민이 말한 것과 달리, 배규리 교수는, 이청수의 아내는 분명히 서효원과 같지 않았다. 서효원은 모두가 건강한 사회라는 대단히 이상적인 신념으로 움직였다. 한편 배규리의 행동 원리는 대단히 구체적인 것이었다. 그녀는 언젠가 도래할 죽음을 피하는 데 최선을 다했다. 서효원이 자신의 신앙 안에서 순교할 준비가 되어 있는 신도라면, 배규리는 자기 안녕을 유지하기 위해 냉정하고 차분히 생각하는 무신론자였다. 그 둘은 명백하게 달랐다. 만약 서효원이 배규리와 비슷했다면, 이청수는 배규리에게 그랬던 것처럼 서효원을 열렬히 사랑했을 것이다. 하지만 이청수는 그러지 않았다.

이청수는 자신이 너무나 사랑해서 결코 잊을 수가 없는 배규리의 모습을 생각했다. 그리고 서효원이 배규리와 닮은 면이 없지는 않다는 것을 인정했다. 법이나 어떤 선에 매이지 않고 목표를 향해 달린다는 그 모습은 둘이 비슷했다.

하지만 이청수가 서효원을 배규리와 비슷하게 만들어가고 있다는 사실도 명백했다. 이청수가 없었더라면 서효원은 관료였을 것이다. 분명히 열심히 일했겠지만 이런 모험을 자청하지는 않았을 것이다. 이청수는 그 사실에 죄책감을 느꼈다. 복수라는 사적인 욕망을 위해 나름대로 잘 살고 있는 사람을 끌어들이고 있다는 사실에.

그 사실을 말할 수 있었을 것이다. 솔직하게. 서효원에게 자기 복수에 그렇게 휘말리지 않아도 된다고 말할 수 있었을 것이다. 괜히 험한 꼴을 볼 정도로 사람이 이상을 추구할 필요는 없어도 된다고 말할 수 있을 것이다.

"원한다면, 그렇게 하세요. 그쪽이 수배를 당하든 어떻게 되든 책임은 못 져요."

그 대신에, 이청수는 이렇게 말했다. 하지만 이청수는 자신이 책임을 회피하지 않으리라는 사실을 알았다.

그래서 이청수는 지금 언덕 위에 앉아 있었다. 평소라면 도청기를 사용할 수 있었겠지만, 현관문에서의 보안 검색은 철저했다. 게다가 서효원이 입고 있는 옷은 뭔가 복잡한 기계를 숨길 수 있을 만큼 여유롭지가 않았다. 감시용 드론 몇 대가 하늘을 날아다니는 것이 보였다. 설계도상으로 봤을 때 몇백 미터 떨어져 있는 지금의 위치가, 이청수가 안전할 수 있는 저택과의 최대 근접 거리였다. 서효원이 챙겨 갈 수 있었던 것은, 손목시계 밑에 깔린 작고 원시적인 신호기 하나뿐이었다.

그 신호기는 단순하지만 확실한 방식으로 작동했다. 그것은 서효원의 맥박을 감지해서 이청수에게 전달했다. 이청수는 이어폰으로 그 소리를 듣고 있었다. 맥박을 감지한다는 것은 낭만적으로 느껴지겠지만, 이청수는 신호기를 만들면서 실용성 외에는 신경을 쓰지 않았다. 그래서 이청수는 기포가 터지는 듯한 소리를 계속해서 듣고 있었다.

그런데 어느 순간, 기포가 터지는 소리가 멈췄다. 이청수는 쓸데없는 생각을 멈췄다. 그는 품속에 넣어둔 어설픈 총기와 폭탄을 확인한 다음 저택으로 달려갔다. 이청수를 감지한 드론들이 경보를 울리기 시작했다. 저택 전체에 불이 환하게 켜졌다.

연수정은 화려한 방 안에 앉아 있었다. 그녀는 화장대를 바라보았다. 화장이 지워진 지금 자신의 모습이 이상할 정도로 초라했다. 연수정은 울지 않기 위해 노력했다. 다행히 그녀는 그것만큼은 잘해낼 수 있었다. 지난 수년간 진행해온 개인 방송에서, 연수정은 자존심이 박살 나는 수많은 경험을 해보았다. 연수정은 필사적으로 생각했다. 삶은 이어질 것이다. 그녀는 살아야만 한다.

그녀는 자기 다리 위에 놓여 있는 바이올린을 내려다보았다. 어쩌면 이것을 곧바로 팔아치울 수 있을지도 모른다. 사실 그녀는 이미 알고 있었다. 아파트 한 채 값에 버금가거나 그 이상인 바이올린의 가치는 좋은 소리를 내기 때문에 매겨진 것이 아니라는 것을. 몇백만 원 이상의 바이올린은 단지 희귀하기 때문에 가치가 있다. 오히려 현대에 만들어지는 바이올린은 인간이 아니라 기계로 만들기에 더 안정적이고 좋은 소리를 낸다.

방금 전, 연수정이 악기와 합일하는 듯한 느낌은 착각이었다. 어쩌면 그 기분 좋은 느낌은 최첨단의 기술에 맞서 자신이 연주자로서 가진 영혼만큼은 결코 포기할 수 없었던 연수정의 뇌가 빚어낸 환상이었을 것이다. 그녀는 자기가 그 환상에서 벗어날 수 있을 만큼 어른이 되었다고 생각했다.

비싼 사람들도, 싼 사람들도 다 비슷하다고. 아니, 그런 깨달음을 얻을 수 있어서 다행이었다.

수십 억짜리 바이올린을 팔아치우는 것은 나쁘지 않은 선택지였다. 솔직히 말해서 이런 기회를 얻은 것은 축복이었다. 연수정은 미래로 나아가기 위해서는 결국 돈이 있어야 한다는 사실을 잘 알았다. 어쩌면 이제 아버지와 화해할 수 있을지도 몰랐다.

연수정은 다짐했다. 다시는 바이올린을 켜지 않겠다고.

그때 사이렌이 울렸다. 연수정이 앉은 방에도 환한 조명이 확 켜졌다. 연수정은 잠시 멍해졌다. 방 밖에서 웅성거리는 소리와 비명소리가 들렸다. 연수정은 곧바로 집에 불이 났다고 생각했다. 걱정스러웠다. 만약 스프링클러에서 물이 쏟아져 바이올린을 적신다면 가치가 급락할 것이다. 연수정은 방 밖으로 빠르게 걸어 나갔다.

연수정은 문을 열었다. 여자 비서가 서효원의 관절을 공격해 그녀를 쓰러뜨리는 모습이 보였다.

한편 홀의 입구에서는 이청수가 괴성을 지르면서 최민에게 달려드는 중이었다. 이청수는 절연테이프로 둘러싼 쇠파이프 같은 것을 들고 있었다. 압전기와 배터리로 만든 단순한 뇌관이 달려 있으며 그 내부에 화약과 마취제에 적신 탄이 들어 있는 짧은 쇠파이프였다.

약간 조잡해 보이긴 해도, 그것은 이청수표 기계공학의 결정체였다. 이청수는 처음에는 3D 프린터로 총기를 찍어내려고 했다. 하지만 3D 프린터로 뽑아내는 연약한 플라스틱 덩어리는 격발하는 순간 이청수의 손에서 폭발해버릴 것이 뻔했다. 그래서 이청수는 역사적으로 입증된 바가 있는 재료를 사용했다.

이청수는 자신의 자랑스러운 발명품을 최민에게 조준한 다음 압전기를 잡아당겼다. 펑 하는 소리가 들리면서 연기가 피어올랐다. 그러나 세상은 잔인한 법이고, 이청수라는 개인이 아무리 고뇌하였어도 총기가 유용하리라는 보장은 결국 없었다. 쇠파이프 속을 통과해 날아간 탄두는 목표물에서 형편없이 빗나갔다. 예상보다 많이 피어오르는 매캐한 연기를 맡고 이청수는 쿨럭거렸다.

이청수가 난동을 피우는 동안 경호원 한 명이 주의 깊게 테이저를 조준해서 방아쇠를 당겼다. 가볍게 날아간 테이저 카트리지는 이청수의 볼에 적중했고, 강력한 전기충격을 가했다. 이청수는 곧바로 쓰러졌다.

"뭐야, 이게?"

연수정은 인식론의 본질에 닿아 있는 질문을 던졌으나, 그에 적합한 대답을 던져주는 사람은 없었다. 그 대신 최민의 비서 중 한 명이 연수정을 제압해서 서효원 옆으로 끌고 갔다. 연수정은 예상치 못한 그 우악스러운 폭력에 아무 말도 하지 못하고 주저앉았다. 그러는 도중에도 연수정은 바이올린만은 소중히 안고 있었다.

이청수가 쓰러지는 걸 보고 최민이 이청수에게 다가갔다.

최민은 분에 찬 듯 이청수의 등을 걷어찼다. 전신이 마비된 이청수는 건어물처럼 아무 반항도 하지 못했다. 서효원은 한쪽 신발이 벗겨진 채로 주저앉아 있었다. 그녀와 연수정을 제압한 비서가 권총을 뽑아 들고 이청수를 조준하고 있었다.

연수정은 서효원의 얼굴을 알아보았다. 방금 전 파티의 주인공이었다.

"이게, 이게 뭐예요? 지금, 뭐예요?"

연수정이 말했다. 서효원이 한숨을 쉬었다.

"미안해요. 휘말리게 하려고 한 건 아니었는데."

"강도, 강도였어요?"

"아니, 그런 건 아닌데. 설명하려면 긴데……. 미안해요. 음악 잘 들었는데."

"잘 들었다고요?"

연수정이 의심스럽다는 듯 쏘아붙였다.

"네. 그렇게 좋은 소리는 처음 들어봤어요. 어린 나이에 그 정도로 할 수 있는 게, 대단하다고 생각해요."

연수정은 서효원을 뚫어지게 바라보았다. 그때 최민이 둘을 향해 다가왔고, 서효원은 그것을 바라보고 있었다. 성큼성큼, 성큼성큼. 최민이 손짓하자 여성 경호원이 이청수를 향해 다가갔다. 서효원이 고개를 돌려 연수정이 들고 있는 바이올린을 노려보았다. 서효원은 그 바이올린을 가리키고는 말했다.

"이거, 소중한 거예요?"

연수정이 코웃음을 쳤다. 별거 아니라는 듯.

"아뇨."

서효원은 나머지 한쪽 신발을 벗어 차버린 다음, 연수정이 들고 있던 바이올린을 빼앗았다. 연수정은 그 값비싼 바이올린을 빼앗기지 않기 위해 본능적으로 방어 자세를 취했지만, 그동안 복싱으로 단련된 서효원의 악력이 더 셌다. 서효원은 괴성을 지르면서 자기에게 다가오는 최민을 향해 달려갔다. 서효원은 망설이지 않았다.

서효원은 바이올린의 지판을 양손으로 잡고 최민의 머리를 힘껏 내리쳤다. 모두가 그 자체로 찬란한 공예품이며 유물이라고 찬탄해 마지않는 그 아름다운 물건은 별로 아름답지 않은 비명을 지르면서 조각났다. 연수정은 자기 자산의 99.99퍼센트가 분쇄되는 끔찍한 광경을 보면서 양손으로 입을 가렸다. 그런데 그 바이올린은 유물일지언정 무기로 쓰기에는 부적합했다. 그건 너무 가벼웠다. 최민은 기절하거나 하지는 않았고, 다만 잠시 멍해졌다.

하지만 서효원에게는 최민이 짧게 멍해지는 그 순간이면 충분했다. 서효원은 복싱 체육관에서 배운 교훈을 떠올렸다. 한 사람의 무게와 관성을 실은 주먹을 정확한 지점에 꽂아 넣으면, 누구라도 쓰러진다.

서효원은 인간의 턱이 얼마나 약한 부위인지 알았다. 그녀는 배운 대로 충실히 허리를 회전시키고 오른손 주먹에 힘을 가득 담아 최민의 턱에 내질렀다. 그 짧은 시간 동안 서효원이 최민에게 가한 충격량은 최민의 턱뼈 전체를 뒤흔들기 충분했다. 최민의 두개골이 흔들리면서 자연스럽게 그의 두뇌도 흔들렸다.

뇌 전체에 충격을 받은 최민은 비명도 못 지르고 기절했다. 어쨌든 그는 자신이 시간의 지배자임을 선포했으나, 에너지라는 우주의 가장 근본적인 물리량에는 대항하지 못했던 것이다. 서효원은 부들거리는 최민을 한 팔로 안아 들고 인간 방패로 쓰면서 이청수 쪽으로 질질 끌고 간 다음, 이청수의 품속을 뒤졌다. 서효원이 찾던 물건이 손에 잡혔다. 서효원은 그것을 꺼내 들고, 한 손으로 치켜들었다. 그리고 한쪽 발로 최민을 짓밟은 채로 그녀는 경호원들에게 말했다.

"자, 여러분. 우리는 이제 선택을 해야 합니다. 이건 폭탄이에요. 30분 뒤에 무조건 터지게 설정돼 있고, 아니면 제가 지금 터뜨릴 수도 있어요. 저랑 저 사람이 나가거나, 아니면 여기서 우리 모두 다 죽는 거예요. 다른 옵션은 아쉽게도 없습니다. 여기 계신 대표님이 일어나시기 전에 빨리 선택을 해야겠죠?"

서효원은 이청수가 신음을 흘리면서 천천히 일어나는 것을 보았다. 그는 자신의 얼굴 피부를 파고든 테이저 카트리지의 전극을 뽑아내고 서효원 옆에 섰다. 이청수는 말을 덧붙였다.

"이 사람이 약사입니다. 약학을 하면 화학을 하겠죠? 화학 중에 무기화학이라고 들어보셨나요?"

개소리였다. 하지만 서효원은 동조해야 했다.

"그래, 맞아. 무기화학. 내가 그걸 또 학생 시절에 A 플러스를 받았거든."

다행히 경호원들 중 화학의 세부적인 분야에 대해 아는 사람은 없었다. 폭발로 인한 즉각적이며 분명한 죽음의 공포 때문에 그들은 주춤거렸다. 서효원은 생명에 호소하는 협박이 잘 먹힌다는 것을 알았다. 그들 역시 최민이 약속하는 영생에 홀린 사람들인 것이다. 지금 이 순간 폭사해버린다면 크로노스타신도 아무 의미가 없다. 이청수가 두 손을 들고 문 쪽을 향해 뒷걸음질 쳤다. 서효원도 천천히 그를 따랐다.

"잠깐…… 잠깐만!"

책임자인 듯한 사람, 아마도 경호실장 따위의 직위에 있을 사람이 총을 똑바로 겨누면서 말했다. 둘은 곧바로 얼어붙었다. 경호실장이 최민이 완전히 무의식 상태에 있는 것을 확인하고 나서 말했다.

"멀리서 폭탄 터뜨리고 가면 우리들 다 여기서 죽는 건 똑같은 거 아닙니까? 이청수, 맞죠? 우리도 당신 얼굴 알아요. 대표님한테 감정이 안 좋은 걸로 아는데."

이청수는 '아, 내가 미처 그 생각을 못 했네!'라는 의미를 숨기지 못한 탄식을 내뱉었다. 그리고 퇴로가 없다는 걸 알게 된 경호원들 모두가 총을 그들에게 똑바로 겨눴다. 서효원은 자기를 겨눈 총구 속의 끝없는 어둠을 보며 말했다.

"여러분, 진정하세요. 그래도 죽지 않는 게 모두한테 좋아요. 어차피 사건은 일어났죠. 그러니 여러분들 모두 책임을 져야 하지 않나요? 저 사람이 기절해 있는 동안, 여러분들이 최선을 다해서 폭탄이 터지는 것만큼은 막았다고 말할게요."

어쨌든 밥줄은 목숨만큼이나 소중한 것이었으므로, 만약 서효원이 그렇게 진술한다면 모두에게 좋은 일일 것이다. 하지만 이 약속에는 결정적인 문제가 있었다.

"대체 그 말을 어떻게 믿어요?"

경호실장이 어이가 없다는 듯 말했다.

"우리 목적은 불사약, 크로노스타신을 연구해서 공공에 분배하는 겁니다. 최민이 독점하지 않도록 하는 거고요. 사람을 굳이 죽이고 싶지 않아요."

서효원은 이청수를 믿을 수가 없었다. 사실은, 이청수도 자기 자신을 믿지 못했다. 이청수도 당연히 살인을 피하고 싶었다.

하지만 그는 최민을 죽이고 싶었다.

밥줄과 목숨이 결착된 전선 아래 모두가 몸을 덜덜 떨고 있는 최민만을 바라보았다. 서효원이 가한 공격은 그녀가 예상했던 것 이상으로 효과적이었으며, 최민은 응급처치가 필요해 보였다. 사실 그가 의식을 잃은 채로 있다는 사실은 모두에게 당장은 유리하게 작용하고 있었다. 하지만 누군가는 매듭을 지어야 했다. 하지만 아무도 먼저 나서지 못했다.

그리고 그 공간에서, 오직 한 명뿐인, 제삼자가 있었다. 제삼자는 잠시, 부서진 바이올린과 서효원을 보고 생각을 정리했다. 그리고 용기를 내서 말했다.

"저기, 저기요."

모두의 시선이 그 목소리의 출처를 향했다. 연수정이었다. 그녀가 주뼛거리며 둘을 향해 다가오다가, 멈췄다. 경호원들과 둘 사이에 연수정이 섰다. 연수정이 두 손을 들고는 모두를 둘러본 다음 말했다.

"제, 제가 보증할게요. 포, 폭탄, 저한테 주세요. 떠나고 난 다음에, 해체하면 되는 거 아닌가요? 이, 일단 저분은 살려야죠."

최민은 이제 입에서 게거품을 흘리고 있었다.

"우리가 뭘 믿고?"

이청수가 소리 질렀다. 그러나 서효원은 연수정이 진심이라는 것을 알고 있었다. 서효원은 연수정의 빛나는 눈을 본 다음, 고개를 끄덕였다. 그녀는 폭탄을 연수정에게 던졌다. 연수정은 소스라치며 그 폭탄을 잡았다. 연수정은 살면서 폭탄에 관심을 가져본 적이 없었지만 사제폭탄을 보자마자 그 구조가 매우 직관적이라는 것을 알았다. 한 손으로 방아쇠를 살짝 당기면 그것은 바로 폭발하게 되어 있었다.

"좋아요. 고마워요. 잘했어요."

완전히 흥분한 서효원은 횡설수설하면서, 아까운 기회를 놓치고 신음을 흘리는 이청수를 부축하고는 홀 밖으로 걸어갔다. 그녀는 연수정에게 엄지손가락을 치켜올리면서 말했다.

"오늘 진짜, 잘하더라. 바이올린, 미안해요. 내가 다음에 하나 새로 사줄게. 응, 어른이니까!"

연수정이 피식 웃음 지었다. 그 장소에 있는 모든 사람들 중 연수정이야말로 가장 어른이었다. 천천히 그녀에게 경호원들이 다가갔다.

다행히 이청수는 출구전략을 준비해두었다. 그는 서효원을 저택 가까이에 대놓은 트럭으로 데려갔다. 트럭은 한창 진행 중인 미술관 공사 현장 옆에 서 있었다. 서효원은 자연스럽게 트럭에 타려고 하다가, 이청수가 굳이 조수석에 타라고 하는 것을 보고 의아해했다. 트럭에 탄 다음 그녀는 그 이유를 알았다. 세상에, 그 트럭에는 핸들과 기어가 있었다. 그것은 이젠 정말로 찾아보기 힘든 인간이 운전하는 자동차였다. 심지어 오토도 아니었다! 서효원은 고전 SF 영화를 보는 듯한 경이감을 느꼈다.

"대체 이런 유물을 어디서……."

"요즘 같은 세상에는 이런 게 쓸모가 있어요. 그리고 꽤 재밌어."

이청수는 매우 익숙하게 클러치를 밟고 시동을 걸었다. 서효원은 납득할 수 있었다. 하지만 아직도 의문점이 남아 있었다.

"운전할 줄은 알아요? 이런 거를?"

"〈유로트럭5〉. VR. 실전 시뮬레이션. 말했죠?"

트럭이 속도를 내기 시작했다. 그제야 긴장이 풀린 서효원은 피식 웃었다.

"VR로 실전 시뮬레이션? VR 게임에서 테이저 맞는 법도 가르쳐주나요?"

"그건 인정합니다. 복싱이 꽤 좋은 운동인 거 같아요. 아, 그런데 테이저, 진짜 다시는 맞고 싶지 않아요. 온몸이 뻐근하네."

서효원이 어깨를 으쓱였다.

"앞으로 어떤 일이 생기든, 그, 무기화학 같은 개소리는 하지 마세요. 와, 난 살면서 총에 맞을까 봐 무서웠던 건 처음이야."

"꽤 재밌지 않았나요? 하여튼 잘했어요……. 음, 통쾌하긴 한데, 얻은 건 없고 잃은 것만 많네."

이청수는 한숨을 쉬었다.

"아뇨. 이제 연구시설을 직접 뚫고 들어갈 수 있어요. 이걸

보세요."

자신이 휘두른 폭력에 도취된 서효원이 즐겁게 웃으면서 한 손을 펼쳐 보였다. 거의 머리 가죽을 뜯어낸 듯 수북한 머리카락이 보였다. 그 머리카락 하나하나에 달려 있는 모근들이 보였다. 꽤 아팠을 것이다. 어차피 느낄 순 없었을 테지만……. 이청수는 고개를 끄덕였다. 서효원이 말했다.

"가발이라도 썼다면 큰일이었겠어요. 그랬으면 이렇게 우수한 DNA 표본들을 잔뜩 얻지는 못했겠죠."

그것은 한 생물에서 얻을 수 있는 가장 확실한 데이터였다. 이청수는 어쩔 수 없이, 피식 미소를 지었다. 그 모습을 보고 서효원이 으하하, 하고 소리 내서 웃었다. 이제 둘 다 쫓기게 된 입장이었지만, 그 순간만큼은 블루워터 리서치의 두 임직원 모두가 순수하게 즐거워했다.

Chapter 4.

✦

은 탄환

사흘이 지났다. 그동안 서효원은 진짜로 국외로 도피할 각오를 했다. 망명해서 도르나이 바이오틱스 시설 지하에서 본것을 폭로할 생각도 했다. 하지만 이청수는 이번에도 생각지못한 은신처로 그녀를 데려갔다. 지방의 한 사립대학이었다.

대학은 폐교한 지 오래였다. 그 대학 외에도 여러 학교를 설립한 사학재단은 신입생 감소를 도저히 견디지 못했고, 동시에 그 덩치를 줄일 수도 없었다. 재단은 부채에 깔려 죽었다. 캠퍼스에서 그나마 환금 가능한 물건들은 채권자들이 샅샅이털어 갔지만, 건물들을 뽑아서 다른 곳에 이식할 수는 없었다. 철저히 대학에 붙어 유지되던 도시도 함께 죽었고, 그 부동산모두가 유지비만 잡아먹는 애물단지가 되었다. 결국 채권자들은 캠퍼스 전체를 폐쇄하고 커다란 출입 금지 표지판을 붙였다. 두 사람이 숨기에는 그만한 곳이 없었다.

서효원은 자연과학대 건물의 텅 빈 강의실 하나를 통째로 자기 방으로 삼았다. 강의실 벽면과 채권자들이 챙겨 가는 것도 포기한 책상 위에는 과거에 그 방에서 공부하고 꿈을 꿨을 사람들이 끄적인 낙서들이 있었다. 그들은 최소 십수 년 전에 대학생이었을 것이고, 서효원과 동갑내기도 있었을 것이다. 그들 모두는 어디로 갔을까? 살아 있기는 할까? 서효원은 그 낙서 하나하나를 살펴보면서 죽은 고래를 생각했다.

세상에서 가장 거대한 동물인 고래는 죽으면서 심해로 천천히 가라앉는다. 고래의 시체는 햇빛이 닿지 않는 심해에서 살아가는 생물들의 중요한 영양원 중 하나다. 죽은 고래는 부패하면서 지하 저 깊은 곳까지 수많은 생명을 낳으면서 사라져 간다.

캠퍼스 건물들의 겉모습은 꽤 멀쩡해 보였지만, 사람을 오랫동안 허락하지 않은 내부는 엉망이었다. 특히 관리되지 않거나 애초에 잘못 지어진 몇몇 건물은 자연에게 자리를 내주고 있었다. 둘 모두 사람들이 징그럽게 여기는 것들에 꽤 면역이 있었다. 서효원은 정말로 자기 팔뚝만 한 지네를 보는 것 정도는 견딜 수 있었다. 그럼에도 도피 생활은 역시 고통스러웠다.

인간은 위로는 고운 말을 내뱉지만 결국 아래로는 오물을 쏟아내는 존재다. 둘은 인간 존재의 필연적인 부산물을 처리해야 했고 씻기도 해야 했다. 캠퍼스에는 철근콘크리트만 잔뜩 있고 수도도 전기도 가스도 공급되지 않았다. 은은히 추운 2월 중에 냉수마찰을 하면서 서효원은 자기가 한 달도 버틸 수 없을 거라는 사실을 직감했다.

이청수와 서효원은 이청수가 미리 트럭에 쌓아놓은 짐들을 가장 깨끗하게 유지되고 있는 연구실로 옮겼다. 군사용으로도 쓸 수 있는 철저히 보안된 노트북 두 대를 제외하면, 둘이 준비해둔 것은 판이하게 달랐다.

서효원은 담뱃갑 크기의 나노포어 시퀀서를 가져왔다. 본래 DNA의 유전암호를 읽어내는 작업, 즉 시퀀싱은 꽤 시간이 걸리는 일이었지만, 2020년대부터 개발되기 시작한 새로운 나노포어 시퀀서를 이용하면 빨리 해낼 수 있었다. 심지어 노트북에 연결하기만 하면 그 전원으로 시퀀싱이 가능했다.

그리고 세포배양기와 생화학 키트도 챙겼다. PCR, 전기영동, 웨스턴블롯분석 도구가 포함된 키트 속에는 시약들도 몇 개 있었다. 고등학교 실험실보다 살짝 나은 수준이었다. 세포배양기는 소형 중에서도 최소형으로, 양파 상피세포를 키우고 현미경으로 관찰하는 중학생용 올인원 제품이었다.

이청수가 가져온 것들은 서효원이 가져온 것들보다 무거웠다. 우선 서류 가방 크기의 네트워크 교란 장치가 있었다. 선택적 주파수를 차단할 수 있는 물건이었다. 그 서류 가방 안에는 양자 얽힘의 원리를 이용하여 절대 추적 불가능한 통신을 할 수 있는 장치도 부착돼 있었다.

그리고 이청수는 비료를 네 포대 챙겨두었다. 여차하면 둘이 농사를 지으며 버티려는 것은 아니었다. 비료 안에는 질산암모늄이 가득 들어 있다. 식물들이 자라나는 데 필요한 많은 에너지가 이와 같은 질소화합물에서 비롯된다. 그리고 그 에너지는 식물을 키우기도 하지만, 사람을 죽이는 폭탄이 될 수도 있다.

수십 리터짜리 과산화수소수와 알코올도 이와 비슷한 이치다. 문제가 잘 안 풀리면 순도 99.9퍼센트의 알코올을 마시면서 현실을 잊을 수도 있겠지만, 사실 그것은 굉장히 인화성이 높은 위험물이기도 했다. 과산화수소수는 효과적인 소독제이지만 세균을 소독할 수 있다는 것은 그만큼 에너지를 가지고 있다는 것을 의미한다. 그리고 수많은 세제와 청소용품들. 서효원은 캠퍼스를 쓸고 닦으려고 이청수가 그것을 챙겨 온 게 아니라는 걸 알았다. 이청수는 더 크고 강력한 폭탄을 만들 계획이었다. 그 외에도 이청수는 여러 잡다한 전자부품들과 연장도 챙겼다.

이청수가 만든 사제 총기의 비참한 위력을 목격한 적이 있는 서효원이 의심스럽게 물었다.

"그게 다 의미가 있을까요?"

"그래도 이번엔 좀 더 잘 만들어야지."

"혹시 사제 총기 만드는 데 재미가 들린 건 아니죠?"

이청수는 아무 말도 하지 않았다. 서효원은 이청수가 새로운 취미를 찾았음을 알아냈다. 하여튼 깨끗한 물과 식량은 일주일 치, 발전기와 그것에 쓸 기름은 꽤 많이 남아 있었다.

둘은 짐을 연구실에 옮겨놓았다. 연구실에는 놀랍게도 오토클레이브가 남아 있었다. 아예 연구실에 빌트인으로 설계해놓아 채권자들이 가져가지 못한 것이다. 그것을 보자 서효원은 어릴 때 상상만 해보고 결코 하지 못했던 것을 제안했다. 처음에 이청수는 그 일을 하려면 전기를 너무 많이 사용하게 된다고 반대했지만, 이청수도 결국 호기심에 굴복했다.

30분 뒤 둘은 오토클레이브에서 고온 고압으로 요리된 쇠고기를 책상 위에 두고 서로 마주 보았다. 서효원은 고기쯤에 젓가락을 대보았다. 원래 굉장히 질긴 부위였던 고기가 거의 부스러져 내렸다. 서효원은 한입 먹어보았다. 쇠고기라기보다는 통조림 참치가 된 느낌이었지만, 나쁘진 않았다.

이청수도 한입 먹어보고는 고개를 끄덕이고 말했다.

"자, 이제 우리 서로에게 솔직해집시다."

"갑자기?"

"도르나이 바이오틱스 시설 내에 내가 모르는 게 있는 것 같은데. 이전에 내가 준 첩보 안경 끼고 들어갔잖아요. 그런데 아무 데이터도 안 갖고 나왔고. 그 안에서 특이점은 없었어요?"

서효원은 이청수의 눈길을 피했다. 그녀는 그동안 이청수에게 도르나이 바이오틱스의 데이터가 그 기원부터 조작되어 있음을 굳이 말하지 않았다. 아니, 의도적으로 회피했다고 말하는 것이 옳을 것이다.

사실, 서효원은 도르나이 바이오틱스의 약물이 실제로 효과가 있고 부작용이 없다면 그 기원이 무엇이든 상관없다고 생각했다. 미래 테라퓨틱스는 암세포로 만들어낸 줄기세포를 썼고 이를 숨겼다. 그건 문제였다. 인공지능도 부작용 가능성이 있다고 지적했다. 하지만 도르나이 바이오틱스의 그 바이오리액터는 비록 숨겨졌을지언정 인공지능이 인정한 것이었다. 그 정도면 충분했다. 하지만 지금, 서효원은 솔직해져야 했다.

"약 생산 과정이 보고서랑 달랐어요. 사실은, 특이한 바이오리액터가 있었어요."

"특이한 바이오리액터?"

서효원은 잠시 말을 더듬었다. 할 말이 없었기 때문이 아니라, 자기 머릿속에 있는 이미지를 어떻게 언어로 드러낼 수 있을지 궁리해야 했기 때문이었다.

"음, 홍해파리의 특성으로 재생 물질을 만드는 리액터라고 했어요. 리액터라기보다는 생물체에 가까운…… 살가죽으로 만든 포도알 속에 배아처럼 보이는 것들이 우글거리더군요. 징그러웠어요."

그 장엄하고 끔찍한 생명체를 떠올리자 서효원은 자기 앞에 놓인 회색의 고기찜도 징그럽게 느껴졌다. 입맛이 뚝 떨어졌다.

"왜 그걸 여태까지 말하지 않은 겁니까?"

이청수가 따지고 들었다. 서효원은 시선을 피했다.

"…… 확신할 수 없어서요. 분명히 크로노스타신에는 효과가 있어요. 장기적으로 부작용이 있을지는 모르겠지만, 지금 나오는 데이터 자체는 만병통치약이고요. 그런데 그 바이오리액터 이야기를 하면, 그쪽이 약이든 뭐든 다 없애버려야 한다고 말할 것 같아서."

이청수가 한숨을 쉬면서 책상을 손가락으로 타닥타닥 불안하게 쳤다.

"제 아내가 그걸 만들 때 무슨 방법을 썼을지 상상하기도 싫군요."

"배규리 씨가요?"

"예. 죽기 얼마 전에 최민한테서 도피했으니까요. 살기 위해서 무슨 방법이라도 썼을 겁니다. 최민이 그걸 만들 수 있는 사람은 아니고, 아마 보조적인 역할이었을 거예요."

"대체 아내분이 어떤 사람이었길래 그래요?"

이청수의 눈에서 초점이 사라졌다. 마치 그가 현재가 아닌

과거를 바라보기라도 하는 것처럼. 서효원은 그가 기분 좋은 미소를 짓는 것을 보고 당황했다.

수련의 과정을 밟고, 전공의가 되고, 고급 전문직 취급을 받는 것은 역시 좋은 일이었다. 그런데 이청수와 최민은 임상의가 되는 것은 왠지 내키지 않았다. 임상의가 되면 좀 바쁘더라도 부유하게 살아갈 수 있다는 것을 알았지만, 둘은 연구실이 마음에 들었다. 특히 병리실의 분위기가 이상하게 좋았다. 뭔가 잘못된 조직들이 박제되어 층층이 쌓여 있는 곳. 연구실의 냄새. 암세포를 염색하고 분리할 때의 그 느낌.

하여튼 세상에는 그런 사람이 존재한다. 지식의 최전선에서 인간의 앎을 확장하는 것을 사명으로 받아들이는 사람. 적어도 13년 전의 이청수와 최민은 그랬다. 그 둘은 기초의학을 공부하고 싶었다. 그때 두 사람은 지금의 서효원만큼 젊었다. 둘은 인턴 지위에 만족했다. 시간이 좀 비게 된 그들은 이런저런 학회를 돌아다니면서 괜찮은 연구실을 찾았다. 그러다 둘은 대전의 한 대학교에서 주최한 2박 3일짜리 학회에 참석했다. 학회의 주제는 안티에이징 요법이었다.

학회 일정은 마치 학교 시간표처럼 여러 사람들의 발표로 꽉 차 있었다. 그 발표를 굳이 다 들을 필요는 없었다. 사실 두 번째 날부터 오전 발표는 한가했다. 한국에서 의학 연구를 하는 사람들이야 다 거기서 거기고, 이왕 만난 김에 술을 잔뜩 마시고 숙취에 절기 마련이었으니까.

하지만 이청수와 최민은 아직 젊었다. 둘은 '은 탄환'이라는 제목의 발표가 오전 아홉 시에 진행된다는 것을 알았다. 오스트리아에서 온 배규리 교수라는 사람이 발표자였다. 오스트리아에서 연구하는 것도 특이했지만, 거기서도 잘 알려지지 않은 대학의 교수였다. 따라서 그녀는 이 작은 네트워크의 외부에서 흘러 들어온 듣도 보도 못한 사람이었다. 둘은 왠지 흥미가 생겼다.

발표는 소강의실 내에서 진행되었다. 청중은 이청수와 최민을 포함해서 딱 여섯 명이었다. 두 명은 맨 앞자리에 앉아 휴대폰만 보고 있었고, 한 명은 강의실 특유의 불편한 일체형 책걸상에 엎드려 두 시간 내내 잤다.

"여러분은 은 탄환이라는 단어를 들어보셨어요?"

배규리가 물었다. 아무도 답하지 않았다. 배규리는 말했다.

"흡혈귀나 늑대인간은 어떤 총탄에 맞아도 죽지 않아요. 하지만 은으로 된 마법 탄환에 맞으면 죽습니다. 은 탄환은 모든 문제를 한 번에 해결하는, 정답 그 자체죠. 결국 모든 문제에는 은 탄환이 필요합니다. 저는 은 탄환을 만들어서 우리의 가장 결정적인 문제를 쏘는 게 목표고요. 무슨 문제일까요?"

여전히 그녀의 설의법에 아무도 답하지 않았다. 자고 있던 사람이 숨이 넘어가는 듯한 소리를 냈다. 배규리는 빛나는 눈으로 청중을 둘러보았다. 이청수가 자신 없는 목소리로 말했다.

"건강을 어떻게 오랫동안 지킬 수 있는가?"

"질병?"

이청수가 말하자마자 옆에 앉아 있던 최민도 가세했다. 최민은 언제나 그랬다. 고등학교 2학년 때부터 둘은 매우 친한 친구로 지냈고, 최민은 언제나 이청수보다 자신이 우월하다는 것을 증명하려고 들었다. 그것 때문에 싸운 적도 많았지만 이청수는 이제 익숙했다. 배규리는 두 전도유망한 젊은 학생을 바라보면서 고개를 저었다.

"둘 다 아닙니다. 여러분, 결국 의학은 건강을 지키고 질병을 치유하는 기술입니다. 그렇다면 그 목적은 무엇인가요? 죽음을 막기 위해서입니다. 의학은 죽음이라는 표적을 맞히려고 만들어진 탄환입니다. 하지만 잘 안 됐죠. 그래서 사람들은 이상한 말을 합니다. 잘 죽는 법을 연구해야 한다든지, 죽은 뒤의 세계를 생각한다든지 하는 이상한 말을 하고 살았죠. 하나도 쓸모없는 일입니다. 당연하지 않나요?"

청중 가운데 한 명이 강의실을 나갔다. 하지만 이청수는 그녀가 하는 말이 흥미로웠다. 배규리는 자신감 있게 말했다.

"우리는 솔직해져야 합니다. 우리는 의학을 죽음을 쏴 죽일 수 있는 마법 탄환으로 만들어야 하고요. 우리 학회 주제가 안티에이징이죠? 하지만 안티에이징이란 단어 자체가 패배주의입니다. 이제 우리는 패배주의에서 벗어나야 합니다. 우리는 안티데스라는 목표를 세워야 해요."

"저기, 그런데, 교수님. 그런데 그건 굉장히 기술적으로 어려운 일일 텐데. 어떻게……."

이청수가 말했다. 지금 배규리의 모습은 학회에서 자기 연구를 발표하는 교수라기보다는 연설가 쪽에 좀 더 가까워 보였다. 배규리 스스로도 그것을 알고 있는 듯, 싱긋 웃었다.

"네, 그럼 시작해볼까요."

배규리는 본격적으로 프레젠테이션을 시작했다. 그녀는 오스트리아에서 홍해파리를 모델로 연구하고 있다고 했다. 홍해파리. 특정 조건이라면, 영원히 재생하며 불멸할 수 있다고 알려진 생물. 하지만 불멸하는 생물이라는 위상에 걸맞지 않게 홍해파리는 너무 쉽게 죽고, 연약했다. 그것은 다루기가 까다로웠다. 하지만 그녀는 상관없다고 했다.

그녀는 홍해파리의 근육세포가 신경세포로 바뀌는 것을 영상으로 보여주었다. 확실히 신비한 광경이었다. 인간의 세포는 줄기세포에서 분화되고, 다른 세포가 되려면 줄기세포로 역분화한 다음 다시 분화해야 한다. 하지만 홍해파리의 세포는 그런 과정 없이 바뀌었다. 교차분화라고 하는 과정이었다. 이청수는 처음 접하는 현상이었다. 그는 그 발표에 정신없이 집중했다.

홍해파리의 세포 특성에 대한 상세한 설명이 한 시간 정도 이어졌다. 흥미롭긴 했지만, 사실 홍해파리는 인간과 생물학적으로 거리가 너무 멀기 때문에 아직은 이론적으로만 의미 있는 내용으로 보였다. 이청수와 최민을 제외한 다른 사람들은 천천히 강의실을 빠져나갔다.

단지 홍해파리의 특성 때문이었을까? 그렇지 않을 것이다. 자연계가 빚어낸 수많은 생물들 중에는 그 외에도 매우 특별한 생태를 가지고 있는 생물들이 많다. 다만 둘은 배규리라는 이 학계 외부의 사람이 내는 빛에 매료되어 있었다. 전구에 뛰어드는 부나방들처럼, 이 두 남자는 배규리라는 사람의 열정에 감화되었다. 그것은 그들 스스로도 어떻게 합리적으로 설명할 수 없는 것이었다.

사람들이 나가는 모습을 보면서, 배규리는 물 한 컵을 마셨다. 아직 그녀에게는 두 명의 열광하는 청중이 남아 있었다. 그녀는 슬라이드를 열 장 정도 건너뛰었다.

화면에 세포 사진이 떠올랐다. 이청수와 최민은 그것을 곧바로 알아보고 인상을 썼다. 그것은 인간의 백혈구였다. 분명히 알 수 있었다. 백혈구는 컸고, 마치 독립적인 미생물인 것처럼 혈액 사이를 꿈틀거리며 돌아다녔다. 보랏빛으로 염색된 세포핵이 보였다.

"보세요."

배규리가 키보드를 누르자, 세포 사진이 사실 영상이었다는 것이 드러났다. 우글거리면서 아무렇게나 떠도는 백혈구의 모양이 천천히 바뀌어가고 있었다. 물결처럼 꿈틀거리던 세포막이 축소되기 시작했다. 그리고 그 세포막에서 돌기 하나가 툭 튀어나왔다. 최민이 놀라 소리를 질렀다.

"저건……."

이청수는 그저 경이감에 빠져 영상을 바라보았다. 백혈구가 신경세포로 바뀌어가고 있었다. 이청수와 최민 둘 모두 물이 중력을 거스르고 위로 흐르는 것을 보는 듯한 느낌이었다. 고등한 동물세포에서 그런 교차분화가 일어나는 것은 불가능한 일이었다. 아니 그때까지 그 둘은 그렇게 믿고 있었다.

"제가 한 모든 이야기가 이론적인 것만은 아닙니다. 적절히 인간 세포를 리프로그래밍한다면 현실에도 적용할 수 있습니다. 언제까지고 사람이 노화에 얽매여 있을 필요가 없을 겁니다."

이청수는 배규리를 바라보았다. 방금 전까지, 그녀는 희망찬 연구자처럼 보였다. 이제 그녀는 자연의 정복자처럼 보였다.

"그때 이미 홍해파리 유전자를 인간 세포에 집어넣은 거군요?"

이청수가 고개를 끄덕였다. 서효원은 질렸다는 듯한 표정으로 말했다.

"인간과 해파리의 키메라를 만드는 실험이 윤리위원회의 허가를 받을 수가 있어요? 유럽 쪽이면 진짜 쉽지 않을 거 같은데."

"당연히 못 받죠."

무슨 이상한 걸 묻느냐는 표정으로 이청수가 말했다.

"그럼 무슨 수로……."

"음. 서효원 사무관은 공무원 출신이다 보니 허가를 하지 않으면 아예 금지되는 걸로 생각할 수 있어요. 그런데 자연은 그런 걸 신경 안 쓰지. 백혈구는 자기 피만 뽑으면 나오는 거고. 유전자 가위는 요즘은 학부생들도 실험에서 쓰지 않나요?"

서효원은 고개를 저었다. 자기 몸에서 나온 세포를 실험용으로 사용하는 것. 허가 없이 인간 세포에 유전자 가위를 사용하는 것. 인간과 다른 생물의 유전자가 조합된 생물을 만드는 것. 모두 심각한 연구 윤리 위반이었다. 셋 중 하나만 들통나도 곧바로 국제 뉴스에 이름이 오르내리고 학계에서 영구 추방당할 수 있는 일이었다. 그런데 이청수는 그것을 눈을 반짝이면서 이야기하고 있었다. 마치 청소년 시절의 무용담이라도 되는 듯이 말이다.

"애초에 그런 걸 학회에서 발표를 했다고요?"

"원래는 말할 생각이 없었죠. 그냥 홍해파리 이야기만 하려고 했지. 그러다 제 아내가 저의 초롱초롱한 눈빛을 보고 비밀을 밝힌 거고."

배규리의 이야기를 하는 이청수는 신이 나 있었다. 서효원은 이런 모습이 낯설었다. 그녀는 둘의 사랑에 대해 깊게 생각하고 싶지 않았다. 그 대신 그녀는 도르나이 바이오틱스의 그 괴물을 생각했다.

"아, 알겠어요. 어쨌든 그러면, 배규리 씨가 뭔가 대단히 문제적인 행동을 했을 확률이 높다? 심지어 자기가 죽을 위험에 처했으니."

"예. 저는 가능한 모든 수를 썼을 거라고 생각합니다."

서효원은 침을 꿀꺽 삼켰다. 그 괴물에 포도송이처럼 매달린, 인간의 배아와 닮은 그것들의 모습을 생각했다. 그녀는 그때 했던 생각을 다시금 되새겼다. 이것은 인간 유전자를 사용한 것이 아닐까? 최민은 별말 하지 않고 부정했으나, 설마 인간 배아 같은 것을 사용했다면? 아니 그것에서 더 나아간다면…….

"그분이 인체 실험을 했을 수도 있다고 생각하세요?"

이청수는 고개를 끄덕였다.

"인체 실험을 넘어서, 인체가 재료일 수도 있죠."

서효원은 소름이 돋았다.

"무슨 공상 같은 이야기를……."

"불가능한 일은 아닙니다. 애초에 그 사람 연구가 인간 세포에, 다른 특이한 종의 유전자를 주입해서 강화하는 거니까."

"그건 꼭 확인해야겠네요. 그리고 나서 결과물은 소각시켜야……."

"소각이라뇨? 표본을 채취해서 연구해야죠."

"인체 실험으로 바이오리액터를 만들었다면, 그걸 연구한들 어떻게 사용할 수가 있겠어요?"

이청수는 고개를 저었다.

"자연에는 당위 같은 게 없습니다. 뭐, 우리가 법을 세운다고 해서 광속이 바뀌겠습니까? 그리고 어차피 이제 둘 다 경찰에 쫓기는 신세인데."

"물리학이랑 생물학이 같나요? 물리학은 절대적인 법칙을 다루는 과학이에요. 생물학은 어떻게 제각기 다른 과정과 시스템을 거쳐 한 결과로 도달하는지 관찰하는 과학이고요. 이 세상에 얼마나 많은 생물이 있나요. 그들 모두 나름대로 자연에 적응했다는 걸 보여주잖아요? 여러 과정을 통해 똑같은 결과에 도달할 수 있다면 더 도덕적인 과정을 택해야 하는 거 아닌가요?"

서효원은 자신을 노려보는 이청수의 눈빛이 당황스러웠다. 그녀는 불과 며칠 전에도 이청수의 분노를 목격한 적이 있었다. 그때처럼 이청수는 화가 나 있었다. 하지만 지금 그가 표출

하는 분노는 뜨겁다기보다는 차가워 보였다.

"시간은?"

이청수가 물었다. 그 질문의 의미를 정확히 이해하지 못한 서효원은 아무 말도 하지 않았다. 이청수가 다시 질문했다.

"약이 10년 더 늦게 개발되면, 그 10년 동안 약을 먹지 못해서 죽는 사람도 있겠죠. 그 사람의 시간은 어떻게 보상하죠? 보상하는 게 가능하긴 합니까? 그건 도덕적인 일인가요?"

"좋은 결과를 내려고 몇 번은 과정을 희생할 수 있을 거예요. 그러다가 결국 인간 실험, 아니 더 심한 것도 정당화되고요. 하지만 이렇게 큰 희생은……."

"아무것도 희생하지 않은 척하지 마십시오. 그쪽도 마우스는 많이 죽여봤을 거 아니에요? 생명의 무게가 다르고, 거기에 적용되는 윤리가 다른가요?"

그것은 서효원의 깊숙한 죄책감을 건드리는 말이었다. 당연히, 이쪽 일을 하면 생물을 죽일 수밖에 없었다. 학부에서부터 서효원은 용도가 끝난 실험 쥐의 경추를 손수 뽑아서 죽이는 법을 익혔다. 사실 그건 자비로운 방법이었다. 뇌를 최대한 손상되지 않은 채로 관찰해야 하는 뇌과학 실험의 경우에는, 실험 쥐의 머리를 작은 단두대에 넣어서 썰기도 했다. 서효원은 그 일에 매우 익숙해져 있었다. 하지만 여전히 불쾌했다.

사실 당연한 일이었다. 동물실험 없이 생물학이 성립할 수는 없다. 아무리 시뮬레이션이 발달해도 실제 생물과 외부의 복잡한 상호작용을 완벽히 모사하는 것은 불가능하다.

"궤변이군요."

서효원이 말했다.

"아뇨, 저는 도리어 묻고 싶습니다. 공공의 건강이야말로 그쪽의 절대적인 목표 아닙니까. 그렇다면 그 과정에 이렇게 민감하게 반응하는 이유는 뭐죠? 이미 저와 함께하면서 편법에는 충분히 익숙해지지 않았나요?"

서효원은, 아무 말도 하지 못했다. 왜냐하면 자기 스스로도 자기가 느끼는 불편함을 잘 이해하지 못했기 때문이었다.

"게다가 애초에 이게 그쪽 목적 아닌가요? 크로노스타신을 보급해서 세상을 더 낫게 한다. 그러려면 그 표본을 채취해야죠. 당신이 제 동료니까 이렇게 이야기하고 있는 거예요. 저는 최민과의 일만 해결되면 살고 죽고의 문제는 상관없습니다. 제 아내가 남긴 걸 그쪽이 유지해준다면 오히려 좋은 일이죠."

서효원은 침묵했다.

"서효원 사무관님, 저는 당신이 목적을 위해서라면 뭐라도 하는 사람이라고 생각했어요. 저도 그렇고요. 그래서 우리가 지금 이 지경까지 온 것 아닌가요?"

"…… 일이나 하시죠."

아무 말도 않고 둘은 일어섰다. 서효원은 연구실 한쪽에서 자기 노트북을 가져왔다. 그녀는 노트북을 이청수에게 보여주었다.

화면에 3D 그래픽으로 형상화된 한 남자의 전신이 떠올라 있었다. 그것을 보자마자 이청수는 움찔거렸다. 그 남자는 최민이었다. 아니, 처음에 이청수는 그렇게 생각했다. 하지만 그 가상의 인간은 최민이 아니었다. 그 가상 인간은 뭐랄까, 최민의 원형 같았다. 그 얼굴에는 최민이 자주 짓는 표정 때문에 생긴 주름이 없었다. 한편 몸통은 왠지 좀 더 왜소해 보였다.

"보세요. 그 사람 같나요?"

서효원이 물었다. 이청수는 긍정도 부정도 하지 못했다.

"조금…… 뭔가 이상하네요. 분명히 뭔가 다른데. 그 다른 게 뭔지 모르겠군요. 뭐죠?"

서효원이 자신 있게 말했다.

"최민의 DNA로 인공지능이 시뮬레이션해서 만들었어요."

DNA에는 한 인간의 전체적인 설계도가 있다고 말한다. 간결하고 이해하기 쉬운 비유다. 어떤 사람의 DNA를 가지고 있다면 그 DNA로 그의 복제를 만들 수 있다. 사실 이것은 2040년대에 어려운 일도 아니었다. 하지만 그 복제는 결코 DNA의 공여자와 같을 수는 없다.

왜냐하면 인간은, 모든 생물체는 단지 유전으로만 빚어지는 존재가 아니기 때문이다. 환경은 유전이라는 설계도에 깊이 관여한다. 그리고 그런 환경을 완전히 통제하는 것은 절대로 불가능하다. 수정란의 형성 시기에 양자적 역동의 문제로 일어난 변이에서부터, 직업 등의 사회문화적 차이까지 그 모든 것이 인간을 만들어간다.

이청수가 지적했다.

"흥미롭기는 하지만 이걸로 생체보안을 그대로 뚫기는 힘들 텐데요. 홍채와 지문, 얼굴 구조 같은 것은 분명히 다를 겁니다. 사람 눈으로 봐도 조금 어색하다면 인공지능을 뚫는 건……."

"네, 맞아요. 환경변수를 최대한 도입해야죠. 병원 기록이라든지. 불가능하지 않아요."

"어떻게?"

"어쩔 수 있나요. 그쪽이 좋아하는 방법을 써야죠."

이청수는 자신이 좋아하는 방법이 무엇인지 고민했다. 협박 말인가? 그렇게 틀린 생각은 아니었다. 둘은 어느새 닮아가고 있었다.

전도훈은 자기 인생에서 가장 슬픈 순간이 프로야구 드래프트에서 지명받지 못했던 바로 그 순간이라고 생각했다. 전도훈은 어릴 때부터 엘리트 체육 선수가 되기 위해 최선을 다했다. 하지만 그럼에도 프로야구단 스카우터들은 그를 가치 있는 자원으로 인정하지 않았다. 전도훈은 어쩔 수 없이 새로운 삶의 방식을 찾아 나서야 했다.

비록 전도훈이 시속 150킬로미터로 날아오는 야구공을 잘 친다는 것은 인정받지 못했지만, 다행히도 사람들은 어린 시절부터 힘든 운동으로 단련된 그의 신체만큼은 존중했다. 전도훈은 경호원으로 새 경력을 시작하는 데 성공했다. 30대 초반에 전도훈은 최민이라는 클라이언트를 만났다. 당시 새로 사업을 시작하던 최민은 의욕적이면서도 어디선가 돈을 잘 끌어오는 사람이었다. 성격이 약간 모난 데가 있는 듯했지만 사실 경호원을 들일 수 있을 정도로 성공한 사람이라면 으레 보통 사람들과는 무언가 어긋난 데가 있게 마련이다.

전도훈은 최민 밑에서 의욕적으로 일했다. 그러면서 도르나이 바이오틱스의 여러 비밀도 알게 되었다. 전도훈은 입이 무거웠다. 최민은 그를 신임했고 전도훈은 경호실장의 자리에 올랐다. 전도훈은 비록 스타 야구선수는 못 되었어도, 이런 삶도 나쁘지는 않다고 생각했다.

일주일 전에 전도훈의 커리어는 박살이 났다. 그는 여러 가지 경호 시나리오로 실전 연습을 해왔다. 그런데 손님과 침입자가 한 몸이 되어서, 그것도 한국에서 사제 폭탄을 가지고 위협을 해오는 시나리오는 결코 상상도 해본 적이 없었다.

그는 최선을 다해 부하 직원들을 변호했다. 그 대가로 전도훈은 대기 발령을 받았다. 이것이 경력의 종말을 의미한다는 것은 스스로도 잘 알고 있었다. 진지하게 그는 해외의 용병 기업에 취업할까 고민 중이었다. 한국 남성들의 징집 경험은 생각보다 용병 산업에서 호소력이 있는 이력이었다. 전도훈은 한 발 한 발, 조금씩 수렁으로 빠져가는 느낌을 받았다.

집 안의 운동용 벤치 위에 마냥 누워 있던 전도훈의 휴대폰이 울렸다. 그는 휴대폰을 집어 들었다. 보안 메신저로 익명의 누군가로부터 메시지가 와 있었다.

—무기화학의 무기는 weapon이 아니라 inorganic임

곧바로 전도훈은 이 메시지를 보낸 개자식이 누군지 깨달았다. 그 무기화학 이야기는 밖으로 새어 나간 적이 없었다. 즉, 이것은 자신의 커리어를 단번에 박살 낸 이청수 그 남자의 짓일 테다. 아니면 서효원 그 여자거나. 혹은…… 이제 이름도 기억이 안 나는 그 어린 바이올리니스트거나. 전도훈은 이상하게도, 이 메시지의 발신자가 이청수일 거라고 확신했다.

—당신 뭐임
—ㅇㅊㅅ

메시지는 곧 삭제되어 사라졌다. 전도훈은 한숨을 쉬었다. 그는 타이핑했다.

—뭐예요

곧 이청수 쪽에서 스크린숏 이미지를 보내왔다. 굉장한 양의 암호화폐가 들어 있는 콜드월렛 화면을 캡처한 것이었다. 전도훈은 그 암호화폐가 무엇인지 알았다. 소위 지하의 산업들과 조금이라도 연줄이 닿아 있으면 모를 수가 없는, 의도적으로 추적하기 힘들게 설계된 암호화폐였다. 전도훈도 월렛을 하나 만들어두었다. 용병 산업에 뛰어들기 위해서는 필요했으므로. 전도훈은 잠시 놀랐지만, 곧 침착을 되찾았다. 스크린숏 이미지 한 장만으로 자기가 부자라고 주장할 수는 없다. 대화창에 이청수의 메시지가 올라왔다.

—월렛 주소 좀요

그리고 곧 메시지가 사라졌다. 전도훈은 잠시 고민하다가 월렛 주소를 보낸 다음, 몇 초 안에 메시지를 삭제했다. 그리고 1분 정도 있다가, 전도훈의 휴대폰에서 월렛에 입금이 되었음을 알리는 소리가 울렸다. 입금된 액수를 보고 전도훈은 일어나 앉았다. 그것은 원거리에 있는 사람을 공손하게 만들 정도의 값어치가 있는 금액이었다. 전도훈은 약간 떨리는 손으로 문자를 입력했다.

　—뭐임?
　—사과의 의미

이청수의 메시지가 담긴 말풍선이 올라왔다. 전도훈은 답했다.

　—지랄 ㄴㄴ
　—맘대로 생각하시고

자동적으로, 하나씩 메시지가 지워져갔다. 전도훈은 무슨 메시지를 보내야 할지 스스로도 알지 못했다. 이청수의 메시지가 또다시 나타났다.

　—아시겠지만 이 돈으로 노후 준비 못 해요
　—그건 제가 알아서 함

전도훈이 답했다.

—알아서 안 해도 되는데

—?

—도르나이 설계도 비싸게 삼

—배신하란 말씀이신지

—바로 그거죠

이청수의 메시지가 연달아 올라왔다.

—근데 딱히 배신이라고까지는 생각 ㄴㄴ

—밥줄이 중요한 거지

—걍 각자 살길 찾아 나서는 거죠

　전도훈은 한숨을 쉬었다. 분명히 전도훈은 이 업계에서 신뢰를 잃었다. 아니 그러한 업계가 어디 있겠느냐마는, 어쨌든 개인 경호에서 신뢰는 생명보다 중요한 것이었다. 전도훈은 용병 업계에서 구르는 것에 대해 생각해보았다. 전장에서 이른바 알보병으로 뛰는 것은 정말 싫었다. 최전선의 보병 목숨이 파리 목숨이 아닌 적이야 역사에 단 한 번도 없었겠지만, 암살 드론과 무인 전투기 같은 기계들끼리 전쟁을 벌이는 현대의 최전선에서 보병은 정말이지 끔찍하게도 죽어 나갔다.

　겨우 그런 삶이 이제까지 자기가 몸바쳐온 일에 대한 값비싼 보상이라면, 지금 제안받은 일의 대가는 거저나 다름없었다.

　─전 상관없는 겁니다

　전도훈이 메시지를 보내자마자 답이 돌아왔다. 그 어떤 면에서도 이청수와 닮았다고 할 수 없는 귀여운 캐릭터가 'OK' 메시지를 보내고 있는 모양의 이모티콘이었다.

　최근 일주일 동안 성명훈은 정치인이 한번 끈이 떨어지면 얼마나 급격하게 추락할 수 있는지 진실로, 진실로 깨달았다. 성명훈과, 최민의 장원에서 난장판을 벌인 테러리스트들의 직접적인 연관성이 밝혀지지는 않았지만 최민은 정치자금 지원을 끊었고, 더는 성명훈을 언급하지 않았다.
　아무런 사실도 드러나지 않았고 어떤 의견도 표출되지 않았지만, 그것이면 충분했다. 진정한 권력은 권력자가 스스로 휘두르는 것이 아니라, 자동적으로 작동하는 것이다. 성명훈은 여당의 주요 의사 협의체에서 왠지 모르게 배제되었고, 보좌관과 비서들은 별 이유 없이 사표를 냈다. 어쨌든 그는 다음 총선에서 세종특별자치시 국회의원 후보로 나오게 되어 있었지만, 여론과 그 철저한 분석을 꾸준히 보내오던 싱크 탱크의 보고서들도 전보다 길이가 훨씬 줄어들어 있었다. 세상이 그의 은퇴를 바라고 있는 것 같았다.

텅 빈 선거사무소에서 성명훈은 책상을 박박 긁으면서, 진심으로 자살을 고려하고 있었다.

확실히 성명훈은 정치 초보였다. 그 때문에 그는 말이 안 되는 명제 몇 가지를 믿었다. 그중 가장 치명적인 것은, 성명훈이 서효원을 움켜쥐고 마음대로 다루고 있다는 명제였다. 성명훈은 서효원이 아무것도 모르면서 이 험한 세상을 스스로 바꾸어나갈 수 있다고 믿는 젊고 슬픈 인재라고 생각했다. 그런데 성명훈도 사실 별다를 것이 없었다. 아니, 적어도 서효원은 폭탄을 들고 사람들을 협박할 만한 행동력이라도 가졌다. 하지만 성명훈 자신은 무엇이란 말인가!

성명훈은 죽는 방법 중 무엇이 가장 덜 고통스러울까 고민했다. 사실, 그 스스로도 의대 교수였던 입장에서, 성명훈은 고통 없이 죽는 방법 자체는 잘 알고 있었다. 인간의 몸과 마음은 쉽게 교란할 수 있다. 아질산나트륨이나 펜토바르비탈나트륨 한 잔. 아니, 사실 충분한 높이에서 아스팔트 위로 뛰어내리는 것도 생각보다 인간의 겉모습을 적나라하게 파괴하지는 않았다. 누군가는 떨어지는 동안 심장마비로 사람이 즉사한다고 했다. 하지만 그게 말이 안 된다는 걸 성명훈은 알았다. 떨어지는 동안 공포로 인해 실제로 심장마비가 온다고 해도, 몇 초간은 의식이 지속될 것이다. 막심한 운동량이 내부 장기 전체를 파괴하고 즉각 의식을 잃게 할 때까지.

성명훈은 공포스러웠다. 그는 자신의 뇌가 부서지는 것이 무서웠다. 오랫동안 자기가 멍청한 사람들 위에서 군림하는 똑똑한 사람이라는 것은 성명훈이 내심 품고 있던 자부심이었다. 뇌가 부서지면서 인지능력이 부서지는 것은 얼마나 괴로운 일일까? 아니 그 괴로움을 알 수는 있을까? 그는 자기가 장관실에서 했던 생각을 떠올렸다. 권력이 뇌를 쪼그라뜨린다고 말했던 것을 떠올렸다. 어쩌면 권력은 그에게도 영향을 미친 걸까?

죽음의 유혹에서 헤엄치고 있는 동안, 성명훈은 자신의 휴대폰이 울리고 있었다는 것을 알았다. 성명훈은 휴대폰을 꺼냈다. 전화번호가 될 수 있다는 것 자체가 흥미로운 수열이 휴대폰 화면에 떠 있었다. 성명훈은 전화를 받았다.

"여보세요?"

"장관님!"

젊은 여자의 목소리가 들렸다. 소리가 약간씩 지직거렸지만, 누구 목소리인지 즉각 알아챘다.

"서 사무관?"

"잘 지내셨나요?"

성명훈은 콧방귀를 뀌었다.

"허. 아주 못 지내요. 서 사무관 때문에. 잘됐네. 이렇게 전화도 하고. 그보다 지금 대체 어디 있어요?"

"장관님, 추적하려고 용쓰지 마세요. 한 네 단계 정도를 우회하고 있고, 중간에 양자 보안 시스템도 있거든요. 해봤자 시간 낭비예요. 뭐 장관님도 잘 아시겠지만……."

서효원은 대놓고 경고하고 있었다. 권력이 역전되는 순간이었다. 성명훈은 이를 갈면서 말했다.

"그래서, 대체 왜 전화했어요? 조롱하려고?"

"아뇨. 죄송하다고 말씀드리고 싶어서요."

그게 더 조롱처럼 들린다는 것을 성명훈은 말하지 않았다. 서효원이 말을 이었다.

"장관님, 사실 제가 이렇게 된 건 이청수 대표 때문이 아니에요. 저는, 진심으로, 최민이 문제라는 걸 말씀드리고 싶어요."

서효원은 '진심으로'라는 어구를 굉장히 강조했다. 성명훈은 배신감, 탈력감, 분노, 증오를 섞은 감정의 칵테일을 마시는 듯한 느낌을 받았다. 그는 따지듯이 말했다. 그의 목소리가 계속해서 빨라졌다.

"지금 진심이 무슨 쓸모가 있어요? 최민이는 받을 수 있는 특혜는 다 받았고, 돈도 썩어 나는데. 서 사무관이나 나나 이제 끝장이에요. 뭘 더 할 수 있겠어요?"

"장관님, 복수를 원하시죠?"

성명훈의 장황한 넋두리를 끊고 서효원이 끼어들었다.

"복수?"

"조금만 도와주시면 제가 최민 그 사람을 아주 조져놓을 수 있어요."

"어떻게?"

성명훈이 묻자 서효원이 약간은 비장하게 말했다.

"아무리 사람이 돈이 많고 권력이 있다고 해도, 충분한 질소 화합물 앞에서 무력해지는 건 똑같습니다."

질소화합물이라 함은 화약을 이르는 것이었다.

"최민을 저격이라도 할 생각인가?"

"아뇨. 저희는 인명 피해를 바라진 않아요. 그랬으면 저번에 폭탄을 터뜨렸겠죠. 저희는 최민의 독점을 무력화할 방법을 찾고 있습니다."

"그렇군. 잘해보세요. 나는 이제 상관없으니."

"아뇨, 아뇨. 장관님이 도우실 수 있어요."

"내가?"

"최민의 의료보험 기록이요. 구해주실 수 있죠?"

서효원이 말했다.

"그런 게 대체 왜…… 아니, 애초에 그런 걸 내가 구할 수도 없겠네요."

"왜 못 하시죠? 장관님은 장관이었잖아요. 관료 중에 인맥이 하나도 없으세요? 정부 데이터베이스에 간접적으로 접근하는 건 그렇게 어려운 일이 아닐 텐데."

"…… 내가 왜 그렇게까지 해야 합니까?"

서효원이 자신 있게 답했다.

"저는 이제 잃을 게 없어요. 하지만 장관님은 많이 가지고 계시잖아요. 저는 어느 때가 됐든 자수할 생각인데, 그 과정에서 제가 장관님을 끌어들이지 않는 편이 장관님에게 좋을 것 같아요."

협박이었다. 성명훈은 소리쳤다.

"내가? 내 인생이 얼마나 망가졌는데! 당신 때문에 모든 걸 잃었어! 내가……."

"아니요, 장관님. 그렇지 않으세요. 장관님은 많이 가지고 계세요. 장관님은 어쨌든 장관이셨고, 돌아가실 대학도 있고, 가정도 있죠. 다 귀한 것들인데. 모두 잊어버리셨나요?"

성명훈은 할 말을 잃었다.

서효원의 말이 틀리지 않았다. 실로 성명훈은 권력을 잃었으나, 여전히 그에게는 많은 것이 남아 있었다. 어쨌든 사람들은 그를 계속해서 장관이라고 불러줄 것이고, 거의 최고의 자리까지 가본 전문직으로서 자랑스럽고 풍족하게 살아갈 수 있었다. 그는 지금 자신이 가지고 있는 것을 잊어버릴 정도로 정신적으로 코너에 몰려 있었다. 아니, 어쩌면 권력이 정말로 그의 뇌를 쪼그라뜨린 걸지도 몰랐다. 그래서 그 모든 것을 잊고 있는 걸지도 몰랐다.

분명히 그럴 것이라고 성명훈은 생각했다. 그는 침착하게 말했다.

"그 데이터를 찾아주면, 이제 서 사무관한텐 아무 빚도 없는 겁니다."

"그것만큼은 분명히 약속드리죠."

성명훈은 한숨을 내쉬었다.

이청수가 쇠파이프 내부에 드릴을 넣고 돌리자 끔찍한 파열음이 터져 나왔다. 멀리서 성명훈에게서 받은 최민의 개인 데이터로 모델을 수정하고 있던 서효원이 달려왔다. 그녀는 성명훈을 보고 크게 소리 질렀다.

"뭐 하세요?"

이청수가 드릴을 멈춘 다음 서효원을 바라보았다.

"강선을 파고 있어요."

"강선?"

"저번에 총이 빗나갔잖아요. 그런데 내 조준에는 문제가 없었거든. 사실 총신 안쪽에 나선형으로 홈이 파여 있어야 합니다. 그걸 강선이라고 하죠. 강선이 있어야 총탄이 내부에서 회전하다가 일직선으로 발사되거든요."

서효원은 이청수가 작업용으로 쓰고 있는 책상을 바라보았다. 이청수의 책상 위에는 개인이 구할 수 있는 연장은 모두 널려 있는 것 같았다. 연장 가운데 꽤 많은 것들이 아예 포장도 뜯지 않은 채였다. 서효원은 의심스러운 표정으로 물었다.

"강선을 파보신 적 있나요?"

"그럴 리가요."

이청수가 도리도리 고개를 흔들었다. 서효원이 팔짱을 끼고는 물었다.

"과연 의미가 있을까요?"

"자원이 부족한 건 어쩔 수 없지만 그 한계에서 노력은 최대한 해야 한다는 게 제 생각입니다. 그리고 제가 스스로 쓰는 무기에 확신이 있어야 하지 않겠습니까."

서효원은 고개를 저었다. 그녀는 명령하듯이 말했다.

"저 혼자 들어갈 거예요. 저는 무기보다는 방진복이나 확실히 했으면 좋겠네요. 그쪽에 집중해주세요."

"네?"

"그런 데 들어가면서 한 명이고 두 명이고가 무슨 상관이겠어요? 제가 혼자 들어갈게요."

이청수의 표정이 사뭇 진지해졌다. 그는 말했다.

"그럴수록 더더욱 제가 들어가야 하죠. 이건 저랑 제 아내의 문제인데요."

"대표님, 저는 우리 둘의 특기가 달라서 하는 말이에요. 대표님이 밖에서 컴퓨터를 써야 해. 오히려 제가 침투 요원이죠. 나는 복싱도 열심히 했고. 밖에서 무슨 일이 일어나는지 알려주세요."

"그건……."

"VR로 전투 시뮬레이션을 했다, 같은 개소리 하지 마시고."

이청수가 잠시 머뭇거리다가 말했다.

"그럼 그건 알아두세요."

"예."

"이게 만약 다른 이유 때문이 아니라, 서효원 씨 때문에 실패하면, 저는 그쪽을 평생 미워할 겁니다. 제가 미워하는 사람을 어떻게 대하는지 보셨죠?"

잠시 둘 사이에 정적이 흘렀다. 곧 서효원이 고개를 끄덕였다. 이청수가 말했다.

"그래서, 들어가서 그 바이오리액터는 어떻게 할 겁니까?"

서효원의 표정이 진지해졌다.

"탱크를 부수고, 표본을 채취할 거예요. 그쪽 말이 맞아요. 언제 다시 크로노스타신 같은 약물을 만들어낼 수 있을지 몰라요. 그걸 전부 소각시키는 건 인류에 큰 손실일지도 모르죠. 배규리 씨가 애먼 짓을 한 게 아니라면 제일 좋겠지만. 일단 표본을 채취해야 알 수 있겠죠."

그녀 나름대로 고민한 결과였다.

"결국 자기 목표에 맞는 결정을 내렸군요. 좋아요. 그렇게 하죠. 내부로 깊게 들어가는 건 더 어려운 일일 테지만. 계획은 그에 맞게 짜봅시다."

"그래요. 마음대로 하세요. 뭐든 할 테니."

서효원은 자기가 자신만만하게 한 말을 후회하고 있었다.

겨울이 최후를 맞이하면서 흘리는 탄식에 짧은 봄이 그 기세를 올리는 때였다. 시베리아에서 불어오는 공기는 따갑게 느껴질 정도로 차갑지만 깨끗했다. 밤하늘은 맑았고 별빛은 찬란했다. 얇은 달이 떠 있는 그 순간의 날씨는 완벽하다고 할 수 있을 만큼 쾌적했다. 생명이 찬란한 탄생을 맞이하기에 안성맞춤인 시간이었다.

그리고 서효원은 그 좋은 때에 완전 밀폐된 방진복을 입은 채로 의료폐기물들 사이에 끼어 있었다. 등에 멘 통 속의 압축 산소를 빨아들이고 내뱉을수록 방진복 내부가 습해지고 더워졌다. 과연 그녀 마음속에는 강한 이상이 살아 숨 쉬었지만, 지금 이 상황을 차마 쾌적하다고 말할 수는 없었다. 아니 지금은 서효원의 삶에서 가장 불쾌한 순간이라고 할 만했다.

어제 낮까지만 해도 서효원은 당당하게 시설의 정문을 돌파하는 자신을 상상하고 있었다. 그런데 정문의 보안을 뚫는 데는 군대가 필요할 정도였다. 최소한 계획이 성립이라도 할 수 있는 방법은 결국 폐기물이 처리되는 통로를 역으로 침투하는 방법뿐이었다. 서효원은 자신이 대장내시경용 프로브가 된 것 같다고 생각했다. 한 인간을 투입과 배출의 측면으로 인식한 다면, 사실 크게 틀리지 않은 비유였다.

그리고 그 프로브에는 온갖 무기가 달려 있었다. 서효원은 자기 허리에 꽉 조여 맨 벨트에 달려 있는 사제 총기의 무게를 느꼈다. 그것은 이청수가 결국 강선을 포기하고 만든 조잡한 물건으로, 이청수는 이것이 한 발까지는 정확한 사격을 보장한다고 했다. 서효원은 믿지 않았다. 또 그녀의 엉덩이에는 폭탄이 달려 있었다. 여러 안정제를 섞은 니트로글리세린, 즉 다이너마이트였다.

불과 몇 개월 전만 해도 그녀는 자기 몸에 니트로글리세린을 부착할 일이 있다고 하면 기겁을 했을 것이다. 하지만 마지막 비장의 무기를 생각하면 서효원의 공포조차 침묵했다. 그것은 금속 가루 따위와 백린, 석유 등을 섞은 소이탄이었다. 한번 점화된 소이탄은 수천 도의 온도로 타오르며, 생물체를 아주 고통스럽게 불태워 죽인다. 물로 끌 수도 없는 불길을 일으키는 소이탄은 UN에서도 비인도적 재래식무기로 지정한 것이었다. 어쨌든 표본을 수집하고 나면, 그것은 그 바이오리액터를 확실히 소각시킬 수 있을 것이다.

또 하나, 서효원은 30센티미터짜리 휴대용 플라스마절단기를 가지고 있었다. 3만 도에 달하는 플라스마아크를 내뿜는 이 절단기는 대부분의 물건을 버터처럼 자를 수 있었다. 사실 그녀는 이 세상에 플라스마절단기라는 물건이 진짜로 존재하는지도 몰랐다. 그 이름부터가 너무나도 SF 소설에나 나올 법했다.

즉, 서효원은 차라리 다이너마이트가 터져서 자기가 죽는 것도 모르고 죽는 것이 가장 평화로운 결말인 상태에 놓여 있었다. 그녀가 이전에 다이너마이트와 조금이나마 관련된 상황에 놓였던 것은 심장약을 조제할 때뿐이었다. 니트로글리세린은 심장약으로도 사용된다. 서효원이 차고 있는 다이너마이트에 든 니트로글리세린은 아마 수천 명의 심장병 환자들이 쓰고도 남을 양일 것이다.

"시작할까요?"

서효원의 귀에 이청수의 목소리가 들려왔다. 그 편안한 목소리를 듣고 서효원은 다시 한번 후회했다. 이청수는 200미터 정도 떨어진 거리에서 여러 전자 장치와 노트북으로 그녀와 통신하고 있었다. 서효원은 말했다.

"예, 준비됐어요."

"갑시다. 사무관님."

서효원은 도대체 무엇이 들어 있는지도 모를 의료폐기물 봉투 더미를 뚫고 한 걸음 한 걸음 앞으로 나아갔다. 사무관이라는 칭호가 이 순간에 얼마나 가증스러운지 그녀는 생각했다.

적어도 끔찍한 냄새를 맡을 수 없다는 것에 안도했다. 이청수가 자신의 걸작이라고 장담한 그 방진복은 확실히 잘 작동하고 있었다.

폐기물 처리장에는 여러 색깔의 거대한 파이프가 아래쪽으로 이어져 있었다. 빨간색, 노란색, 파란색, 검은색 파이프. 각각 위험도에 따라 생물학적 폐기물을 분류하여 배출하고 있을 것이다. 그 순간에 서효원은 어떤 파이프를 따라가야 할지 알 수 없었다.

처리장 내부에 마지막으로 남아 있던 사람들이 쓰레기를 싣고 사라지는 것을 확인한 서효원은 그림자 속으로 숨어들어 파이프 쪽으로 향했다. 천천히 파이프를 하나씩 확인한 서효원은 검은색 파이프가 가장 두껍고, 조금씩 꿀렁인다는 것을 알았다. 바이오리액터 자체가 하나의 거대한 생물이라면, 거기서 나오는 배출물이야말로 가장 처치가 곤란할 것이다.

서효원은 자기 직관을 믿기로 했다. 그녀는 파이프를 따라 올라가는 수직 통로 쪽으로 향했다. 통로는 당연히 잠겨 있었지만 괜찮았다. 서효원은 몰래 챙겨둔 전도훈 경호실장의 ID 카드를 꺼내 리더기에 갖다 댔다. 문이 열렸다.

전도훈은 벌써 암호화폐를 챙겨 동유럽으로 떴다고 했다. 그의 폴란드에서의 새로운 인생이 만족스럽길 빌면서, 서효원은 한 층 한 층 오르기 시작했다. 일정 간격으로 파이프에 온도와 압력, 그리고 서효원이 알 수 없는 수치를 표시하는 단말기가 달려 있었다.

한 단 한 단, 그녀가 진땀을 뻘뻘 흘리며 사다리를 오르고 있을 때, 이청수의 목소리가 들렸다.

"잠깐만요."

서효원이 멈췄다. 서효원의 눈 쪽에 달린 카메라 통해 이청수도 그녀가 보는 것을 보고 있었다.

"방금 전의 단말기 쪽을 다시 확인해주세요."

서효원은 이마에 흐르는 진땀을 닦고 싶은 욕망을 참으면서 단말기로 고개를 돌렸다. 그녀는 그 단말기에 안테나가 달려 있다는 것을 깨달았다. 표면에서 수많은 LED가 반짝이고 있었다. 이청수가 말했다.

"단말 밑에 네트워크 중계기가 달려 있네요. 우리가 찾던 개구멍입니다."

서효원은 주머니에 넣어둔 작고 동그란 자석 같은 것을 꺼냈다. 이청수는 그것이 '여러 유용한 기능이 추가된' 패킷 감청기라고 말했다. 중계기 위쪽에 그것을 올리자, 그것은 마치 원래 거기가 자기 자리였다는 것처럼 찰싹 달라붙었다. 중계기의 LED 램프 전체가 한 차례 꺼지더니, 다시 반짝거리기 시작했습니다.

"됐습니다. 이제 내부 회로에 접속됐습니다. 내부 사람들이

와이파이를 암호 없이 쓰네요? 저런, 그러면 안 되지⋯⋯."

이청수의 목소리가 들려왔다. 서효원은 푸념하듯 말했다.

"저는 말이죠. 해킹이라는 게 에어컨 잘 나오는 사무실에서 컴퓨터만 두드리면 다 되는 건 줄 알았거든요. 하! 이거 진짜로 노동집약적인 일이네."

"그래도 이 정도면 제법 영화 같지 않나요? 원래는 내부에 접근이 가능한 사람을 찾아내서 암호를 알 때까지 두들겨 패는 게 정석이에요."

서효원은 그 말에 피식 웃었다. 이청수도 자신의 농담이 먹혀든 것이 기분이 좋아 따라 웃었다. 그리고 아무런 변화도 없었다. 시간이 조금 흐르자, 서효원은 답답한 듯 물었다.

"어떻게 돼가요?"

"잘되어갑니다."

도르나이 바이오틱스 인트라넷에 이청수가 심은 프로그램은 곧장 회로 속에서 번식해나갔다. 이청수의 프로그램은 내부 회로를 구성하는 운영체제를 훑어나가며, 발견된 보안 취약점에 돌파해 들어가 스스로를 복제하고 실행하였다. 바이러스가 박테리아를 감염시키고, 박테리아가 바이러스를 생산하는 공장이 되는 것과 크게 다르지 않은 모습이었다.

"보안시스템에 들어갔습니다. 이제 계속 올라가십시오."

"대체 이런 건 어디서 배웠어요?"

"21세기에 태어나신 분이 프로그래밍을 할 줄 모르세요?"

이청수가 능청맞게 답하자, 서효원이 짜증을 냈다.

"하…… 분야가 다르잖아요, 분야가. 약사 하는 사람이 해킹 같은 것을 배우겠냐고요. 역학연구에 필요한 것만 조금 했죠. 그쪽도 의사였다면서요?"

"아내가 죽기 직전에 배우기 시작했습니다. 그때 최민이 아내를 어떻게 숨기고 있는지 알아내려고 했거든요. 못 해냈지만. 다른 방식으로 써먹게 됐고요."

예를 들자면, 기업들을 무너뜨릴 자료를 모으고 최민을 파멸시킬 돈을 모으는 방법들. 사다리를 계속 오르면서 서효원이 답했다.

"인생의 모든 것이 배규리 씨와 엮여 있나 보군요."

덤덤하게, 이청수는 인정했다.

"맞습니다."

"그분과 대체 얼마나 오래 함께했길래?"

"2년 정도."

"그 짧은 시간 동안, 그렇게 사랑할 수 있나요?"

"다른 사람을 사랑해본 적이 없나요?"

이청수가 되물었다. 서효원은 예상치 못한 질문에 당황했다.

"어, 글쎄요. 진지하게 생각해본 적은 없는데……."

"사랑은 함께한 시간의 총량 문제가 아닙니다. 순간의, 충격량의 문제일 수도 있죠."

"대체 그분이 어떤 사람이었는지 궁금하네요."

"글쎄요……."

이청수는 평생에 걸쳐 잊지 못할 사람을 생각했다.

이청수 스스로는 받아들일 수 없겠지만, 사실 이청수도 배규리를 잘 알지 못했다. 둘의 만남은 2년을 넘기지 못했다. 2년은 한 인간을 알기에는 너무 짧은 시간이다. 인간이 다른 인간을 이해하는 데는 더 많은 시간이 걸린다. 영원이 필요할지도 모른다.

오히려 그런 점이 이청수를 배규리에게서 도저히 헤어날 수 없도록 만들었을지도 모른다. 이청수는 배규리의 삶에서 마지막 2년, 그녀의 가장 빛나는 순간만 목격할 수 있었다. 그에게 배규리는 과학자이며 선지자이자 혁명가였다. 이청수는 시간의 제한을 벗어난 세상을 꿈꾸는 배규리에게서 도저히 헤어날수가 없었다.

3개월 정도, 이청수의 삶은 완벽했다. 결혼식에서 최민이 눈물을 흘렸다는 이야기를 들었지만 개의치 않았다. 최민은 그 이후로 그들 부부를 향해 질투 비슷한 모습을 보이지 않았다. 그러다 배규리가 편두통을 호소하면서 병원에 갔다. 이청수는 별 문제가 되지 않을 거라고 생각했다. 연구는 순조롭게 진행

되고 있었다. 불멸이라는 목표를 언제 달성할 수 있을지는 몰랐지만 배규리의 가설은 하나씩 맞아 들어가고 있었다. 이청수는 신을 믿지는 않았지만, 이 세상을 돌아가게 하는 어떤 법칙 같은 것이 있다고 내심 생각했다. 그렇다면 지금 빛나고 있는 배규리의 이야기가 갑자기 끝나는 일은 없어야 했다.

아주 간단한 검사 직후 배규리는 입원했다. 연락을 받고 이청수가 달려갔다. 의사가 배규리의 머리를 찍은 CT 사진을 보여주었다. 이청수는 영상의학에 대해서는 아주, 아주 기본적인 정도만 알았다. 하지만 배규리의 머리에 있는 종양은 너무 명백해서 보통 사람이라도 쉽게 알아볼 수 있을 정도였다. 그것은 2030년대 초반의 의학으로도, 아니 2040년대 현재의 의학으로도 수술이 불가하고 치명적인 종양이었다. 그리고 배규리도 그 사실을 알았다.

배규리의 이야기가 급작스러운 결말을 맞이하고 있는 것이었다.

배규리는 병실 침대에 누워 있었다. 근처 소파에서 이청수는 덜덜 떨고 있었다. 이청수는 배규리를 차마 쳐다볼 수도 없었다. 배규리 정도의 나이가 되는 사람이 죽음을 선고받은 것만 해도 이미 비극이었다. 하지만 배규리에게 이렇게 일찍 죽음이 찾아오는 것은, 세상이 그 둘을 조롱하는 것만 같았다.

"웃기지 않아? 지금 이 꼴이?"

이청수는 배규리의 목소리를 듣고 침대 쪽으로 고개를 돌렸다. 배규리가 잘 보이지 않았다. 그는 일어서서 배규리 옆쪽으로 걸어가 작은 의자에 앉았다. 배규리는 눈을 감고 있었다. 그녀가 말을 이었다.

"나는 항상 말이 안 된다고 생각했어."

이청수가 자주 들어온 이야기였다. 하지만 그는 지적하지 않았다. 배규리는 말했다.

"한 사람이 인생에서 배우고 쌓는 모든 것들이, 죽어버리면 그냥 사라져. 너무 아까워. 한 사람 한 사람이 겪은 세상들이 얼마나 많은데. 그냥 허공으로, 그 모든 게."

배규리가 눈을 떴다. 그녀는 고개를 돌려 이청수를 바라보았다. 이청수는 그녀의 눈이 붉게 충혈되어 있는 것을 보았다. 그는 억지로 미소 지었다. 하지만 배규리의 표정은 바뀌지 않았다. 이청수는 항상 그녀의 얼굴에 깃들어 있던 자신만만함, 세상을 자기가 통제할 수 있다는 믿음이 더 이상 보이지 않는 것이 몹시 가슴 아팠다.

"나도 그렇게 생각해."

이청수는 토해내듯 말했다.

"그렇게 끝나야만 한다면 왜 굳이 우리는 살아야만 하는 걸까?"

누구도 답할 수 없는 질문이었다. 배규리가 이청수의 팔을 붙잡았다. 이청수는 자기 팔뚝을 파고드는 그녀의 악력을 느꼈다. 1년도 지나지 않아 다시는 느낄 수 없게 될지도 모를 감각이었다. 배규리가 절박하게 말했다.

"나는 싫어. 나는 죽고 싶지 않아."

그때 문이 열렸다. 이청수가 고개를 돌렸다. 최민이었다.

"교수님. 청수야."

최민이 말하면서 문을 닫고 들어왔다. 최민의 얼굴은 붉게 물들어 있었다. 배규리는 이청수의 팔을 놓고는 말했다.

"최 박사."

"교수님, 어머님한테 이야기 전해 들었습니다."

배규리는 침묵했다. 최민이 말을 이었다.

"교수님, 우리 연구를 써야 할 때입니다."

배규리가 약간 인상을 찌푸리고는 말했다.

"우리 연구를?"

"네. 홍해파리의 플루리포텐트 유전자를 유전자 가위로 전신의 세포에 적용할 수 있습니다. 후성유전학적 리프로그래밍도 함께한다면 종양 부위를 정상화할 수 있을 겁니다. 인공지능 시뮬레이션에서는 어느 정도 성과를 봤고요."

"…… 최 박사, 그건 아직 이론적인 단계예요. 인간을 대상으로는……."

"교수님, 시간이 없습니다. 교수님께서 직접 설계한 벡터가 이미 준비되어 있는걸요. 교수님이 원하시던 일이잖아요."

이청수는 일어났다. 그는 배규리를 확인했다. 그녀의 눈에는 눈물이 맺혀 있었다. 오히려 뇌종양 판정을 받았을 때보다도 더 큰 감정적 동요를 겪고 있는 것처럼 보였다. 그는 최민의 팔을 붙잡고 병실 밖으로 끌고 나갔다. 이청수가 병실 문을 닫았다. 최민이 이청수의 팔을 뿌리쳤다. 둘은 마주 보았다. 이청수가 낮은 목소리로 단호히 말했다.

"너 미쳤어?"

"내가?"

최민이 피식 웃었다. 그가 어깨를 으쓱이며 말했다.

"어딜 봐서?"

"내 아내를 마우스로 쓰겠다는 거야?"

"우리가 연구한 게 뭐였어? 죽음을 막는 거 아냐? 그럼 우린 교수님의 죽음부터 가장 먼저 막아야지!"

이청수는 병실 문 쪽을 다시 바라보았다. 그것이 제대로 닫혀 있다는 걸 알고, 이청수는 다시 최민을 노려다보았다.

"불완전해. 우리가 지금까지 성공한 건 실험관 내에 있는 세포 몇 개를 재생시킨 것뿐이야. 그걸 살아 있는 성인한테 쓰자고? 도대체 어떤 결과를 기대하고?"

"왜, 교수님을 살릴 수도 있잖아? 최악의 경우라도, 종양 진행이라도 막아야 할 거 아냐? 시간이 필요해."

"진행을 막는다고? 체세포 재생을 활성화시키면 암세포가 더 빨리 퍼질 수도 있어. 더 큰 고통을 줄 수도 있다고."

"고통? 교수님이 그런 거에 신경 쓰실까? 확정적인 죽음보다는 조금의 확률에라도 기대보는 게 낫지 않아?"

"내 아내야. 내 가족의 마지막 순간으로 도박을 할 수는 없다고."

최민의 만면에 비웃음이 가득 찼다.

"왜, 혹시라도 잘되면, 아내를 빼앗길까 두렵기라도 한가 보지?"

잠시 이청수는 이성을 잃었다. 곧 제정신이 돌아온 그는 자신에게 얻어맞은 최민이 바닥에 쓰러진 채로 자기 얼굴을 올려다보고 있는 것을 보았다. 병원 복도의 여러 사람들이 그 둘을 바라보았고, 최민은 미소를 짓고 있었다. 이청수는 경멸스러운 표정으로 말했다.

"네가 그런 생각을 하는지는 몰랐다. 꺼져."

최민은 피가 섞인 침을 병원 복도에 뱉은 다음, 일어서서 어딘가로 사라졌다.

"그런 이야기입니다. 네, 뭐. 이전에 생각해봤습니다. 내 아내가 나라는 인간의 개구멍이라는 것을."

"그렇군요."

제대로 된 대답을 도저히 찾지 못하고 가장 건조한 답변을 한 서효원은 옥상으로 올라갔다. 다시 한번 탁 트인 하늘의 별빛이 그녀를 비추었다. 아래쪽을 보니 도르나이 바이오틱스 생산 시설 전체가 한눈에 들어왔다. 사람들도, 특이한 상황도 없었다. 그녀는 옥상을 천천히 둘러보았다. 검은 파이프는 수평으로 이어져 다시 옥상에 설치된 커다란 환기 시설 안으로 연결되어 있었다. 자신을 변호하는 듯한 이청수의 목소리가 들려왔다.

"아내에게 남은 1년 동안 최선을 다하고 싶었습니다. 힘들더라도, 죽음에 대한 공포를 조금이나마 접을 수 있기를 바랐어요. 그게 실험대에 올리는 것보단 더 나은 거 아닌가요?"

"저를 설득하려고 하지 않으셔도 돼요."

서효원은 말을 이었다.

"최민이 개새끼라는 건 알겠네요."

"네. 제 아내의 마지막 2개월을 가져갔으니까요."

서효원은 배규리라는 사람에 대해 생각해보았다. 그녀가 알기 전에 이미 죽어 있던 사람을. 처음에 서효원은 왜 그녀가 최후에 최민 같은 인간을 택했는지 도저히 이해할 수 없었다(애초에 이청수와 결혼한 것도 이해할 수 없긴 했지만). 하지만 그런 사람이라면, 스스로의 선택으로 도박을 할 수도 있을 것이다. 그렇게 죽음을 피하고자 한다면.

분명히, 서효원도 죽음을 무서워했다. 어릴 때 죽음의 개념을 깨닫고 그녀는 잠을 못 이룬 적도 있었다. 어렸을 때 함께 자랐던 강아지가 죽어 한 줌의 재로 화하는 것을 보고 그녀는 통곡했다. 나이가 들어 그녀는 엄마가 제대로 된 의례도 거치지 못하고 화장되는 것을 보면서 슬펐다. 죽음을 맞는 자는 언제나 쓸쓸했고 누군가의 죽음을 견뎌야 하는 이는 언제나 괴로웠다.

하지만 죽음을 적극적으로 피해야 한다는 생각을 한 적은 없었다. 서효원에게 죽음은 너무 당연하고 절대적인 한계였다. 그리고 배규리라는 사람은 그 한계조차 돌파할 수 있다고 믿었다.

한 사람의 어른으로서, 역학 전문가로서, 관료로서, 몇 개월 전이었으면, 그냥 식약처의 관료 한 명이었다면, 서효원은 배규리가 저지른 모든 행동이 끔찍하다고 말했을 것이다. 교수라는 칭호를 단 사람이 자신의 자원을 몰래 비윤리적인 실험에 사용하는 것은 굉장히 심각한 범죄였다. 교수가 그 휘하의 연구원과 결혼을 했다는 사실도 문제적이었다.

하지만 서효원은 이제 그 모든 일들을 그저 나쁘다고만 말할 수는 없었다. 죽음이란 공포에서 어떻게든 도피하려고 애를 썼던 배규리의 모습은 인간적이었다. 이청수의 실용주의를 온전히 받아들일 수는 없었지만, 서효원 자신도 이청수를 도왔다. 그녀 또한 수배자가 되었다. 돈과 권력에 미쳐 있는 최민이나 성명훈도 불법을 저지르고 편법을 쓰는 건 매한가지였다. 오히려 서효원은 생명의 연장과 복수라는 인간적인 동기에 집착했던 배규리와 이청수를 이해할 수 있었다. 그녀 자신도 스스로를 정당화하고 있다는 의구심을 떨치기 어려웠지만.

그녀는 자신의 동기에 대해 다시 생각해봤다. 지금 같은 일을 할 수 있을 정도로 강력한, 공중의 건강이라는 가치를. 그런데 그렇게 추상적인 동기가, 거의 평생을 책상물림으로 살았던 사람이 이런 일을 하게 만들 수 있을까? 어쩌면, 그 속에는 더 강렬한 동기가 있는 것 아닐까?

서효원은 환기 시설을 향해 다가갔다. 환기 시설 밑으로 검은 파이프가 들어가 아래로 이어져 있었고, 환기 시설에서는 무시무시하게 큰 프로펠러가 큰 소리를 내며 돌아가고 있었다. 서효원은 벨트에 묶인 주머니 하나를 열었다. 그녀는 작은 잠자리를 닮은 초소형 드론들을 한 움큼 집어 들었다.

초소형 드론들은 15분 정도 날아다닐 수 있었다. 기술이 이토록 발달한 시대에도, 기계는 생물의 에너지 효율을 도저히 따라갈 수 없었다. 특히 이 드론은 3차원 공간을 빠른 속도로 비행하면서 한 쌍의 날개를 적절히 제어하는 엄청난 연산을 필요로 했다. 잠자리가 그 작은 두뇌로 본능의 차원에서 해내는 일이었다.

하지만 그런 한계점에도 불구하고 이 드론들은 지금 상황에 쓸모가 있었다. 서효원은 드론들을 하나씩 가동했다. 그 신호가 이청수의 컴퓨터에 반딧불처럼 하나씩 떠올랐다. 드론들은 환기구 안으로 날아갔다. 드론들로 시설 전체의 배기구 지도를 만들 수 있을 것이다. 서효원은 환기 시설을 통해서 지하 시설로 내려갈 계획이었다.

서효원은 검은 파이프 위에 손을 올렸다. 파이프는 굉장히 두꺼운 고무 재질로 된 것이었지만, 서효원은 그것이 조금씩 진동하는 것을 느꼈다. 서효원은 그것이 맥박 같다고 생각했다.

그녀는 말했다.

"10개월 동안 뭘 해주셨어요?"

"…… 잘해줬습니다."

"좀 더 알고 싶어요."

"말하고 싶지 않습니다."

"저는 알 권리가 있어요."

이청수의 답변이 돌아오지 않았다. 서효원은 말을 이었다.

"보세요, 지금 제 꼴을. 원래대로라면 근속연수 차곡차곡 쌓으면서 연금 받을 날만 기다리며 평범하게 살았을 텐데. 지금 여기서 이 쪄 죽을 것 같은 방진복 입고 무슨 잠입 작전 같은 걸 하고 있잖아요. 끌어들였으니까, 제가 뭐 때문에 이러고 있는지 말해줘요."

이청수는 기억했다.

배규리는 상담실을 나와 문을 닫았다. 대기실 벤치에 앉아 있던 이청수가 일어섰다. 이청수가 그녀에게 다가갔다. 몇 개월 동안 여러 화학요법치료와 방사선치료를 받은 배규리는 몰라볼 정도로 비쩍 말라 있었다. 머리칼이 거의 남지 않은 머리를 가리기 위해 야구 모자를 쓴 그녀는 힘없이 이청수의 품에 안겼다. 배규리는 아무 말도 하지 않았다. 이청수는 그녀를 부축하여 화려한 상담소 밖으로 나갔다. 서울에서 한 회기 가격이 가장 비싼 상담소는 외관부터 화려했고, 그 앞에 선 나약한 둘은 지극히 초라했다.

아직 자동차에서 핸들이 사라질 만큼 자율주행 기술이 완전하지 않던 시절이었다. 배규리를 조수석에 앉히고 이청수가 운전석의 핸들을 잡았다. 차가 천천히 미끄러지기 시작하자, 이청수는 말했다.

"오늘 상담은 어땠어?"

배규리는 피곤한 듯 잠시 눈을 감고 있다가 말했다.

"다시는 하고 싶지 않아."

이청수는 앞만 바라보며 말했다.

"왜? 저번 상담에서는 마음이 편안해졌다고……."

"기억을 못 했어."

"기억을?"

"지난번에 상담사랑 한 이야기가 있었는데, 그게 기억이 안 났어. 기억이……."

이청수는 도로의 빈 곳에 잠시 정차했다. 이청수는 배규리를 바라보았다. 배규리의 절망이 그녀의 탄력을 잃은 피부를 뚫고 흘러나오고 있었다. 이청수는 조심스럽게 말했다.

"왜 그런지 알 것 같아?"

배규리가 이청수를 바라보았다. 그녀는 힘겹게 눈물을 쥐어짜면서, 자기 머리를 가리키고는 말했다.

"여기 든 게, 나를 잡아먹고 있는 거야. 나의 좋은 점을 다 빨아먹고, 내 생명까지……."

"네가 기억력이 조금 떨어졌다고 해서 안 좋은 사람이 되는 건 아니야."

배규리는 눈물을 훔치면서 소리를 질렀다.

"그런 모욕적인 말 하지 마!"

그 외침은 너무 미약해서, 음량 자체는 높지 않았다. 배규리는 이청수의 팔을 붙잡았다. 그녀는 피라도 토할 것처럼 말했다.

"이청수, 내가 연구를 안 했으면 네가 나를 좋아했을 것 같아? 너 스스로도 나의 그런 점을 좋아했잖아. 내가 그 정도도 모를 정도로 어리석진 않아. 그런데 이 종양이 나의 장점을 모조리 가져가고 있어. 네가 나를 싫어해도 이상하지 않아…….

아니, 짐이겠지. 나는 너한테 짐이겠지. 모든 사람들한테."

이청수가 한숨을 쉬었다.

"규리야, 나는 이제 그런 건 전혀 신경 안 써."

배규리는 의심스러운 눈으로 이청수를 바라보았다. 이청수는 팔을 뻗어 배규리를 자신에게로 끌어당겼다. 그는 가볍게 그녀의 볼에 입을 맞췄다. 잠시 배규리의 눈물이 멈췄다. 이청수는 말했다.

"사랑해."

배규리는 잠시 꺽꺽거리면서 감정을 다스렸다. 그녀는 다시 한번 결연히 말했다.

"그래. 죽는 건 어쩔 수 없어. 죽더라도 인간성을 지키면서 죽고 싶어. 마지막까지 내 자신을 지키고 싶어. 나는……."

"그렇게 해보자."

이청수가 다짐했다. 그는 최선을 다할 수 있었다.

하지만 그 역시 불안했다. 그가 아무리 최선을 다한다고 한들 소용없을 테니까. 배규리의 몸에서 자라고 있는 종양은 이청수와 배규리의 다짐에는 신경 쓰지 않았다. 그것은 오직 끝없이 자라나며, 주변의 모든 정상세포에서 에너지를 빨아들일 뿐이었다. 그 과정에서 배규리의 인간성을 지킬 수 있을까? 그는 불길한 예감이 들었다.

그 예감은 얼마 지나지 않아 현실로 돌아왔다.

일주일 뒤, 새벽이었다. 이청수는 무언가 어색한 느낌을 받으면서 잠에서 깼다.

"규리야……."

분명히 그는 배규리를 껴안은 채로 잠들어 있었다. 하지만 그녀는 그의 품에 없었다. 이청수는 주위를 둘러보았다. 수면등이 은은하게 밝히는 침실 내부는 엉망이었다. 서랍장이 모두 열려 있었고, 화장대 아래로 떨어진 파운데이션이 보였다.

무언가 일어나고 있었다. 이청수는 불안감에 휩싸인 채로 일어나 침실 문을 열었다. 집 안이 환히 밝았다. 이청수는 인상을 찌푸리면서 걸어 나갔다. 거실 쪽에서 몸을 옹송그린 채로 잠들어 있는 배규리가 보였다. 그녀의 주위에는 수많은 종이가 널려 있었다.

이청수는 배규리에게로 천천히 다가갔다. 그리고 그 종이들이 무엇인지 확인했다. 그녀가 그동안 읽어왔고 보아왔던 연구 자료들과 논문들이었다. 배규리는 펜으로 무언가 메모를 해두었다. 하지만 그 메모들은 모두 아무 의미가 없는 것이었다. 그 메모들에서는 그녀의 번뜩이던 창의성과 깊은 지성 그 무엇도 보이지 않았다. 단지 조금씩 부서져가는 인지의 조각들만 그 위에 흩뿌려져 있었다.

거기까지 들은 서효원은 무슨 일이 일어난 것인지 이해할 수 있었다. 뇌종양이 계속 자라나면서 뇌를 짓누른 것이었다. 그녀는 진심으로 유감을 품고는 말했다.

"힘들었겠군요."

"고통스러웠죠. 가끔은 그런 생각을 합니다. 아내가 대소변을 가리지 못하는 게 더 나았을까, 아니면 그렇게 연구 아닌 연구를 하려 드는 게 더 나았을까? 어느 쪽이든 한 인간에게는 고통스러운 일이죠. 하지만 선택의 여지가 있었다면, 오히려 전자를 택하지 않았을까요."

"보통 사람들은 후자가 더 나을 거라고 생각할 텐데요."

"제 아내는 그런 사람이었던 거죠."

"음."

이청수는 다시 침착하게 이야기하기 시작했다.

"배기구로 들어가는 건 힘들겠네요."

"네?"

"배기구가 전체적으로 수직으로 나 있어요. 사다리도 없는 것 같고요. 아무리 서 사무관이 용감해도 여기서 그대로 떨어지면 죽습니다. 다른 계획을 생각해봐야 할 것 같네요."

"이제 보안을 완전히 뚫었잖아요. 정문으로 그대로 들어가면?"

"경호원들이 있습니다. 무장한 상태고요. 저번 같은 협상을 기대하기는 힘들어 보입니다."

서효원은 한숨을 쉬었다.

"그러면 플랜 B군요?"

플랜 B는 잠입보다 훨씬 더 명쾌하고 간결하며, 장엄하기도 한 계획이었다. 이청수는 트럭에 질산암모늄으로 만든 화약을 쌓아두었다. 그것으로 생산 시설 정문을 폭파하고 이청수와 서효원은 당당하게 들어갈 수 있을 것이다. 물론 이런 접근 방법은 여러 가지 문제를 일으킬 게 뻔했다. 서효원은 옥상에서 아래쪽을 내려다보았다. 경비를 서고 있는 사람들이 보였다. 결국 무고한 사람이 다치거나 죽을 수밖에 없었다.

"예, 그렇습니다."

"사람들이 다칠 텐데요. 죽을 수도 있어요."

"그렇겠죠."

"그건 받아들일 수 없어요."

"합의한 것 아니었나요?"

"아뇨. 제가 사람을 죽이게 되면 이율배반적인 일이에요."

잠시간의 침묵. 곧 결심을 내린 듯, 이청수의 답변이 돌아왔다.

"알겠습니다. 서효원 사무관, 이제 돌아가셔도 됩니다."

"뭐라고요?"

"여기서부터는 저 혼자 해도 됩니다. 수고해줘서 고맙습니다."

"저는 바이오리액터 표본이 필요해요."

"제가 어떻게든 확보해보죠. 이제 이것밖에는 방법이 없습니다. 서효원 사무관은 어떻게든 책임을 지지 않도록 해보겠습니다. 서해로 밀항하는 방법을 지금 찾아서 보내드릴게요. 그거랑 지금 있는 암호화폐라면……."

서효원은 코웃음을 쳤다.

"지금 그걸 배려라고 생각하시나요? 아, 이제 왜 배규리 씨가 최민한테 간 줄 알겠네요."

"네?"

생각지 못한 공격을 받은 이청수는 침묵했다. 서효원이 따지듯이 말했다.

"이보세요, 이청수 씨. 제가 그냥 아저씨 무기로 쓰이는 게 좋아서 전과자까지 된 줄 알아요? 아저씨만 똑똑한 것 같고 아저씨만 생각이 있는 것 같죠? 진짜 아냐. 저도 생각이 있고 원하는 게 있어서 여기까지 온 거예요. 아저씨가 영리한 거 맞는데, 아저씨가 사람들을 마음대로 조종할 수는 없어. 아내가 죽음의 공포를 받아들일 수 있게 나름대로 최선을 다했다? 저는 그 말이 의심되네요. 내가 강물 같은 인간이라고? 지랄하지 마세요. 나도 생각할 줄 알고 목표가 있는 사람이니까. 저는 그 바이오리액터가 있는 곳으로 가야 돼요."

그리하여, 서효원은 건강한 사회를 만들어야만 했다. 이청수는 숨을 몰아쉬고는 아무 충격도 받지 않은 것처럼, 담담하게 말했다.

"방법은 있나요?"

서효원은 안정화된 니트로글리세린을 꺼냈다. 그것은 작은 블록 같은 모양이었다. 서효원은 거기에 타이머가 달린 신관을 쑤셔 넣었다. 서효원은 3분 뒤에 신관이 니트로글리세린에 충격을 주도록 설정했다. 그다음 그녀는 파이프와 환기 시설로부터 가능한 한 멀리 떨어졌다. 그녀는 잠시 방진복의 후드를 벗었다. 옥상에 불어닥치는 거센 밤바람이 그제야 느껴졌다. 서효원은 이게 마지막으로 느끼는 밤바람의 상쾌함일지도 모를 거라고 생각해보았다. 그것은 역시 아쉬운 일이었다.

"파이프를 통해서 내려갈 거예요. 환기 시설이랑 통째로 폭파시킬 거니까, 위쪽으로 사람이 몰리겠죠. 몇 분 있다가 정문으로 들어오세요. 그러면 문을 터뜨릴 때 다치는 사람도 줄겠지."

"파이프 안에 뭐가 있는지 알고요? 안으로 들어가면 저랑 통신도 끊길 겁니다."

"저도 모르죠. 못 들어갈 수도 있고. 그래도 사람들을 이쪽으로 유도할 수 있겠죠."

"그러면 저도 더 이상 도망칠 길을 알려드리기 힘듭니다."

"여기서 도망치면 또 어디에 숨을 건데요? 이건 내가 선택한 거예요. 그쪽이 왈가왈부할 문제가 아니라는 거죠."

그런 다음 서효원은 이어폰을 뺐다. 이청수가 뭐라 하는 것이 들렸지만 신경 쓰지 않고, 서효원은 이어폰을 힘껏 집어 던졌다. 젖은 채로 이마에 달라붙은 머리카락이 어느 정도 마른 것을 느끼고, 서효원은 도로 후드를 썼다. 다시 후텁지근해졌다. 서효원은 난간에 기댄 채로 기다렸다. 여러 가지 생각들이 떠올랐지만 그녀는 의도적으로 아무것도 생각하지 않으려고 했다. 하지만 역시 떠오르는 생각을 지우는 것은 불가능한 일이었다.

서효원은 지금까지 그녀가 거쳐 온 동기를 생각했다. 지금 당장 청주의 자기 집 침대에서 깨더라도 이상하지 않을 것 같았다. 정말 이상한 꿈이었어. 요즘 영화를 너무 많이 봤나. 됐고 출근이나 하자.

폭발은 서효원이 예상했던 것보다 훨씬 더 강력했다. 환기 시설의 뚜껑이라고 할 만한 부분이 하늘 위로 치솟았다. 서효원은 폭압에 쓰러졌고 잠시 기절했다.

지금껏 들어왔던 이명을 모두 합친 것보다 더 심한 삐 소리를 들으면서 서효원은 정신을 차렸다. 세상이 모든 축으로 회전하는 것 같았지만 서효원은 간신히 중심을 잡고 일어섰다. 꿈이 아니었다. 지금까지 일어난 모든 일들은 현실이었다. 서효원은 여전히 후텁지근하다는 사실, 즉 방진복이 찢어지지 않은 사실에 감사했다.

서효원은 폭발한 환기 시설과 파이프를 보았다. 환기 시설은 반파됐고, 걸레짝이 된 파이프에서 붉은 액체가 흘러나오고 있었다. 서효원은 플라스마절단기를 마치 도검처럼 뽑아 들고 파이프로 향했다. 그녀는 파이프에서 흘러나오는 액체에 익숙했다. 냄새를 맡을 수 없었지만, 그것은 피 같았다.

그녀는 묵직한 플라스마절단기의 노즐을 파이프에 갖다 댄 다음 버튼을 눌렀다. 곧 2센티미터 정도 길이의 눈부신 불꽃이 치직 하는 소리와 함께 뿜어져 나왔다. 후드를 벗고 있었다면 이온화된 공기의 자극적인 오존 냄새를 맡을 수 있을 것이었다.

서효원은 그렇게 파이프를 찢어내듯이 잘라낸 다음, 손전등으로 파이프 안을 비춰보았다. 그녀는 그 단면이 마치 피를 뿜어내는 생명체의 조직 같다고 생각했다. 어쩌면…… 혈관. 고래의 혈관 같은 거대한 관. 그로테스크하다고 할 수 있는 모습이었지만, 서효원은 오히려 마음에 들었다. 이렇게 거대한 것은 일찍이 본 적이 없었지만, 비슷한 것은 자주 보아왔다.

파이프의 단면은 성인 남성 두 명이 들어갈 수 있을 정도로 넉넉하게 컸다. 서효원은 플라스마절단기를 집어넣고, 그 속으로 들어갔다. 파이프 내부는 따뜻했고, 천천히 맥동했으며, 이상할 정도로 편안했다. 서효원은 지금이야말로 진정 내시경 그 자체가 된 느낌을 받으면서, 비스듬하게 앉은 모양으로 기어 내려갔다.

시설로부터 조금 떨어진 곳의 언덕, 이청수는 트럭 운전석에 앉아서, 도르나이 바이오틱스 시설 위로 거대한 폭발이 일어나는 것을 보고 있었다. 우왕좌왕하고 있는 경비원들이 보였다. 위쪽으로부터의 폭발은 예상하지 못했을 것이다. 이청수는 노트북 화면으로, 서효원의 위치를 나타내는 점이 시설 도면의 한쪽 측면 지하에서 깜박거리는 것을 보았다. 다행히 설계도대로 그 지하실은 비상계단과 연결되어 있었다.

　이청수는 트럭에 실린 질산암모늄을 생각했다. 확실히, 이제 그와 서효원이 하고 있는 일은 아무리 긍정적으로 생각해도 테러 비슷한 것이었다. 그전까지 금융공학적인 방식으로 사람들에게 파멸을 안기긴 했지만, 이렇게 물리적인 폭력을 쓰지는 않았다. 그는 서효원이 자신을 닮아간다고 말했지만, 어떻게 보면 이청수는 서효원의 영향을 받아서 바뀌고 있었다. 그 젊은 사무관의 마음 안에는 그녀 자신도 잘 모르는 폭탄이 숨어 있었다. 만약 서효원이 아니었다면 이청수는 자신이 이 정도 일을 벌일 거라고는 생각도 하지 못했을 것이다.

　배규리는 과연 이 일을 보고 좋아할까?

　확신할 수가 없었다. 그 무시무시한 생각이 그를 괴롭히고 있었다. 이청수는 배규리를 잘 알지 못했다. 둘이 함께한 시간은 절대적으로 짧았고, 그중 절반은 배규리가 투병한 기간이었다. 죽은 아내는 이것을 보고 무슨 생각을 할까……

"죽으면 끝이지. 그 뒤에 뭐가 있어."

이청수는 스스로에게 말했다. 배규리는 죽어 없다. 그리고 지금의 상황은 결국 자기 자신, 그리고 서효원이 원해서 만들어낸 것이다.

서효원 앞에서는 아무렇지도 않은 척했지만 이청수도 무서웠다. 조금만 잘못 다뤄도 순식간에 폭사할 수 있는 화약을 어떻게 아무 생각 없이 다루겠는가? 그동안 무기 제조에 집중한 것은, 그 공포를 잊기 위한 것이었다. 차마 말할 수는 없었지만.

이청수는 운전석의 문을 열고, 클러치를 밟고 트럭에 시동을 걸었다. 기어를 올리고 액셀을 밟자 언덕을 따라 트럭이 덜컹거리면서 도르나이 바이오틱스의 정문으로 돌진하기 시작했다. 이청수는 마음속으로 숫자를 셌다.

셋, 둘, 하나.

이청수는 운전석에서 뛰어내려 땅바닥을 굴렀다. 끔찍한 고통이 그의 몸을 엄습하는 동안 스스로 동력을 얻은 트럭이 정문을 들이받았다. 시한신관이 작동하면서, 땅을 뒤흔드는 폭발이 뒤이었다.

"끄으……."

신음을 흘리면서 이청수는 천천히 일어났다. 숨결에서 피 냄새가 났지만 다행히 뼈나 관절이 부서지지는 않았다. 당장 모든 것을 포기하고 싶었다. 어쩌면 그 혼자 여기까지 왔다면 그랬을지도 모른다. 하지만 이건 이제 이청수 개인의 복수극이 아니었다. 부서진 외벽을 보고 자기 위치를 파악한 후, 이청수는 비상계단이 있는 곳으로 달려갔다.

도르나이 바이오틱스의 지하 시설은 조용하고 환했다. 중앙에 있는 탱크에서 괴이한 생명체, 혹은 바이오리액터가 천천히 맥동하고 있었다. 탱크로부터 검은 파이프가 완만한 곡선을 그리며 천장으로 이어져 있었다.

검은 파이프에서 꿀렁거리는 소리가 들렸다. 곧 파이프 표면이 어색한 원을 그리면서 찢어졌다. 파이프 내부에서 핏빛 액체가 새어 나오기 시작했다. 그 틈을 비집고 플라스마절단기를 든 서효원이 기어 나왔다. 그녀는 바닥으로 살짝 추락했고, 그대로 바닥에 드러누웠다.

서효원 위로 붉은 액체가 뚝뚝 떨어져 내렸다. 서효원은 잠시 눈을 감았다. 극심한 피로감 속에서 그녀는 아주 잠시나마 잠들었다. 아주 짧은 꿈을 꾸고 서효원은 다시 눈을 떴다. 그녀는 고개를 돌렸다. 탱크에 있는 괴물이 꿈틀거리는 것이 보였다. 이제 거의 다 왔어. 서효원은 생각했다.

다시 일어선 서효원은 후드를 벗었다. 밀폐 상태가 깨지자마자 그녀는 무지막지한 피 냄새를 맡았다. 현기증이 났다. 서효원은 비틀거리면서 탱크 앞으로 걸어갔다. 그녀는 탱크 앞에 서서 괴물을 올려다보았다. 끝없이 모습을 바꾸는 인간 배아의 모양이 송이송이 달려 있었다. 탱크 내부에 가득 차 있던 액체가 점차 수위를 낮추고 있었다. 서효원은 파이프를 통해서 액체가 흘러나오고 있다는 것을 알았다.

지하 시설 내부는 시원했다. 서효원은 자신이 해야 할 일의 우선순위를 생각했다. 먼저, 탱크를 어떻게든 부순다. 그 안에 든 바이오리액터의 조직을 채취한다. 가능하다면 연구 자료를 챙기고, 나머지는 소각한다. 그녀는 잠시 플라스마절단기로 탱크를 자를 생각을 했다. 그녀는 플라스마절단기를 가지고 탱크로 걸어갔다. 그리고 탱크에 절단기를 갖다 대기 직전에, 그녀의 생존 본능이 발동했다. 그녀는 아주 오래전에 지나가듯 들었던 사실 하나를 떠올렸다.

압축된 강화유리는 깨질 때 폭발한다. 플라스마절단기를 갖다 대면 강화유리가 깨지면서 그 파편들이 마치 수류탄처럼, 서효원의 신체를 갈기갈기 찢어버릴 것이다. 겁을 먹은 그녀는 가능한 한 탱크에서 멀리 떨어져 승강기 근처에 섰다. 잠시 탱크를 바라보다가, 그녀는 이청수가 만든 사제 총기를 꺼내 들었다.

"이걸 쓰게 될 줄은 몰랐는데."

여전히 이청수의 품질보증을 믿지 못하는 그녀는 신중하게, 아주 신중하게 탱크를 조준했다. 서효원은 바이오리액터를 올려다보았다. 꿈틀거리고 있는 그것은 살아 있었다. 서효원은 그것의 기원을 생각했다. 인체 실험? 그렇다면 그 속에 있는 것은 생각을 하고 있는 걸까? 서효원의 손끝이 망설임으로 떨렸다. 배양 탱크가 파괴되면 그 내부에 있는 생명체는 확실히 죽을 것이다. 알아보지 않고 죽여도 되는 걸까?

서효원은 눈을 한 번 감았다 떴다. 그때, 커다란 폭발음이 터져 나오면서 건물 전체가 크게 흔들렸다. 동시에 지하 시설 전체에 사이렌이 울리기 시작했다. 이청수가 정문을 공격한 것이었다. 천장 위에서 스프링클러가 물안개를 뿜어내기 시작했다. 서효원은 주위를 둘러보았다. 화재는 일어나지 않았는데?

안개가 가라앉으며 서효원의 코점막을 자극했다. 톡 쏘는 식초 같은 냄새가 났다. 그녀는 그것이 물로만 되어 있지 않다는 것을 직감했다. 서효원은 다급히 후드를 쓰려고 했지만, 몸이 말을 듣지 않았다. 그녀는 비틀거리면서 넘어졌다. 순식간에 의식이 꺼졌다.

이청수는 손전등을 켠 채로 비상계단을 빠르게 내려갔다. 그는 아래쪽으로 깔리는 가스에 산란하는 빛줄기를 보고 배낭에서 방독면을 꺼내서 썼다. 곧 이청수는 지하 시설에 도달했고, 문을 열었다. 바닥에 가스가 옅게 깔려 있었고, 서효원이 후드를 벗은 채로 쓰러져 있었다. 곧바로 서효원에게 달려가 자극제를 주사해야 했다. 하지만 이청수는 그럴 수가 없었다. 그는 목격했기 때문이었다.

탱크 안에서 경이롭고 끔찍한, 거대한 괴물이 꿈틀거리고 있었다. 이청수는 서효원에게 그것의 대략적인 묘사를 들었었다. 그때 그는 자신이 그걸 목격하더라도 놀라지 않을 거라고 생각했었다. 하지만 막상 눈앞에서 본 그 광경은, 그 어떤 말로도 제대로 표현할 수 없는 것이었다. 그것은 유기체가 품고 있는 수많은 가능성의 한 극한이었다. 도저히 자연스럽게 만들어질 수 없는 무언가.

마취라도 된 듯 잠시 멍하니 서 있다가, 이청수는 간신히 정신을 차렸다. 이청수는 서효원에게 달려가서 목에 손을 가져다 댔다. 다행히 서효원의 맥박은 뛰고 있었다. 이 수면 가스는, 속효성이지만, 호흡 중추를 마비시킬 만큼 깊게 작동하는 것은 아닌 듯했다. 이청수는 서효원의 목에 아드레날린과 GABA 억제제가 섞인 화합물을 주사했다. 서효원은 곧바로 깨어나지는 못했지만, 쿨럭거렸다. 이청수는 안심한 다음 그녀의 방진복 주머니를 뒤져서 해부용 메스와 커다란 지퍼 백을 찾아냈다. 조금 더 둘러본 그는 소이탄도 챙겼다. 그는 탱크에 장착된 패널 쪽으로 달려갔다.

이청수는 최민의 DNA로 만들어낸 지문과 홍채 정보를 입력했다. 잠시간의 시간이 흐른 후, 탱크 제어 컴퓨터에 입력 프

롬프트가 떠올랐다. 그는 방금 전에 보안시스템에 침투하면서 알아낸 명령어를 입력했다.

탱크 상부의 밀폐 장치가 풀리고 액체가 아래쪽으로 빠져나갔다. 외부의 공기와 접촉한 괴물은 뿌드득 소리를 내면서 잠시 긴장했다가, 아래로 축 처졌다. 곧 탱크 아래쪽에 인간이 드나들 수도 있을 만큼 커다란 출입구가 열렸다. 그는 탱크 안으로 천천히 걸어갔다.

탱크 내부에서, 이청수는 생물체를 그 어느 때보다 가까이서 관찰할 수 있었다. 그는 끈끈한 점액질로 둘러싸인 반투명한 알 안에서 변이를 계속하고 있는, 개체인지 생물체의 일부인지 알 수 없는 배아와 비슷한 조직을 보았다. 이것이 생물의 불멸, 시간을 정지하거나 역전시키는 약, 크로노스타신을 생산하는 것이다. 어떻게? 도대체 어떤 원리로?

최민은 무슨 일을 한 걸까? 아니, 배규리는 무슨 일을 한 걸까? 실용주의자인 이청수에게조차 이것의 존재 자체가 생명에 대한 모독으로 느껴졌다. 인간의 영생은 필연적으로 모욕적인 것인가?

이청수는 고민하고 싶지가 않았다. 그는 방금 전에 챙긴 채취용 도구를 꺼냈다. 그가 해부용 메스를 포도알에 갖다 대자 그것의 살결이 칼날을 감쌌다. 그는 메스를 찔러 넣었다. 피가 터져 나오면서 막이 스스로 찢어졌다. 그는 알 내부에 있는, 너무나 인간 배아와 닮았지만 인간 배아라기에는 지나치게 거대한 무언가를 잡아 들었다. 그것은 살아서 꿈틀거렸다. 더 이상 변이하지는 않았다. 이청수는 조심스럽게 그것을 지퍼 백 안에 집어넣었다.

그다음, 이청수는 소이탄을 꺼냈다. 탱크 안에 곧바로 소이탄을 집어넣고 불을 지를 수도 있었겠지만, 이청수는 그렇게 하지 않았다. 그는 잠시 망설이다가 탱크를 벗어났다. 이청수는 피흘리는 바이오리액터, 배규리의 유산을 그저 바라보았다.

그때 승강기 문이 열렸다. 이청수는 그쪽을 돌아보았다.

"이렇게까지 하는구나."

최민의 목소리가 홀 전체에 울려 퍼졌다. 동시에, 지하 시설에 울리던 사이렌과 번쩍이던 경고등이 꺼졌다. 환기시스템이 작동하면서 아직 깔려 있던 수면 가스가 빨려 들어갔다. 이청수는 아무 말도 하지 않고 최민을 바라보았다. 승강기에서 최민이 홀로 걸어 나오며 말했다.

"어디, 할 수 있나 한번 보자."

최민이 이청수가 손에 쥐고 있는 소이탄을 슬쩍 바라보고는 말했다. 이청수의 손이 떨렸다. 이청수는 최민이 얼굴에 아무것도 쓰고 있지 않은 것을 보고 방독면을 벗었다. 두 남자는 아무 말도 하지 않고 서로를 바라보았다.

그때 바닥에서 쓰러져 있던 서효원이 기침을 또 한 번 했다.

그녀는 지독한 두통에 시달리는 듯 신음을 흘리다가, 천천히 일어났다. 서효원은 주변을 둘러본 다음, 인상을 썼다. 둘의 시선이 서효원에게로 향했다. 최민은 서효원을 향해서 진정하라는 듯 말했다.

"워, 워. 저번처럼 때리진 마세요. 너무 아팠습니다."

최민은 물리적인 수단을 잊지 않았다. 그는 권총을 꺼내 들어서 서효원을 조준했다. 이청수는 그 모습을 보고 최민에게 달려들려 했다. 그러자 최민이 권총의 안전장치를 풀었다. 딸깍 하는 소리가 울려 퍼지자 둘 모두 얼어붙었다. 최민이 말했다.

"서효원 사무관, 이렇게까지 해야 했습니까? 저는 모든 걸 베풀고 싶었는데."

"당신이? 당신이 모든 걸 베푼다고?"

"부, 영생, 권력. 말했잖아요? 그런데 이건 너무 심하지 않나요?"

"나는 당신 요새에 붙박여서 영원히 살아가고 싶지 않아."

최민이 고개를 갸웃거렸다. 그러고 나서, 그는 이청수 쪽으로 고개를 돌렸다. 이청수는 소이탄을 만지작거리고 있었다. 그는 서효원이 안정을 찾으면, 자기 목숨이 어떻게 되든 불을 지를 게 분명했다.

최민은 비웃으면서 말했다.

"규리를 불태우겠다고?"

이청수는 얼어붙었다. 차마 믿을 수 없었지만, 그는, 짧게 반문했다.

"이게?"

최민은 고개를 끄덕였다. 이청수는 꿈틀거리는 생물체와 최민을 번갈아 바라보면서 말했다.

"네가…… 네가 이렇게 만든 거야?"

"아니. 교수님이 그렇게 된 거라고 할 수 있지."

이청수의 눈이 벌게졌다. 그는 말했다.

"너는 대체 왜, 왜? 왜 이렇게까지 하는 건데? 질투? 시기?"

최민이 한심하다는 듯이 말했다.

"너는 도대체 그 사람에 대해 무엇을 알기에? 교수님을 잠시라도 가진 적이 있다고 생각해? 이게 교수님의 비전이었다고."

서효원은 탱크 바닥을 꽉 채운 채로 꿈틀거리고 있는 바이오리액터…… 혹은 배규리를 바라보았다. 그것은 맥동했으며, 탱크 속을 가득 채운 영양액 없이도 생존이 가능한 것 같았다. 포도알 속의 배아들은 몸통에 허파 비슷한 것을 급격하게 발달시켜, 외부의 공기를 게걸스럽게 빨아들이고 있었다.

끔찍한 모습이었다. 서효원은 그 기괴한 모습에서 인간성이라고 할 만한 건 단 한 조각도 찾지 못했다. 서효원은 배규리를 생각했다. 만약 그녀를 직접 만날 수 있었더라면, 많은 이야기를 할 수 있었을 텐데. 하지만 이제 그럴 가능성 따위는 남아 있지 않았다. 이청수는 무릎을 꿇었다. 그는 소이탄을 바닥에 내려놓은 채로 뒤틀린 그 생명의 몸을 천천히 쓰다듬었다.

서효원은 배규리가 말했다던 은 탄환을 떠올렸다. 모든 문제를 단번에 해결할 수 있는 마법 같은 해결책. 이것이 그녀의 마법 같은 해결책이었을까? 서효원은 여전히 자신을 총으로 겨누고 있는 최민을 향해 말했다.

"정말로, 정말로 배규리 교수가 저런 모습이 되길 바란 건가요?"

"정확히는, 어떤 모습이 될지는 몰랐죠. 우리는 우리 연구와 인공지능을 이용해서 생명을 연장할 방법을 찾았습니다. 그리고 인공지능은 우리가 이해할 수 없는 답을 줬고요. 그 답을 썼을 때, 배 교수가 이렇게 변한 겁니다. 크로노스타신은 그것의 부산물입니다."

"저것이…… 아니, 저 사람이 의식이 없다는 보장은 있나요?"

"저 상태가 아주 편안할 수도 있는 것 아닌가요? 알 수 없습니다. 어쨌든 배 교수는 죽음을 초월했고요."

"저 모습으로."

"또 우리에게 그 영생을 나눠주기도 하죠."

"그쪽의 요새 안에 있는 사람들한테만."

최민은 한숨을 쉬었다. 차라리 돈을 요구했으면 나았을 것이다. 그런데 서효원은 자기가 품는 신념을 또 한 번 이야기하고 있었다. 그는 서효원의 이상에 아주 짜증이 났다. 대체 그런 이상들이 무슨 쓸모가 있단 말인가? 성녀 취급이라도 받고 싶은 건가? 어차피 결국 범죄자밖에 되지 못한 인간이?

하지만 최민은 서효원이 마음에 들었다. 그러니까, 최민은 서효원의 그런 모습이 미학적으로 흥미로웠다. 저 작은 몸집을 가진 여자의 마음속에 그렇게 강렬한 신념이 있다는 것이 재미있었다. 그리고 그에게는 그것이 다였다.

어쩌면 최민의 목적이란 항상 그런 것인지도 몰랐다. 다른 사람들의 좋아 보이는 것을 가진다. 빼앗고, 자신의 장식품으로 쓴다. 그것이 최민에게는 기쁜 일이었다. 최민이 배규리를 사랑했는가? 그 스스로도 잘 모르겠다. 하지만 배규리가 마침내 그를 찾아왔을 때, 즐거웠는가? 그것은 분명히 사실이었다.

하지만 원래 생명이란 다른 생명을 먹으면서 자라나는 존재 아닌가?

"일단 이 난장판이 끝나면 생각해보죠. 가난한 사람들을 대상으로 추첨해서 약을 배급한다든지……. 그리고 이 개체에 대한 연구를 더 하면 크로노스타신의 생산을 확장할 수도 있을 겁니다."

서효원은 아무 말도 하지 못했다. 만족스러운 얼굴로 최민은 권총을 내렸다. 그는 무릎을 꿇고 앉아 있는 이청수 쪽으로 걸어갔다. 갑자기 몰려오는 피로감에 서효원은 주저앉았다. 그녀는 최민의 뒷모습을 멍하니 바라보면서 생각했다. 영원에 대하여.

그녀는 생각했다. 그리고 스스로에게 속삭였다.

"영원이 아니야."

인간 불멸의 꿈은 언젠가는 이루어질 것이다. 현대 생명공학은 폭발적으로 발전하고 있으며, 죽음을 막는 방법은 결국 발견될 것이다. 그것은 크로노스타신이 아닌 다른 방법일 수 있다. 인간과 다른 종을 섞어 바이오리액터를 만드는 미친 방법을 쓰지 않아도, 충분히 가능할 것이다.

하지만 시간은?

5년 안에 인간을 불멸의 존재로 만들 수 있는 약물이 나온다고 해도, 특허심사와 임상시험 등을 모두 통과하고 충분히 보급되는 데는 최소 10년의 세월은 걸릴 것이다. 그동안 수많은 사람들이 죽어갈 것이다.

배규리는 자신이 이런 공장으로서 살아가고 있는 것에 만족할까? 최민이 말한 대로, 지금의 상태로 배규리가 무엇을 느끼고 있다고 말할 수는 없을 것이다. 그러나 배규리가 과연 이런 모습이 되기를 바랐을까? 아마도 그렇지 않을 것이다. 서효원은 섬망에 빠진 배규리가 헛된 연구를 하며 좌절하는 모습을 생각했다.

그러나 서효원은 생각했다. 개인의 존엄성과 죽어도 되지 않을 사람들의 죽음……. 당연히 후자가 무거운 것 아닐까?

그때 문득, 서효원은 지금 자신을 여기까지 몰아온 동기에 대해 생각했다. 공공보건. 분명히, 그녀는 수많은 사람들의 건강을 원했다. 하지만 그녀는 지금 자신의 엄마를 생각하고 있었다. 전 세계를 휩쓴 감염병의 희생자가 되어 제대로 된 의례와 작별도 없이 비참하게, 존엄 없이 세상을 떠난 엄마를.

어쩌면, 공중보건이라는 동기 아래에는 엄마의 빼앗긴 존엄에 대한 애도가 숨어 있을지도 몰랐다.

아니, 그럴 것이었다.

최민이 이청수 가까이 다가왔다. 그는 발로 이청수를 툭툭 찼다. 이청수는 저항하지 않고, 소이탄을 떨어뜨렸다. 최민은 그것을 주워 들었다.

그리고 폭발음을 들었다. 최민은 자신의 왼쪽 다리가 설계될 당시 전연 고려되지 않았던 방향으로 꺾이면서 신체가 무너져 내리는 것을 느꼈다. 산탄에 찢긴 정강이의 끔찍한 고통은, 의외로 가장 늦게 느껴졌다.

"끄아아아악!"

최민은 비명을 지르면서 주저앉았다. 그는 서효원 쪽을 향해 고개를 돌렸다. 서효원은 쇠파이프 비슷한 사제 총기를 최민 쪽으로 조준하고 있었다. 서효원은 매캐한 화약 냄새를 맡으면서 생각했다. 이청수의 총기 제조 실력은 확실히 꽤 빠르게 늘었다. 시간과 재료만 조금 더 있었더라면, 훨씬 더 정교한 소총을 만들 수 있었을지도. 그러면 훨씬 더 치명적인 부분을 맞힐 수 있었을 텐데.

살면서 단 한 번도 느껴보지 못한 고통에 몸부림치면서, 최민은 오른손에 든 권총으로 서효원을 조준했다. 탕! 총탄이 서효원의 머리 옆을 스치고 지나갔다. 서효원은 자신의 손에 든 총기를 바닥으로 떨어뜨렸다. 그것은 재장전이라는 것을 상정하고 만든 물건이 아니었다. 서효원은 자기를 향한 권총 총구를 바라보았다. 끝인가.

그때 이청수와 서효원의 눈이 마주쳤다. 바로 전까지만 해도 완전히 넋이 나가 있는 것 같았던 그의 눈에는 다시 생기가 돌아온 뒤였다. 서효원은 미소를 지었다. 이청수가 최민을 덮쳤다. 둘이 엉키면서, 최민은 팔이 돌아가는 대로 권총을 쏘았다. 탄창을 비우면서 마침내 최민은 이청수의 오른쪽 갈비뼈 아래를 직격했다. 커다란 충격에 이청수는 자신이 간에 총탄을 맞았다는 것을 알았다.

간은 어차피 지혈 불가능한 부위. 이런 상황에서는 순식간에 목숨을 잃을 것이다. 매우 유감스러운 상황이었지만 이청수는 상관없었다. 이청수는 바닥에 떨어뜨린 소이탄에 신관을 박았다. 그리고 그는 신관에 설치된 압전기를 손가락으로 팅

겼다. 스파크가 튀면서, 소이탄이 순식간에 점화했다. 최민이 소리 질렀다.

"안 돼!"

확 퍼진 금속 가루를 타고 불길이 게걸스럽게 이청수와 최민의 몸을 타고 오르기 시작했다. 그리고 그 화염은 바닥에 짓눌려 있는 배규리의 신체에도 퍼졌다. 단 한 번도 소리를 내지 않던 그것에서, 수 명의 사람이 뒤섞인 듯한 비명 소리가 울려 퍼졌다.

모든 것을 연소시키기 전에는 결코 꺼지지 않을 불길이 지하 시설 전체에 흐르기 시작했다. 서효원은 그 화염 한가운데서 필사적으로 몸싸움을 하고 있는 둘을 바라보았다. 서효원은 다급히 근처의 소화기를 찾았다. 서효원은 소화기를 들고 둘을 향해 소화제를 흩뿌렸다. 하지만 이산화탄소 정도로 금속 화재를 꺼뜨릴 수는 없었다.

탱크의 유리가 무너져 내리고 프레임이 녹아내렸다. 피로 물든 지하 공동 전체가 붕괴하고 있었다. 동시에, 엉켜서 몸싸움을 하던 둘의 실루엣도 조금씩 힘을 잃어갔다.

"빠져나와야죠!"

서효원은 외쳤다.

"이청수 씨! 이 대표!"

마침내 둘이 화염에 질식한 듯 움직임을 멈췄다. 서효원은 도망쳐야 했다. 하지만 도저히 발이 떨어지지가 않았다. 바로 그때, 화염 속에 쓰러져 있던 이청수가 천천히 고개를 들었다. 이미 의식을 잃은 최민 위에서, 이청수는 어서 가라고 손짓했다. 그 손끝이 힘을 잃으며 떨어져 내릴 때, 서효원은 분명히 웃고 있는 이청수의 표정을 목격했다.

Chapter 5.

✳

쓰러진 자의 위안

서효원은 교도소를 걸어 나왔다. 5년 만에 맡는 외부의 공기가 그녀의 볼을 간질였다. 서효원은 모든 것이 낯설었다. 자기가 죄수복을 입고 있지 않다는 사실 또한. 입소할 때 영치됐던 소지품을 돌려받는 순간, 그녀는 이게 정말 자기 것이 맞느냐고 따져 묻고 싶은 심정이었다. 서효원은 지금 자기가 서효원이라는 사람이 맞는지도 의심스러웠다. 그녀는 혼란스러웠다.

5년 동안, 도르나이 바이오틱스 내부에서 있었던 사건들이 속속 세상에 드러났다. 수많은 사람들이 제각기 다른 방식으로 분노했다. 많은 사람들이, 서효원과 이청수가 결국 인간의 불멸성을 포기했다는 데 화를 냈다. 누군가는 배규리를 그런 괴물로 만들고 공장처럼 써먹은 최민의 잔혹함에 분노했다.

이 사태는 아주 거대한 음모가 살짝 드러난 것에 지나지 않는 다고 말하는 음모론자들도 많았다.

예상 외로 성명훈은 감옥에 가지 않았다. 최민이 성명훈을 자기 영역에서 의도적으로 들어내려고 했기에, 그의 그릇에 맞지 않는 야심이 세상에 폭로되는 일은 없었다. 성명훈은 교수 생활을 계속할 수 있었다. 서효원은 그게 다행이라고 생각 했다. 그녀는 성명훈에게 이 일에 엮이지 않게 해주겠다고 약속했다. 그리고 그 약속은 이루어졌다. 성명훈에게 비록 정무적인 감각은 없었다 한들, 그는 자기 영역에서는 괜찮은 사람이었다.

크로노스타신은 더 이상 생산될 수 없었다. 크로노스타신은 꾸준히 맞아야 하는 약이었다. 재고는 빠르게 떨어졌다. 인간의 불멸은 완성되지 못했다. 어떤 원리로 배규리가 그렇게 변이했는가는 여전히 미스터리였다.

다행히 서효원은 가석방되는 데 성공했다. 교도소 생활은 확실히 쉽지 않았지만, 그래도 서효원은 얌전하게 잘 지냈다. 그리고 탄원서도 굉장히 많이 들어왔다. 어떤 사람들은 서효원을 영웅으로 대했다. 가장 흥미로웠던 건 이윤하를 비롯하여 식약처에서 자신과 함께 일했던 동료 약사 공무원들이 가장 많은 탄원서를 냈다는 것이다. 서효원은 퇴직 기념 회식에서 이윤하가 펑펑 울었던 것을 떠올렸다. 그녀는 이윤하가 왜 자기에게 이렇게까지 신경을 쓰는지 도저히 알 수가 없었다.

꽤 많은 사람들이 서효원을 영웅이라고 불렀다. 그들은 서효원이 건강의 불평등을 넘어, 생명까지 불평등한 시대가 오는 것을 막았다고 말했다. 누군가는 서효원이 악당이라고 말했다. 그들은 이 세상에 더 오래 살 가치가 있는 사람들이 있다고 말했다. 서효원이 불멸의 가능성을 파괴해서, 아까운 사람들이 죽었다고 그들은 말했다. 그녀 스스로는 자신이 영웅인지 악당인지 알 수 없었다.

그 순간으로 돌아간다고 했을 때, 서효원이 최민을 또다시 등 뒤에서 쏠지는 아무도 모르는 일이었다.

서효원은 당분간 충남에서 아빠와 함께 살아갈 생각이었다. 약사 자격증을 어떻게든 써먹을 수 있을 거라고 생각했다.

서효원은 휴대폰으로 택시를 잡으려고 했다. 휴대폰은 수많은 오류를 토해냈다. 그제야 서효원은 휴대폰 운영체제의 업데이트가 아예 되어 있지 않다는 사실을 알았다. 서효원은 길거리를 둘러보았다. 마침 빈 택시가 하나 있었다.

서효원은 택시 뒷자리에 탔다.

"어디로 갈까요?"

예상치 못한 사람의 목소리에 서효원은 놀랐다. 당연히 자율주행 택시일 거라고 생각했는데. 서효원은 잠시 내릴까 고민했지만, 그냥 충남의 자기 집 주소를 말했다. 차는 천천히 미끄러지기 시작했다. 서효원은 왠지 피곤했다. 그녀는 금방 잠들었다.

서효원이 눈을 떴을 때, 그녀는 자기가 어떤 공터에 결박당한 채로 무릎을 꿇고 있다는 사실을 깨달았다. 당혹한 채로 그녀는 주변을 둘러보았다. 택시 기사가 권총을 손질하고 있었다. 서효원은 곧바로 상황을 파악했다.

"깼네?"

택시 기사가 말했다. 서효원은 아무 말도 하지 않았다. 택시 기사가 그녀의 이마에 권총을 대고 겨눴다.

"아가씨 때문에 마음이 안 좋으신 분들이 되게 많아요. 오래, 아주 오래 살고 싶은 분들이 그럴 방법이 없어졌잖아? 어쩔 수 없는 일이라고 생각해요. 세상이랑 빠이빠이하기 전에, 남기고 싶은 유언은?"

서효원은 눈을 감고 고개를 저었다. 서효원은 잠시 뒤의 미래를 상상했다. 총구를 떠난 총탄이 그녀의 두개골을 박살 내고, 뇌 전체를 나선형으로 휘저을 것이다. 그녀의 연약한 뇌 속에 있던 수많은 정보가, 그녀가 사랑했던 사람들의 기억과 고통스러웠던 순간의 기억이 곧바로 사라지리라. 고통도 없을 것이다. 전기를 끊은 컴퓨터가 픽 꺼지듯, 그녀의 자아와 의식도 픽 꺼져 사라지리라. 나쁘지 않은 결말이라고, 서효원은 생각했다. 어쨌든 그녀를 악당이라고 생각하는 사람들은 기뻐하겠지.

쾅!

서효원은 아직 자신이 생각을 할 수 있다는 사실이 놀라웠다. 전혀 고통스럽지도 않았다. 어떻게? 사후 세계라는 게 진짜로 존재한다고? 그러면 굳이 그렇게까지 크로노스타신에 집착할 필요가 있었을까? 서효원은 경이감 속에서 천천히 눈을 떴다.

아쉽게도 하늘에서 아기 천사가 내려와 서효원을 어딘가로 데려가거나 하는 일은 일어나지 않았다. 여전히 서효원은 물질세계에 붙박여 있었다. 서효원 앞에 검은 밴이 서 있는 게 보였다. 방금 전에 들은 소리는 검은 밴이 택시 기사를 들이받는 소리였다. 서효원은 밴에 치인 택시 기사가 피를 흘리면서 기절해 있는 것을 보았다. 그녀는 이런 일까지 이미 겪어본 적이 있다는 사실이 놀라웠다.

밴에서 아주 건장한 체격의 남자 한 명이 내렸다. 서효원은 그 얼굴을 알고 있었다. 누군지는 몰랐지만. 왠지 익숙했다. 남자는 서효원의 결박을 풀어주며 말했다.

"조금만 늦었어도 큰일 날 뻔했네."

"누구세요?"

"폭탄으로 협박도 했으면서 모르세요?"

그제야 서효원은 그 사람을 알아보았다. 최민의 경호실장이었다. 이름이 전도훈이었나. 결박이 풀린 서효원은 일어서서 물었다.

"저를 왜 구해주신 거예요?"

"고맙다고 말하셔야죠."

"아, 네. 고맙습니다."

"타시죠."

전도훈은 밴을 가리켰다. 거절할 이유가 없어 보였다. 애초에 전도훈이 서효원의 목숨을 구해주지 않았는가? 서효원은 밴의 조수석에 탔다. 전도훈이 운전석에 탄 다음 패널을 조작하자, 차가 움직이기 시작했다. 전도훈이 말했다.

"저는 최민이라는 사람이랑 오래 같이 일했는데, 그렇게 끔찍한 일을 벌이고 있는지는 몰랐습니다. 저는 돈 준다고 아무나 지켜주는 사람은 아니거든요. 저도 나름대로 세상에 기여하고 싶은데. 세상에, 제가 악당을 지켜주고 있었던 거 아닙니까! 그쪽 아니었으면 절대 몰랐겠죠."

서효원은 창밖을 바라보면서 전도훈의 말을 들었다. 그녀는 왠지 쓸쓸한 기분으로 말했다.

"그렇게 말씀해주셔서 고맙네요."

"저랑 같은 생각을 하시는 분들이 꽤 많습니다."

"많다구요?"

"곧 알게 될 겁니다."

그렇게 말한 뒤에, 전도훈은 힙합 음악을 재생했다. 그리고 따라 불렀다. 곧바로 서효원은 전도훈이 노래를 잘 못 부르며, 하필이면 가장 따라 부르기 힘든 힙합이란 장르를 따라 부르는 것을 좋아한다는 사실을 알게 되었다. 하지만 그 정도는 용납할 수 있었다.

서효원은 창밖을 바라보았다. 창밖의 풍경이 조금씩 바뀌어 갔다. 아름다운 가을이었다. 서효원은 왠지 모르게 익숙한 호수에서 물고기가 튀어 오르는 것을 보았다. 이 근방에 이렇게 큰 호수가 있었던가? 서효원은 또 한 번 혼란에 빠졌다.

그때 차가 멈췄다. 서효원은 차에서 내렸다. 엄청나게 커다란 저택이 보였다. 서효원은 그제야 그곳이 어딘지 알 수 있었다. 최민이 야심 차게 건설하던 장원이었다. 서효원은 근처에 있는 폐허를 보았다. 그것은 한때 최민의 강력한 추진 아래 지어지던 미술관 건물의 기초였다.

"여기는 왜……."

"들어가시죠."

전도훈이 저택의 문을 열었다. 서효원이 그 뒤를 따라갔다. 저택 안에서는 파티가 벌어지고 있었다. 최민의 저택에서 벌어지던 그런 고귀한 파티는 아니었다. 몇몇 사람들이 칵테일을 마시고 있었고, 굉장히 괜찮은 바이올린 소리가 울렸다.

"여기, 주인공이 오셨습니다!"

전도훈은 서효원이 잘 보일 수 있도록 그녀의 뒤에 섰다. 동시에 바이올린 소리가 멈췄다. 서효원은 젊은 바이올리니스트가 자기에게 달려오는 것을 보았다. 서효원은 그녀의 얼굴을 확실히 기억했다. 왜냐하면 서효원은 그녀에게 수십억 원대의 빚을 지고 있었기 때문이었다.

"언니! 정말 보고 싶었어요. 얼굴이 반쪽이 됐네. 어떡해요."

서효원은 연수정이 자신을 언니라고 부르는 게 어색했다. 하지만 솔직히 기분이 나쁘지는 않았다.

"저는 괜찮아요."

"맞아요. 그때 바이올린 새로 사주신다고 했죠. 기억하시죠?"

"아……."

"농담이에요. 축하해요!"

연수정 옆에서 한 커플이 나타났다. 김아라와 민세형이었다. 서효원이 반가워하며 그 둘에게 다가갔다. 그러자 김아라가 아래쪽을 보고는 말했다.

"자, 이모한테 인사드려야지."

서효원은 김아라의 다리 뒤에 숨어 있는 어린아이를 보았다. 서효원은 거의 눈물이 흐를 듯이 기뻐하며 활짝 미소 지었다. 새 생명의 찬란함. 그것은 크로노스타신으로도 재현할 수 없었을 것이다. 아이가 잠시 우물쭈물하다가 활짝 웃었다.

"안녕하세요."

서효원이 기분 좋게 말했다.

"반가워요! 이름이⋯⋯."

그러자 옆에서 민세형이 우물쭈물하면서 말했다.

"아, 그게⋯⋯ 조금⋯⋯."

"이름이 뭐야? 이모한테 말씀드려."

김아라가 아이에게 말했다. 그러자 아이가 말했다.

"민효원이에요."

"진짜?"

민효원이 고개를 끄덕였다. 서효원은 잠시 이 무시무시하게 황송한 대접을 어떻게 받아들여야 할지 감을 잡지 못했다. 자신의 이름에 대해 별로 생각해본 적이 없었지만, 이렇게 귀여운 아이가 자기 이름을 쓴다고 생각하니 부끄러웠다. 지금 당장이라도 가정법원에 끌고 가서 개명 신청서를 써야 한다고 해야 하나?

김아라가 활짝 웃으면서 말했다.

"네. 아휴, 민세형 쟤는 아무래도 좀 그렇다고 반대했어요. 무슨! 은혜도 모르고."

"아⋯⋯ 그래도 일단 자기 말대로 지었으니까 된 거 아닐까?"

"참 나. 하여튼 선생님, 정말 감사드려요. 덕분에 지금 애도 키우면서 잘 살고 있어요."

서효원은 환히 웃었다. 그녀는 민효원이 난생처음으로 딸기를 먹고 그 맛을 알게 되는 순간을, 그리고 민효원이 처음으로 수학 문제를 풀고 그 고난을 알게 되는 순간을, 웃으며 달리다 뜀틀을 뛰어넘는 순간을 생각했다. 확실히 그것은 크로노스타신으로는 재현할 수 없다. 분명히.

"사무관님!"

서효원은 고개를 돌렸다. 그녀가 감옥에 들어가기 전에 가장 오랫동안 봐온 이였다. 이윤하는 식약처에서 평소에 보던 것과 아주 다른 모습이었다. 서효원은 이윤하가 그렇게 꾸민 모습을 전에는 본 적이 없었다. 이윤하는 서효원에게 핀잔을 주었다.

"그런 일 하려고 회사를 나간 거예요? 하, 나한테 말이라도 해주지. 그럼 도와줬을 텐데."

"그게 그렇게 됐네요."

"그래도 제가 탄원서 써준 건 좋았죠? 법관들 심금을 울리지 않았을까요? 그러니 5년만 살고 나온 거죠."

"가석방이라서…… 엄밀히 말하면 7년 남았는데요."

"음……."

이윤하가 말끝을 흐리자, 서효원이 웃었다. 이윤하도 따라 웃었다. 서효원은 왠지 취한 기분이 들었다. 그 외에도 서효원에게 말을 걸어보려는 사람들이 있었다. 그때 전도훈이 서효원에게 다가왔다.

"자, 그럼 일단 여기까지. 효원 씨, 기다리는 분이 계세요."

"기다리는 분이요?"

전도훈이 고개를 끄덕였다. 둘은 인파를 뚫고 작은 방으로 향했다.

전도훈은 방문 앞에서 멈춰 섰다.

방 안에서는 병원 특유의 냄새가 났다. 소독약과 살균제의 냄새, 라텍스 장갑의 냄새, 청소용품들의 냄새, 공조 순환이 되면서 만들어지는 냄새. 서효원에겐 익숙한 냄새들이었다. 그리고 매우 흔하지만, 사람들이 언급하기 싫어하는 냄새도 났다. 죽어가는 사람의 냄새. 서효원은 어디에서 그 냄새가 나고 있는지 알았다. 누가 그 냄새를 풍기는지도. 서효원은 잠시 아찔해서 주저앉을 뻔했다. 그녀는 눈을 한 번 질끈 감았다 떴다.

서효원은 침대 위에 누워 있는 김이진을 보았다. 김이진에게 주렁주렁 달려 있는 바이털 센서의 신호를 굳이 보지 않더라도 그녀가 죽어가고 있음은 명백했다. 김이진에게는 이제 주름진 살가죽과 뼈밖에 남아 있지 않은 것 같았다. 마지막으로 서효원이 김이진을 보았을 때, 그녀는 크로노스타신 덕에 건강했었다.

김이진이 말라비틀어진 혀로 갈라지는 목소리를 냈다.

"왔나."

서효원이 김이진에게 다가갔다. 서효원은 무슨 말을 해야 할지 알 수가 없었다. 만약 크로노스타신이 계속 투약되었다면 김이진은 건강했을 것이고, 훨씬 젊은 모습이었을 것이다. 서효원은 여러 선택을 거치는 동안 그 사실을 잊은 적이 없었다.

하지만 그것을 다만 머리로 아는 것과, 자신 때문에 약물 공급이 끊겨 죽어가고 있는 사람을 실제로 보는 것은 전혀 다른 일이었다. 서효원은 자신이 떨고 있다는 것을 깨달았다. 김이진은 눈을 감은 채로 말을 이었다.

"최민이 좋든 싫든, 이 집 자체는 참 아름답지 않나. 근처의 인공호도. 필요한 사람들이 있을 것 같아서 샀네."

"…… 필요한 사람들이요?"

"글쎄, 자네를 추앙하는 사람들."

"저를 추앙하는 사람들이 있을까요?"

"자넨 스스로가 영웅이라는 걸 모르나? 뭐, 아니라고 말하는 사람들이 세계에 훨씬 많긴 하지만. 그렇게 생각하는 사람들도 있다네. 모두 영원히 살 수 있게 되기 전까지는, 그 누구도 영원히 살면 안 된다고 생각하는 사람들. 또 생각이야 다들 다양하지만……."

잠시 뻣뻣하게 서 있다가 서효원은 말했다.

"죄송해요."

도대체 그 한마디 말로 무슨 위안을 줄 수 있을까? 서효원은 의문스러웠다. 하지만 미안하다고 말하는 것 외에 서효원이 할 수 있는 일은 없었다. 과거로 되돌아갈 수도 없고, 그녀를 되살릴 만한 약을 찾아낼 수도 없다.

"무엇이 죄송해?"

김이진이 말했다. 서효원은 침묵했다.

"나는 자네에게 감사하고 있네."

"예?"

"내 딸을 편하게 해줬잖나."

김이진은 한숨을 쉬고는 말을 이었다.

"그것만으로도 충분하지."

"하지만 선생님, 저는 선생님을……."

"내가 죽는 건 상관없네. 내 딸을 그런 꼴로 만들고 살고 싶진 않아. 자네는 아이가 없으니 이해하지 못할 수도 있겠군. 됐네. 난 이제 죽을 준비가 됐어."

"……."

"처음 만났을 때를 생각하고 있지?"

서효원은 고개를 끄덕였다. 처음 김이진이 블루워터 리서치를 찾아왔을 때. 그때의 김이진은 지금과 비슷한 모습이었다.

"두렵지 않으신가요."

"당연히 두렵지! 어떻게 죽음이 두렵지 않을 수가 있을까.

그래도 이제 나는 확실히 준비가 된 거 같네. 자기 죽음을 받아들인다는 건 역시 쉽지 않은 일이라네. 그래도 그러고 나면, 마음이 굉장히 차분해져. 후대는 이걸 이해하지 못할 수도 있겠군. 자연사란 게 사라질 수도 있으니까요. 시대는 바뀌니까."

"다행이에요."

"그리고 이 나이까지 살아보니까, 다음 시대를 그렇게 꼭 보고 싶지가 않아. 혹시 영화 좋아하나? 우리 때는 영화라는 게 항상 새롭게 나오는 거였어. 그런데 이제는 영화가 모두 리메이크되고, 맘에 안 드는 세상이야."

서효원은 그 말을 듣자 긴장이 풀렸다. 그녀는 실소했다.

"사위분이랑 비슷한 말씀을 하시네요. 그 사람도 거의 똑같은 말을 했는데."

"하! 이 서방은 그냥 잘난 척하길 좋아하는 사람이고, 나는 진짜로 취향이 있는 사람이야. 아마도 이 서방이 내 말을 주워듣고 따라한 거겠지. 참…… 그 사람은. 어쨌든 사람 하나는 잘 봤지만."

"사람이요?"

김이진이 힘겹게 손을 올려 서효원을 가리켰다. 서효원은 몇 개월도 안 되는 시간 동안 자기 인생의 방향을 아예 바꿔놓은 사람을 잠시 생각하다가 말했다.

"저랑 안 만났으면 지금 멀쩡히 살아 있었을 텐데."

"나는 이 서방이 만족했을 거라고 생각하네."

"그럴까요."

"꼭 모든 사람이 오래 살고 싶어 하는 건 아니야. 시대에 불을 한번 질러보고 싶은 사람도 있겠지. 자네가 점화기의 역할을 한 거 아니겠나."

서효원이 고개를 끄덕였다. 그럴 수 있다면, 다행이었다. 다행일 것이다. 김이진은 그녀를 바라보다가 말했다.

"좀 안아줄 수 있겠나?"

서효원은 김이진에게 다가갔다. 그녀는 김이진의 몸을 살짝 안아 올렸다. 김이진은 충격적으로, 마치 인간이 아닌 것처럼 가벼웠다. 김이진이 서효원에게 팔을 걸쳤다.

"음…… 좋아. 나이가 드니까 모든 게 지루하다고 생각했는데. 죽으면 포옹을 다시 할 수 없다는 건 역시 아쉬워."

그 말을 듣자마자, 서효원은 엄마를 떠올릴 수밖에 없었다. 서효원은 격리병실에서 죽어가던 엄마를 안을 기회가 없었다. 수십 년이 지나서, 서효원은 마침내 자신이 그토록 갈구하던 포옹을 하고 있는 것 같았다. 여전히 엄마가 죽기 전까지 무엇을 바랐을지 알 수 없었지만, 그러나 그녀는 쓰러진 자로부터 위안을 얻고 있었다.

"자네, 고맙네."

서효원은 흐르는 눈물을 주체하지 못했다. 김이진이 서효원의 품에서 나오면서 말했다.

"참, 죽는 사람은 안 우는데. 좀 더 강인해져야겠네."

그러고 나서 김이진은 다시 누웠다. 서효원은 눈물을 줄줄 흘리면서 김이진을 바라보았다. 그녀는 목이 메어, 토해내듯 말했다.

"무엇을 원하시나요. 제가 무엇을 더 해야 할까요. 저는 정말 잘한 게 맞나요."

"무얼 하라고 부른 게 아니야. 그냥, 보여주고 싶었지. 자네 편을……."

"네?"

서효원은 답을 바랐다. 하지만 김이진은 그새 잠이 든 듯 아무 반응도 보이지 않았다. 서효원은 잠시 끔찍한 상상을 하면서 바이털 센서 모니터를 바라보았지만, 신호는 안정적이었다. 전도훈이 서효원에게 다가갔다. 그는 서효원에게 손수건을 건넸다.

"자, 이제 쉬시게 하죠."

서효원은 잠시 고개를 숙이고 있다가, 전도훈을 바라보았다. 전도훈은 아무 말도 하지 않았다. 그녀도 어떤 말을 바라고 있는 것은 아니었다. 그녀는 천천히 스스로의 힘으로 일어났다. 그녀는 방문 쪽으로 한 걸음 한 걸음 걸어갔다. 교도소에서 막 나온 그녀는 지극히 혼란스러웠다. 자신의 마음속 기둥이 되어주었던 신념이 무너진 느낌이었다.

여전히 그녀는 혼란스러웠다. 아마 앞으로도 그럴 것이다. 어떤 결정과 어떤 선택은 영원한 마음의 짐이 될 것이다. 어떤 혼란스러움은 삶에 내재한 속성이라 결코 극복할 수 없는 걸지도 모른다. 그러나 어쨌든, 그녀는 선택을 했다. 그리고 그 선택을 조금은 긍정할 수 있었다. 조금씩, 조금씩 더 나아갈 수는 있었다.

서효원은 문을 열었다. 그녀를 기다리는 사람들이 보였다. 모두 언젠가 죽을 사람들이었으나, 지금 이 순간 그들은 들떠 있었다.

작가의 말

불멸성에 대한 추구는 이야기에서 대단히 자주 제시되는 욕망이다. 사실 이 욕망은 『길가메시 서사시』의 주된 욕망이기도 하므로, 어쩌면 이것은 이야기가 말하는 가장 오래된 욕망일 수도 있다. 나도 그 욕망을 한번 써보고 싶었다. 이전에 「시간 위에 붙박인 그대에게」라는 제목으로 썼던 단편이 비슷한 소재를 다뤘지만 스스로 느끼기에도 부족했다. 장편을 하나 쓰니 이제 좀 만족스럽다.

이야기를 쓸 때 작품의 외적 핍진성은 크게 고려하지 않으려고 한다. 즉, 나는 '스타워즈' 시리즈의 광선검이 아무리 말도 안 되는 물건이라고 해도 이를 탓하지 않는다. 그것이 '스타워즈'의 핵심 아닌가? 여기서 쓴 내용들 중, 내가 과학의 외피를 씌우려고 노력했지만 충분히 알고 있는 사람이라면 '이건 아닌데!' 하는 생각이 드는 것이 많을 테다. 그것들은 순전히 내 취향이다. 사실, 나는 사제 총기와 폭발물에 대해 쓰다가 재미가 들려서 좀 더 본격적으로 찾고 더 복잡하게 묘사할 뻔했다……. 이성적으로 그건 위험할 수 있다고 생각해서 편집했다.

다만 그 취향과 별개로, 소설에 묘사되는 여러 실제 의학사적 사건, 사고 등에 대해서는 『숫자 한국』의 저자인 박한슬 약사님과 이호준 박사님께 자문을 받았다. 감사드린다. 또, 나는 가족을 포함한 많은 사람들에게 내가 영원히 살아도 갚을 수 없는 빚을 진 채로 살아간다. 그들 모두에게도 감사드린다.

또, 또 하나 더. 이 소설을 쓰면서 다음 음악들을 많이 들었다. 베토벤 7번 교향곡 2악장, 루카 투릴리의 〈Prophet of the Last Eclipse〉, 이랑의 〈잘 듣고 있어요〉. 혼돈스러운 플레이리스트라고 할 수 있겠다.

왜 모두 죽어야 하는가

초판 1쇄 인쇄 2025년 5월 27일
초판 1쇄 발행 2025년 6월 4일

지은이 심너울
펴낸이 이수철
주   간 하지순
편   집 최장욱
디자인 박예진
영업관리 최후신
콘텐츠개발 전강산, 최진영, 하영주
영상콘텐츠기획 김남규
관   리 진호, 황정빈, 전수연

펴낸곳 나무옆의자
출판등록 제396-2013-000037호
주소 (10449) 경기도 고양시 일산동구 호수로 358-39 동문타워1차 703호
전화 02) 790-6630 팩스 02) 718-5752
전자우편 namubench9@naver.com
인스타그램 @namu_bench

ⓒ 심너울, 2025

ISBN 979-11-6157-227-7 03810